A VOZ

KAT TORRES

A VOZ

Uma história de superação, crescimento espiritual e felicidade

© 2016 – Kat Torres
Direitos em língua portuguesa para o Brasil:
Matrix Editora
www.matrixeditora.com.br

Diretor editorial
Paulo Tadeu

Capa e projeto gráfico
Monique Schenkels

Revisão
Adriana Wrege
Silvia Parollo

Foto da capa
Marcel Indik

Dados Internacionais de Catalogação na Publicação (CIP)
SINDICATO NACIONAL DOS EDITORES DE LIVROS, RJ.

Torres, Kat
A Voz / Kat Torres. - 1. ed. - São Paulo: Matrix, 2016.
312 p. ; 21 cm.

ISBN 978-85-8230-303-0

1. Romance brasileiro. I. Título.
16-38242   CDD: 869.93
                                                              CDU: 821.134.3(81)-3

Quero dedicar este livro a você, querido leitor, e aos seguidores e fãs da minha página no Instagram, que expressam muito amor e confiança em mim todos os dias! Dedico também a vocês, queridas almas que me "escutam", e que vieram aqui em busca de conhecimento, paz e felicidade. Eu quero dizer que me sinto honrada pela confiança, que elevo o meu pensamento amando vocês de volta, e que vocês, assim como os anjos, trazem muita luz para o meu dia.

Somos UM, te sinto e te entendo.

Quero agradecer à família Sinhorini, que me acolheu em sua casa e me tratou como filha durante esse longo processo de quase um ano.
Sérgio, Giulia, Rosilaine e Bruna Sinhorini, amo vocês.

Nota da autora

Eu me refiro a muitas pessoas como "menino" e "menina" na vida real. Isso não é uma brincadeira, tampouco pretendo menosprezar alguém. O motivo é que todos nós somos crianças. Eu creio que não existem pessoas más, almas más ou de má índole, existe somente a imaturidade. A de alma e a de existência na Terra: alguém faz aquilo que sabe melhor, se não faz melhor agora é porque não aprendeu ainda, mas, como todos os outros, vai evoluir e chegar lá.

Isso também se refere aos estudos psicológicos que afirmam que todos os problemas podem ser curados se a "criança interior" for curada, já que a maioria dos problemas da vida adulta começa na fase de criança, então, principalmente quando você quiser tentar entender as pessoas, ou se colocar no lugar delas, as veja como crianças. Essa foi uma maneira que encontrei de julgar menos e amar mais.

Pense se você, no calor de uma discussão, fosse numa briga de bar, ou com a sua mãe em casa, imaginasse a pessoa na sua frente apenas como uma criança inocente, assustada e agindo em defesa própria. O seu comportamento mudaria se ela fosse uma criancinha, não é mesmo? Pois é, e se eu lhe dissesse que ela realmente é apenas uma criancinha?

Só a nossa aparência muda e envelhece na Terra, a nossa "superimagem" (a nossa essência maior – a que comanda as nossas decisões, dita nosso comportamento e a maneira como nos posicionamos no mundo –, nossos medos, anseios, dificuldades, amores, paixões, vontades...) continua sendo de criança, até o dia em que morremos.

Introdução

Eu tenho 6 anos de idade – tudo bem, não tenho 6, estou mais para uns 30, com cara de 20 e pensar de 50... Não, não, talvez o pensar seja de 5.000! Por isso não tenho nem idade, mas "agora" tenho 6 anos e estou em casa sozinha. Sozinha? Hum... de novo, não sei se estou só... não sei nem se estou em casa... Será que a minha "casa" é mesmo aqui?

Como você pode ver, eu sou uma criança, uma adulta... Uma criatura de muitas perguntas, mas não ouse pensar que sou confusa! Apenas vejo além das pessoas – por falta de nome melhor, vamos chamá-las assim. Vejo e sinto de um jeito diferente das pessoas.

Por exemplo, é verdade, estava sozinha, mas e quanto aos animais que estavam na minha casa? Sei lá, pode-se dizer que eu estava sozinha só porque estava na ausência de pessoas? E, fora isso, limito-me às paredes da casa? Pois, se eu olhar pela janela, sei que há milhares de pessoas do lado de fora. Sim, disse *milhares* porque na minha rua via só umas dez, talvez vinte... Nossa, que difícil, então como vou começar essa história? "Estava eu com milhares de pessoas"... ou melhor, bilhões? E mesmo se disser "bilhões", então me limito a este Planeta? A esta galáxia? A esta dimensão? Como você pode ver, nem mesmo a matemática é uma lei exata. Quando fala de leis, de exatas e de matemática, eu lhe pergunto: a que cultura, país, galáxia, mundo, dimensão, plano espiritual você se limita ao "exatizar" esse número?

Bem, a essa hora já ouço a sociedade dizer: "Pare de ser louca, Kat"! Mas me disseram que para escrever um livro ou fazer um filme é preciso estabelecer o personagem da história nas primeiras linhas. Na verdade, ninguém me disse isso, fui eu mesma que, olhando os primeiros minutos de um filme e as primeiras linhas de uns livros, cheguei a essa conclusão. Pelo menos para isso, ser eu mesma, sem filtro, nas primeiras linhas serviu. Agora você já sabe que o personagem protagonista e também escritor deste livro, no caso eu, não tem idade, não se limita e não pensa nem sente como as demais flores, *ops*, pessoas. Outra coisa sobre esse personagem é que ele não distingue nomes, tudo é tudo, e nada existe. Faz sentido? Tenho certeza de que faz, porque você conhece bem esse personagem: é você!

"Mas você acabou de dizer que esse personagem era você!". Eu sei, a minha comunicação com os doces, digo, pessoas, nunca foi muito coerente, mas venha comigo, e eu lhe explico tudo no caminho! Ou melhor, a "Voz" explica:

Uma vez, a fim de sair para pular o Carnaval, minha irmã adolescente me deixou em casa sozinha. Eu tinha uns 6 anos. Morávamos em um andar alto e ela me disse: "Vem cá"! Olhando pela janela, ela apontou para o mundo de pessoas lá embaixo que pulavam Carnaval e disse: "Se você se sentir sozinha, olhe pela janela e verá que há milhares de pessoas para protegê-la", e saiu. A minha família fez bastante isso comigo nos anos seguintes, no entanto, nessa noite, chorei, não por ter me sentido sozinha, mas porque senti a falta de minha irmã ali comigo... Ela pediu que eu não contasse pra minha mãe e eu não contei, mas uma tia a viu na rua e fez fofoca (que clichê!). Depois, não entendi por que minha mãe estava furiosa, brigando com ela por ter me deixado "sozinha". Eu, tentando protegê-la, disse: "Mas mãe, ela não me deixou só, me deixou com milhares de pessoas"...

E foi assim, aos 6 anos de idade, que aprendi sobre perspectiva, que na vida é tudo só uma questão de ponto de vista. E, falando em ponto de vista, eles nunca entenderam o meu – que o que me doía não era a solidão, e sim o fato de preferirem estar em qualquer outro lugar a estar comigo.

Eu era uma criança triste. A minha mãe perguntava por que eu chorava o tempo todo, mas eu não queria dizer que era porque ela, apesar de não trabalhar, estava sempre "longe" e ocupada; porque eu sabia que ela gostava de estar mais com meu pai do que comigo, e não queria deixá-la triste com os meus lamentos. Quanto à minha irmã, idem. Então, como eu não mentia, mas também não queria incomodar, achei melhor fazer a linha triste-calada, o que não me tornava uma criança muito atraente. Logo nem mais as tias fofoqueiras, com quem minha mãe me deixava por longos períodos em suas casas, me queriam por perto... Eu era mesmo chata e tinha mau humor de gente grande, por isso nunca culpei as tias, e ainda não as culpo. Hoje entendo o que fui e tudo por que passei, e, por pior que tenha sido, cada coisinha me fez evoluir muito e me ajudou em muita coisa na minha vida, tanto no passado como no presente. E é sobre isso que trata este livro – EVOLUÇÃO ESPIRITUAL, MENTAL, EMOCIONAL E DE VIDA.

1

A criança

– Eu tenho 2 anos, gosto da "luz que vem de fora". Há uma mulher que está sempre perto de mim. Eu não gosto dela; ela me machuca, me causa extrema dor toda vez que a luz vem. Eu já passo a noite inteira triste porque a luz se foi, e pela manhã vem a mulher e me faz chorar...
Há uns seres que falam uma língua diferente da minha; eles dormem comigo e são bem diferentes dessa mulher. Eles sempre me deixam fazer o que quero – quando a mulher me prende aqui nessa jaula e eu me sinto horrível, eles vêm como líquido, passam por entre as grades e se aconchegam em cima de mim, mas ela vem e os leva para longe quando os vê... Eu não entendo por que, acho que essa mulher existe para me fazer chorar... Mas o estranho é que quando ela está longe me dá vontade de chorar também, e aí não consigo entender por que choro.
Este livro pode parecer fantasia, mas é uma história real, aliás, várias histórias.
– Esses seres de que você fala, eles chamam de "gatos".
– Quem disse isso? Eu não te vejo. Eles quem?
– Eles, os humanos. Você é uma menina e mora no Planeta

Terra, e essa mulher de que você fala não veio para fazê-la sofrer, como você disse [risos]. Ela tira você de perto dos gatos porque pensa que lhe causam alergia.

– Onde você está? Eu não vejo mais a minha jaula.

– A sua cama, você quer dizer... Do que você mais gosta?

– Eu gosto da luz que vem de fora.

Nesse momento uma luz ofuscante se fez.

– Então eu sou a Luz – respondeu a voz com tom de quem sorria.

– Como você fez isso? – perguntou a menina magrinha, de barriga redonda e assustada, agora rodeada de luz.

– Eu não fiz isso, quem fez foi você. Ao me dizer que gostava da luz, pensou nela e ela se fez – LUZ! O seu pensamento a criou.

– Mas e quando ela se vai, e eu fico tão triste e chorando, pensando nela, pedindo que volte e ela não vem?

– É porque você se esquece dessa sua condição mágica quando está acordada... Você agora dorme, esquece as suas limitações de terrena e viaja livre por tudo. Na Terra há uma energia de "consciência terrena" forte demais; os humanos foram ensinados a pensar parecido, e essa chamada consciência cria um campo magnético que torna difícil – até impossível – eles se comunicarem comigo quando estão "acordados". Isso que você vivencia é um sonho, eu já a encontrei várias vezes, mas você não se lembra... Esquece--se de tudo assim que acorda, ou poucos minutos depois... Mas durante o dia eu lhe envio pessoas e acontecimentos que fazem, digamos assim, você "ouvir de novo" as nossas conversas enquanto acordada...

– Olhe, a "luz" de que você gosta já está aqui! – disse a Voz, fazendo a menina se virar para a janela do quarto, que agora já se tornara visível de novo. – Conversamos por horas... Essa Luz à qual você se refere na Terra se chama Sol. Ah, e essa mulher que entrou no quarto agora para acordar você é sua mãe. Seja gentil com ela, e hoje, quando vier pentear-lhe os cabelos, não sinta tanto pesar em seu coração, ela apenas desembaraça nós... Um dia, tudo fará sentido. E, quando esses nós fizerem sentido, outros "nós" se farão. Estes então precisarão de respostas e, por sua vez, quando for a hora, eles também farão sentido, e assim por diante.

Naquele dia a criança acordou e, como havia dito a Voz, não se lembrava de nada da conversa. A mãe veio pentear-lhe os cabelos e a menina, como de costume, chorava e reclamava muito, gritando alto, acordando como sempre a irmã mais velha, que dormia na cama ao lado.

– Cale a boca! – gritou a irmã, mal-humorada, debatendo-se na cama.

– Ei! Não fale assim com a sua irmã! A mãe dela sou eu! – retrucou a mãe à filha mais velha, segurando ainda mais firme o cabelo da pequena.

A irmã, então, tentando não causar um problema para si mesma, se pôs na frente da criança e, com a voz mansa, como se tivesse sido possuída por um sopro de amor, disse:

– Ela não lhe faz mal, meu amor, ela está apenas tirando os nós do seu cabelo...

A criança então calou-se por um instante. A cabeça ainda doía, e a mãe já lhe tinha dito aquela frase mais de mil vezes, mas hoje, por algum motivo estranho, ela soava diferente. Era como se ela já tivesse sentido aquilo em algum lugar antes – sim, sentido, pois o que as palavras fizeram foi causar uma sensação de conforto, naquele momento trouxeram alívio, uma brisa morna, não se fizeram somente palavras nos ouvidos...

Era a Voz, que falava através da irmã.

2

O entendimento de mundo

– Eu odeio a minha vida, eu tenho 9 anos e não gosto de ninguém, e acho que ninguém gosta de mim também. Me sinto tão sozinha... A única pessoa que eu amo é o meu gato. Dengoso, o gato, dormia ao pé da cama da menina enquanto ela chorava calada e cheia de ódio, como de costume. Pensava essas coisas como se alguém as ouvisse, "pois, se eles me ouvissem, talvez soubessem quão péssimos são, mas não me ouvem nem quando falo em voz alta...". Ela não falava sozinha nem conversava consigo mesma; ela narrava uma história como quem narra um filme importante. Tinha sua própria história, a sua própria versão de todos os fatos, e aquela ninguém poderia lhe tirar. Ninguém poderia julgá-la, nem rir fazendo pouco caso dos seus sentimentos, pois aquelas palavras, que às vezes até se transformavam em poesia no caderno de pauta, existiam em seu verdadeiro significado somente dentro da cabeça da menina.

Mas o que ela não sabia é que, pelo fato de aquelas palavras lhe serem tão vivas, tão lúcidas, tão cheias de força, elas se materializavam e se faziam vivas também na dimensão do material – transformavam tudo ao redor da menina nas palavras que ela mesma criava na mente.

– Você finalmente dormiu, eu estava esperando por você – disse a Voz.

– É, eu odeio a minha vida... Nem dormindo eu tenho sossego, tenho tido pesadelos horríveis todas as noites. A minha vida é um pesadelo acordada e é um pesadelo dormindo. Eu acho que o meu pai vai embora de casa hoje de novo... Mamãe disse que, se ele não for, nós vamos, mas não temos pra onde ir! Para dizer a verdade, prefiro até ir pra rua; faria qualquer coisa pra ficar longe dele.

– Você não tem tido somente pesadelos horríveis! Eu tenho vindo aqui todas as noites conversar com você!

– Quem é você, afinal? E onde está? Não te vejo!

– Onde você gostaria de estar?

– Hummm... – fez a menina, pensando por um instante. – Havia um jogo de tabuleiro que a minha irmã jogava com as amigas e nunca me deixava brincar...

– ... Xuxa no Mundo Doce Mel – interrompeu a Voz, adivinhando seu pensamento. – Você já esteve lá várias vezes, é um dos seus lugares preferidos.

– Já?...

De repente, tudo em volta da menina se transformou em jogo de tabuleiro, e não havia nada de fantasioso ou mágico, era real! Ela escorregou na trilha de arco-íris com o Praga, correu pelo desfiladeiro, brincou com o Xuxo, comeu pão da árvore de pão e pensou: "Nenhuma criança é mais feliz do que eu neste mundo!", e sua imaginação ia criando um mundo ainda mais incrível que aquele inventado pelo autor do tabuleiro. Ela imaginava balões coloridos voando pelos céus azuis, imaginava nuvens cheias de gatos caindo do céu; os gatos fofos feito nuvens sorriam, e enquanto ela voava com eles e se divertia no meio dos doces, a Voz continuou a falar:

– Bem, agora que está mais feliz, podemos conversar. Aliás,

você sabia que não existem balões nem gatos voadores nesse jogo? Você os criou. Como você lá na Terra convive com muitos gatos, e eles lhe trazem alegria e segurança, agora que sentiu alegria e segurança a sua mente involuntariamente fez com que os gatos se materializassem em sua realidade de agora. Os balões coloridos que voam ao seu redor também são de sua autoria. Você ama balões desde quando ainda era muito pequena, porque um dia, lá pelos seus dois anos de idade terrena, esse que é o seu pai lá, lhe deu, em uma das caminhadas pelo bosque que você adorava, um ramo de balões coloridos... Aqueles balões lhe trouxeram muitas risadas.

– Como assim, não existem balões nesse tabuleiro? É claro que existem, eles ficam ao redor do desfiladeiro, perto da trilha de arco-íris, eu conheço bem esse jogo.

– Isso são balas de goma, sempre foram balas de goma coloridas, não são balões – disse a Voz com ar divertido e sereno.

Quando a menina olhou, certa de que haveria balões coloridos ao lado do desfiladeiro, viu que eram balas de goma. Os últimos balões que haviam saído do seu pensamento ainda voavam no céu, e, sem entender, ela olhava para as balas de goma, para os balões e para o céu... Meio confusa, sem nem saber para onde se dirigir ao falar, já que a Voz não saía de lugar nenhum – nem sequer havia um som, ela apenas aparecia dentro da sua própria cabeça, como se fora também criada por ela mesma, e ao mesmo tempo não. Surgia do mesmo lugar de onde surgiam as ideias, como se fosse da própria menina. A única certeza que ela tinha de que aquela Voz não era produto da sua imaginação era um sentimento que só existia dentro dela mesma. Junto de tudo havia uma sensação estranha de conhecer a Voz havia muitos anos e de ao mesmo tempo nunca tê-la escutado antes... De já ter vivido tudo aquilo um dia, e ao mesmo tempo sentindo que vivera dentro daquele tabuleiro naquela noite e naquela realidade, que era de tarde ensolarada, pela primeira vez.

– Eu sei – disse a Voz, leve e feliz, continuando depois de uma longa pausa, como se pudesse ler os pensamentos da menina e entendê-los melhor que ela. – A MENSAGEM que venho lhe trazer hoje é exatamente essa. Você não tem pesadelos ruins a noite inteira, e sim, faz com que aconteçam. A sua realidade na Terra não é fácil, principalmente porque você dá ênfase demais às coisas ruins, deixando que as boas passem despercebidas dentro de você; as ruins, sim, essas são choradas, lembradas e repetidas mil vezes no seu "diário mental", e por isso, quando você vai dormir, é aquilo que se materializa nos seus sonhos, em forma de monstro, em forma de perseguição, em forma de coisas que lhe dão medo, porque o que se materializa no mundo do sonho e no mundo da Terra não é bem aquilo que se vivencia, mas sim aquilo que se sente, aquilo que se permite sentir, aquilo a que se dá maior importância... Então, se você sentir muito medo durante o dia, o que se materializará é aquilo que lhe traz medo, e assim por diante.

No dia seguinte, pela manhã, a menina lamentava com a mãe na cozinha o fato de não se achar normal, pois ouvira as pessoas conversarem no colégio sobre sonhos bons, enquanto ela jamais havia tido um sonho bom em toda a vida! "Como posso ser normal?! Eu nunca tive nenhum sonho bom! Até nisso sou azarada!". A mãe dirigiu-lhe um olhar de reprovação e voltou a discutir com o pai, que, à porta da sala, com a mala, estava indo embora de casa pela segunda vez só naquele mês. A menina, então, morta de vergonha, esperou que os vizinhos parassem de olhar para que ela pudesse descer a escada e ir para a escola. Nesse momento, pensou consigo mais uma vez: "Por que existo? Deus, por favor, me leve daqui, não suporto mais essa vida!". Despediu-se do amado gato, pedindo desculpas pelos gritos dos pais e dizendo que voltaria logo para fazer-lhe companhia, dar-lhe amor e... foi interrompida pela mãe, que, agora que o pai já havia saído, transferira os gritos a ela, esbravejando que se atrasaria para a escola.

A menina nesse dia perdeu o ônibus, teve que correr até a escola, que ficava a 50 minutos a pé de sua casa. Era um dia ensolarado de verão, o que a irritava muito, já que a fadiga do calor a cansava ainda mais, e o suor, que fazia o cabelo grudar no pescoço, só aumentava a sua fúria contra o mundo. Chegou ao colégio atrasada, levou uma bronca da professora e, como de costume, foi motivo de chacota durante a aula inteira. Durante o recreio teve que se esconder para não virar saco de pancada das outras crianças, que, assim como ela, também vinham de famílias pobres e problemáticas e, assim como ela, por negligência, por falta de amor ou de cuidado, só sentiam raiva do mundo e também não viam o Sol... Não aproveitavam a linda tarde, nem agradeciam a alegria da companhia umas das outras, como fazia a maioria das crianças na escola rica que ficava no outro quarteirão, no fim da rua. Ela então pensou: "Por que não eu, por que não nasci rica?", e odiou-se um pouco mais antes de odiar o resto do mundo. Passou para ir ao banheiro escondendo-se do grupo que fazia algum tipo de brincadeira louca em que um cartão era usado e passava de uma boca para outra. "Não sei como são capazes de fazer tal absurdo", pensou. Mesmo tentando passar despercebida, os colegas da brincadeira gritaram os apelidos que faziam menção à sua magreza e ao seu cabelo supercurto – cortado pela mãe, que dizia que cabelo grande era para gente grande. "Curto estilo chanel, só que acima da orelha, parecendo o cantor Nick, do Backstreet Boys", dizia sempre a menina, revoltada. Pensava como uma pessoa podia ter uma vida tão infeliz. Foi até o banheiro e, reparando em suas pernas finas, disse para si mesma: "Esses animais têm razão, tenho mesmo pernas horríveis, finas e horríveis! Vou tomar um suplemento e vou ficar com as pernas supergrossas e lindas... e eles vão ver só!". Depois de odiar mais um bocado as pernas e de destilar algumas palavras de desamor e descontentamento com o seu formato, ela corajosamente saiu do banheiro, apressada, com seu cabelinho que batia na altura do nariz e o pescocinho fino que sentiu um gelo, com medo de cruzar no caminho com mais alguma "figura errada", daquelas que nós sabemos sempre quem são no colégio. Chegando de volta à sala, pensava na mãe que chorava em casa, no pai que com certeza estaria de volta bêbado e fazendo um escândalo ainda maior, quebrando o portão ou ameaçando jogar tudo dela e da mãe para fora da casa, como fazia de costume. Sentiu pena e ódio dos dois, mas principalmente pena de si mesma, por não conseguir nem ao menos copiar a matéria do quadro a tempo. Com o rabo do olho, então, tentando não ser percebida, copiava os garranchos do colega sentado ao lado, e nesse momento pensou: "Se ao menos eu tivesse um único amigo nesse inferno de sala, eu poderia pedir-lhe o caderno emprestado depois... Se eu tivesse ao menos um amigo nesse inferno de vida, talvez eu pudesse lhe pedir ajuda... Seria menos infeliz... Ou talvez não..."

Os pais haviam mudado muitas vezes de casa, de cidade, de estado, por conta da bebedeira e do espírito aventureiro do pai; por causa da bebedeira porque não parava em emprego nenhum, e por causa do espírito aventureiro porque, em vez de ir procurar outro emprego na porta ao lado, preferia se aventurar longe de casa, em outra cidade, em um estado completamente diferente... A menina, ainda tão jovem, mas já tão esperta (talvez até por já ter vivido tantas culturas) nos seus 9 anos de idade, já entendia que o pai fazia isso justamente para fugir um pouco da família, mas a mãe, por não entender, ou por carência mesmo, ia atrás e levava a menina, que, cada dia mais infeliz, relutava. Porém, relutava pouco, pois não queria fazer a mãe sofrer, que "já era sofrida o suficiente", pensava. Então, no segundo colégio, no segundo estado naquele mesmo ano letivo, ela retrucava mais um insulto – mentalmente, é claro, pois não conseguia falar aos valentões e valentonas, que eram dois, três, até cinco anos mais velhos que ela; graças à sua inteligência, estava adiantada na escola e orgulhava a mãe, mas isso a tornava presa ainda mais fácil na mão dos que ali estavam havia mais tempo. Ela era "a novata", em todos os lugares. O peixe fora d'água, sem raiz, sem amigos, sem paradeiro. Sentia-se estranha sempre, era como se não pertencesse ao seu bairro, à sua casa, ao mundo... "O mundo é um grande desentendimento", dizia, "está tudo errado".

Depois de tudo, voltou para casa, mas não sem antes ser sacaneada mais uma vez pelas "meninas grandes" da escola – estas, ao contrário de Kat, a menina protagonista desta história, eram populares, tinham seios já desenvolvidos e falavam com uma voz macia aos meninos. Kat tentava sempre uma aproximação. Inocente, caía nas artimanhas de poder daquelas que chacoteavam a pobre, pregando peças e humilhando-a sempre que podiam.

Pois nesse dia fizeram-na pegar o ônibus errado, e nossa menina, que já não era muito boa de norte – não se achava em lugar nenhum –, induzida pelas mais velhas, pegou com elas um ônibus que ia a um lugar totalmente oposto. Rindo feito hienas, saltaram do ônibus e disseram a Kat que seguisse viagem e que logo chegaria em casa. Muito tempo depois, no ponto final do ônibus, desesperada e morrendo de medo – a essa altura, não só de estar perdida, mas de apanhar da mãe –, não fazia ideia de onde estava. Saiu andando, perguntando, pegando outros ônibus que supostamente iam na direção de casa, e, após muita aflição, chegou, quatro horas depois do horário. Desesperada, pôs-se a pensar no que iria inventar para a mãe – odiava mentir, mas a mãe já era muito sofrida, não queria chateá-la ainda mais contando sobre as suas colegas de colégio idiotas e o que faziam com ela. Ao abrir a porta, no entanto, constatou que não havia ninguém. "Ao menos isso", pensou. Entrou, respirou fundo e deitou-se na cama com os olhos ainda arregalados, sem acreditar no que lhe havia acontecido. Como é que uma simples volta da escola, que ficava a apenas 50 minutos a pé dali, podia ter se transformado em tamanha saga, em tamanha aventura? "Acho que tudo é realmente relativo", pensou. "Às vezes, 50 minutos podem se tornar quatro horas... ou o resto da vida, pois, dependendo do que me acontecesse, eu poderia nunca mais ter voltado". Pensou nos crimes que aconteciam na cidade, que naquele ano tinha sido eleita a mais perigosa do Brasil, e aumentavam a cada dia os índices de criminalidade e o número de mortes, principalmente envolvendo crianças e adolescentes. Repassou na cabeça todos os lugares de risco em que havia estado naquela tarde, sem ter a menor ideia do que aconteceria. Então, se deu conta da presença do gato, Dengoso, que como sempre a espreitava de cima do criado-mudo, ou da janela, ou do alto do beliche... de onde pudesse vê-la de um plano mais alto, dependendo da casa em que morassem no momento.

– O que você está olhando? – perguntou ao gato, que a olhava fixamente nos olhos, imóvel, como se não fossem necessários movimentos ou palavras. – Nossa, como você é estranho! Parece que sabe o que me passou... Que me escuta e conversa comigo através do olhar. Posso até ouvi-lo às vezes. E se você for uma pessoa num corpo de gato, para enganar os humanos? E se você realmente fala?! Ah! Meu Deus, você fala! Tenho certeza que fala! Uma vez vi um filme em que o cachorro do cara falava! E o sujeito passou a vida inteira tentando ficar rico e famoso fazendo o cachorro falar na frente das pessoas.... Só que o animal só falava com ele, não falava na frente de ninguém, por mais que ele insistisse! Não me lembro de como terminou o filme. Acho que caí no sono antes do fim, já era de madrugada... Você acha que o cara ficou rico e famoso? Que conseguiu provar pra todo mundo que o seu cachorro falava? O que você acha, Dengoso? Vamos lá, me diga, eu sei que você pode falar! E se você falar na frente das pessoas, eu poderei provar que sou a única menina que tem um gato que fala no mundo! Seremos ricos e famosos, e assim sairemos dessa vida de merda que vivemos, eu comprarei uma casa pra mamãe, e ela poderá finalmente se livrar do meu pai!... Não, não teremos espaço pra minha irmã... sinto muito! Ela pode ficar aqui com este quarto. O sonho da vida dela foi sempre ter o quarto só pra ela, não foi? Pois então, ela ficará feliz aqui!

A menina continuou:

– Vamos, Dengoso, fale! Por favor! Não lhe soa como uma vida feliz? Pois então! Não lhe custa nada! Do que você está com medo? De que a sua vida vá mudar, e que assim terá muitos compromissos na agenda? Que não poderá mais dormir o dia inteiro porque será famoso e terá que ir a muitos programas de TV? Não seja egoísta, será muito proveitoso pra nós! Pense em nós um pouco! Eu também lhe prometo que falarei com eles, direi aos apresentadores que você não poderá ter uma agenda muito lotada porque gosta de dormir, e que precisa dormir muitas horas por dia pra ser feliz. Pode deixar, eu o protegerei e cuidarei dos seus interesses, eu prometo. Você será uma estrela, e as estrelas podem fazer tudo aquilo que bem entendem!

A menina ainda perguntou ao gato:

– O que há de errado agora? Não confia em mim?

O gato estava com a menina desde que ela tinha 4 anos de idade, e agora parecia mesmo estar profundamente envolvido em uma conversação com ela, sentado no mesmo lugar no móvel, olhando-a fixamente, como quem dizia: "Sim, tenho medo do estrelato, por isso prefiro me manter em silêncio... Não sou um gato que gosta de falar, afinal, os humanos nunca escutam mesmo. Seria uma grande perda de tempo e de sabedoria felina. Não mesmo, muito obrigado".

Nesse tempo chega a mãe com o pai aos berros, passam pela porta do quarto fechada e a menina dá graças a Deus por não terem entrado dessa vez... Por via das dúvidas, ela vai para debaixo da cama, como de costume, pois sentia-se bem lá, ou trancada no banheiro, o único lugar em que podia pensar na vida, numa casa tão barulhenta, onde ninguém percebia ninguém – e quando se percebiam brigavam, reclamavam ou davam alguma tarefa impossivelmente chata e desagradável de fazer. Era melhor se manter debaixo da cama, escondida, assim a incomodavam menos... E dessa forma também se livrava dos sórdidos comentários do pai bêbado, que dizia coisas horríveis a fim de atingir a mãe ou de saber "segredos" dela, que na sua cabeça de bêbado paranoico existiam, mas somente lá mesmo. A mãe era uma santa, uma Amélia, humilhada e escorraçada pelo pai diariamente, "uma coitada", como se fazia, e como realmente era.

Mesmo sem ver a menina, eles a chamavam pelo nome quando queriam metê-la na discussão: "Venha cá, Katiuscia, venha cá! Onde você está!?". Se era o pai que gritava, ela não atendia, mas a mãe, sim: saía de baixo da cama primeiro, antes de responder, fingindo nunca ter estado lá (sim, porque era o seu esconderijo, o seu refúgio, e se soubessem não seria mais!). "Vem aqui! Eu quero que você seja testemunha... blá-blá-blá". Era sempre aquela mesma história de testemunha... Antes era essa história com a irmã, mas ela já era adulta, então o negócio agora era com a menina. "Que sina a minha", pensava, "isso nunca terá fim!".

Depois de tudo, de exaustão física e de vida, a menina finalmente dormiu.

– Você não dorme quase nada! Não faz bem dormir só duas horas por noite todos os dias! Você não se sente cansada? – disse a voz.

– Quem disse isso? Não, eu jamais me sinto cansada. Odeio a hora de dormir! Não entendo por que existe! Por mim, nós nos manteríamos a vida inteira acordados. A hora de dormir, para mim, só serve para dar medo e ter pesadelos.

– Pois eu lhe digo que dormir é muito importante! É assim que os humanos se conectam conosco e com o plano de onde vieram.

– Do que você está falando? Se conectam?
– Sim. Na verdade, para ser mais específico, o que você vive na Terra é que é um "sonho", o Mundo Real mesmo fica em outro lugar... E é para isso que existe o sono e o ato de dormir, que na verdade é para "recarregar as energias" e estar em contato com o Mundo Real, de certa forma. O ser humano precisa disso para viver melhor, entender tudo melhor e ser saudável, já que a saúde vem da mente. Por isso as noites de sono são extremamente necessárias, e é também por isso que quando um humano fica muito tempo sem dormir a sua confusão mental aumenta, causando-lhe tristeza e ainda mais dúvidas.
– Humm, eu não sei, não entendo de humanos, são coisinhas estranhas... Mas hoje, pelo menos, eu estava acordada fazendo algo que gosto – escrevendo poemas e desenhando.
– Sim, eu vi os seus desenhos, são muito bons! Você desenha vestidos lindos! Vai trabalhar com moda quando crescer?
– Não, nem pensar! Acho toda essa história de moda uma coisa ridícula! Apenas gosto de desenhar mulheres em vestidos de época, não sei por quê... Eu vou ser veterinária e cuidar dos bichinhos, que são a única coisa que amo neste mundo.
– Mas e o teatro, e o desenho? Achei que quisesse ser atriz, brilhar no cinema!
– Sim, isso também! Será que consigo ser os dois? Mas nunca quis fazer TV, só gosto de teatro. Não gosto nem de assistir televisão, que dirá estar nela... não é pra mim. O meu pai disse que eu não vou ser nada, e que a vida é difícil... Que hoje em dia eu penso em ser tudo e quero ser, mas que "não é bem assim que a vida é. Quando você crescer, vai ver como tudo é difícil!". O que será que ele quis dizer com isso? Ele também diz que não vai aceitar uma filha modelo, nem atriz, e briga muito com a minha mãe por isso. Diz sempre que não aceita filha puta, que puta, atriz e modelo pra ele são a mesma coisa.
– E isso a faz desanimar?
– Não, isso só me faz odiá-lo ainda mais. Tão triste ele ser

um bêbado... A minha mãe tenta de tudo pra tirá-lo dessa vida. Eu não tento mais, pra mim ele nem existe. Tento fingir que ele não existe pra ver se ele desaparece. O meu sonho é que minha mãe se divorcie dele, falo isso pra ela sempre, mas mamãe nunca me ouve! Ela me diz que Deus vai curá-lo um dia. Deus... mamãe fala de Deus o tempo todo! Não sei o que Deus tem feito por nós todo esse tempo! Não temos nem o que comer, muitas vezes. Estudo num colégio superpobre e sou a criança mais pobre do colégio. Você sabia que eu só tenho uma calça e uma blusa para ir para o colégio?

– Sim, eu sei, eu vou ao colégio com você todos os dias.

– Pois então! As outras crianças tiram muito sarro da minha cara por isso! Será que ela não sabe? Será que a mamãe não sabe que sofro por causa disso? Então por que ela não trabalha? Se ela me ama tanto como diz, deveria trabalhar para me dar uma vida melhor, menos sofrida. Tenho tanta vergonha... Amanhã o dia amanhece e terei que vestir de novo aquela mesma calça velha, que nos foi dada já velha de alguém! Passou alguns anos com a minha irmã, depois veio pra mim e já está há dois anos comigo. Eu tenho que ir com ela pro teatro, pro mercado, pra escola... E quando alguém do colégio me encontra na rua é a maior piada, pois ainda estou com a calça. Agora a blusa... A blusa custou 7 reais, e a minha mãe me faz usá-la há dois anos! Está rasgada, sabia? Está puída perto da barriga... Que vergonha... Tudo que eu mais quero é trabalhar, trabalhar muito! E ficar muito rica, e poder comprar todas as roupas que eu quiser. É isso que quero ser quando crescer, rica! Não importa o que eu faça como trabalho, serei muito rica e ajudarei as pessoas pobres como eu. Comprarei toda a comida do mundo para minha mãe, comprarei uma casa para ela também, assim ela poderá se livrar do meu pai. E ajudarei muita gente!

No dia seguinte, quando a menina acordou para ir ao colégio, às 6 da manhã, viu o pai na sala. Como de costume,

passou direto, como quem se torna invisível, chegou até a cozinha, apalpou o saco de pão velho e percebeu que estava vazio. Revoltada, cansada e farta da pobreza, e talvez até um pouco mimada, porque naquela manhã realmente lhe faria bem ter um pão ali dentro, esbravejou:
– Cadê o pão que estava aqui?
– O pão já estava aí fazia dias, embolorou e tive que jogá-lo fora esta manhã – alguém gritou de alguma parte da casa.
– E alguém tem 10 centavos aí para me comprar um pão?... – silêncio. – Por favor?

A menina sabia quanto o pai gastava em bebida todo mês – sim, quando passava pelos bares perto de casa os donos saíam por de trás dos bêbados gritando com ela, dizendo a ela que seu pai tinha de pagar a dívida do boteco, que chegava até a 3 mil reais por mês, segundo os donos dos bares.

– Eu não tenho dinheiro nenhum, quem tem dinheiro aqui em casa é o seu pai, pede pra ele! Por que você não pede pra ele?

A menina levantou-se revoltada e passou pela cozinha, onde já às 6 da manhã o pai se servia de um copo de cachaça.

– Já vai virar aquele capeta que você vira? Já te falei que não quero litro de cachaça em casa! Onde você tinha escondido esse? – berrou a mãe.

Pronto, estava iniciado o dia. O pai, como sempre, começou as suas ofensas contra a mãe e contra tudo o mais que via pela frente, e a menina de novo morta de vergonha saiu depressa, como se fugisse do próprio destino. Até esqueceu-se do pão, da fome, de tudo, "ainda se não tivesse pão, se tivesse a fome, mas não tivesse esses dois, a minha vida seria feliz", pensou.

Na escola, passava a manhã sem comer, não gostava de comer a comida do colégio, tinha nojo, achava que não limpavam direito os pratos. Esperava até chegar em casa, onde havia "sempre a mesma comida, arroz, feijão e carne, e quando não tinha carne era ovo, e às vezes era só arroz e feijão mesmo". E às vezes passavam-se muitos dias sem pão, o alimento preferido da menina. A mãe pedia à irmã que comprasse o pão, já que trabalhava numa empresa muito boa e era a única que realmente ganhava dinheiro na casa. "Compre um pão pra sua irmã, por favor, a bichinha adora pão, e há semanas não temos pão em casa, já vai fazer quase um mês", ao que a irmã respondia: "Eu, não, eu não vou sustentar casa de bêbado, e além do mais a filha é sua, se você quer dar pão pra ela, sai de casa e vai trabalhar, você tem perna e tem braço pra trabalhar... Se se preocupasse mesmo com ela, arrumaria um emprego! Se quiser um, eu já te disse, eu te arrumo um emprego lá onde trabalho! Mas não vou comprar nada nem ajudar com nada".

A menina, ao ouvir aquele diálogo, foi chorar debaixo da cama. Tinha tristeza porque a irmã não queria lhe comprar um pão, mas tinha mais tristeza ainda por ela falar daquele jeito com a mãe e fazê-la chorar. A mãe se sentia derrotada na vida, e era, mas não gostava que falassem que ela não trabalhava ou que o pai era bêbado, embora ele já fosse assim muito antes de as meninas nascerem – nem mesmo a irmã jamais o tinha visto sóbrio... Mas ninguém podia falar para a mãe que ele era bêbado, pois ela se ofendia, e se fosse uma das filhas, então... Ela pedia respeito: "Ele é seu pai, não importa o que seja, tenha respeito!".

Enquanto na cozinha a mãe brigava com a irmã, que havia falado só uma frase e depois se calara para ouvir três horas de sermão, a menina, debaixo da cama, pensava:

"Respeito... respeito... eu não tenho pai! Ele é um bêbado e eu o odeio! Às vezes penso que só quando ele morrer teremos paz! Ele não merece nada de bom que venha de nós". Saiu de baixo da cama em meio aos gritos, cuidando para que ninguém a visse sair do seu esconderijo, e tentou dormir.

Naquela noite, teve um sonho horrível em que matava o pai, e logo depois do sonho caiu numa sala branca onde a Voz começou a lhe falar:

– Não se assuste, não foi no plano terrestre que você o matou... Na Terra ele ainda dorme.

— Ahn? Quem é você?

— Ele dorme. Dorme em muitos sentidos... Ele veio à Terra e se esqueceu de seu propósito, esqueceu-se de como se vivia aqui. Tomou todas as decisões erradas, todos os caminhos errados... É muito infeliz. Você não precisa fazer-lhe nenhum mal, ele mesmo já se faz muito mal e se machuca muito, muito mais até do que ele imagina.

— Eu não me importo com ele, só quero que ele morra, assim talvez pudéssemos ser felizes! — disse a menina, fingindo frieza, como se não estivesse se sentindo extremamente perturbada e nervosa com o sonho; o seu corpo inteiro tremia, e ela deu graças a Deus por não ter sido "verdade".

— A verdade é subjetiva — disse a Voz. Não é porque ele não morreu na Terra que não tenha morrido em algum outro lugar, decerto dentro de você ele morreu, você o matou, e isso não deixa de ser uma morte, e bem verdadeira. Mas em matéria, na Terra, ele não vai morrer agora, e nem tão cedo... O seu caminho de vida por enquanto "nos planos" é longo, então você terá de achar um outro modo de ser feliz.

— Mas ele bebe tanto! Na escola nos dizem que quem bebe assim morre rápido. São tantas doenças, ele não pode viver tanto assim! Sempre está passando mal do fígado!

— Não é a doença que mata. A morte se dá quando o tempo de estadia na Terra se acaba; a doença é só uma desculpa para que a pessoa vá embora, para que o espírito volte para casa. O tempo na Terra é designado antes mesmo de o ser humano nascer nela, e a missão de cada um na Terra varia muito. Porém o ser humano tem o livre-arbítrio. Até mesmo o seu tempo designado na Terra em casos raros ele consegue mudar, mas isso tem a ver com o tempo de suas missões, resultado de importantes decisões de vida que influenciam profundamente a vida terrestre, não tem nada a ver com a sua saúde física de fato. Mas a saúde é muito importante para manter o equilíbrio da mente e servir às muitas tarefas físicas que o humano necessita realizar para completar a sua missão. No entanto, até mesmo a saúde do corpo vem da mente. As dores e as doenças na verdade não existem, são mecanismos de defesa criados pelos próprios humanos, como se fossem placas no caminho para fazê-los parar quando necessário e seguir quando permitido. As dores ajudam a tomar um caminho ou outro quando a mente se coloca em ambiente pouco são, de vibrações muito baixas, e não foi capaz de tomar a decisão "certa", apropriada. A dor e a doença física são uma criação de consciência terrestre, e, ao contrário do que os humanos pensam, a cura não depende das preces, e sim da mudança de suas próprias condutas e hábitos. Portanto, as doenças e dores vêm para ajudar, são como um tipo de guia, e de maneira nenhuma vêm como castigo ou qualquer tipo de penitência, tampouco vêm por acaso.

– Livre-arbítrio... Eu ouvi falar sobre isso na escola – disse a menina, como se só tivesse escutado metade do que a Voz dissera. – O que significa isso, exatamente?

– Que ele, o humano, escolhe absolutamente tudo que faz e que vivencia. Alguns vêm com um entendimento maior do todo, e por isso com a missão de mudar o meio em que vivem; outros vêm com a missão de crescer, de evoluir, e há também aqueles que estão na vida ligados a alguém, têm a missão de cumprir alguma coisa em relação a um outro espírito específico, e essa é uma das vidas mais difíceis. Não é nada fácil cumprir missões com espíritos específicos aqui... Os seres humanos têm extrema dificuldade em escutar; rezam pedindo a Deus que lhes mande um sinal, uma mensagem, um alívio, sem saber, sem nem sequer imaginar que aquele outro ser humano ali na sua frente, com quem às vezes convivem todos os dias, é exatamente um enviado de Deus a eles; esse é um sinal, uma mensagem e um aprendizado, usado pelo próprio Deus, que fala através dele.

– Então quer dizer que qualquer pessoa na minha família, ou na minha rua, pode ser um "sinal" de Deus pra mim?

Digo, pode ter vindo justamente para me fazer aprender algo que eu não aprendi ainda? Então uma pessoa pode ser em si o próprio sinal e a resposta que eu peço todas as noites?

– Exatamente. Esse que você chama de *Deus* não se materializa em um homem barbudo e de voz grave como você vê nos filmes, Deus se materializa em energia; em humanos; em vozes na cabeça de humanos; em situações durante o dia; em sonhos durante a noite... Manifesta-se pela natureza; através dos animais... Tudo que existe é um fragmento de Deus, e **tudo**, sem exceção, **trabalha a favor Dele. Mesmo que cause sofrimento ao homem, tudo pertencente e recorrente na Terra acontece para o seu crescimento.** Afinal, os seres humanos têm total escolha sobre aquilo que lhes acontece, e o resto é simples consequência daquilo que fazem e vibram (ou seja, que pensam e sentem).

– Então você é Deus? Você é tão inteligente!... Fala de coisas tão diferentes, coisas que eu nunca pensei antes... Você só pode ser Deus!

– Eu não tenho nome. Onde estou não existe ego, por isso não existe nome. Serei o que você pensar que sou. Nunca foi de minha natureza impor nada. A imposição de qualquer forma para mim vai contra a minha essência. Se quiser um dia me equiparar a algo que você conhece enquanto terrena, me equipare à liberdade, então, à liberdade de forma plena, pois nela está o entendimento da minha essência e o início do caminho que leva à *salvação (ao profundo conhecimento do Ser, dos seus motivos de agir)*.

– Você fala estranho... mas é estranho porque entendo tudo que você fala. É como se já tivéssemos tido essa conversa antes, a mesma conversa... Suas palavras me soam tão familiares, mas ao mesmo tempo tenho certeza de nunca havê-las escutado antes!

– Você é uma alma muito velha (disse a Voz, em tom divertido), eu a conheço muito bem... Já tive com você essa

mesma conversa muitas vezes, não só nesta vida, mas em muitas outras vidas, e você teve muitas formas. Na sua vida passada, por exemplo, você era um homem.
— Um homem?!
— E nesta vida de agora você tem a mesma *rebeldia* dele... Você já traz essa rebeldia de muitas vidas.
— Sim! Mas é óbvio que sou rebelde! Você vê a vida que tenho que aguentar!? Quem aguentaria essa vida sendo de outra maneira?
— Saiba que o que você é só depende de você, não tem a ver com o seu meio ou com o seu pai. Quem sabe ele também não veio para lhe ensinar algo? É preciso ouvir mais e prestar mais atenção aos sinais. Esta não é a sua primeira vida com ele, e na outra vida tudo era bem diferente, como sempre é. Situações bem diferentes, mas a sua personalidade era bem parecida, apesar de você nem ter sido menina, apesar de ele não ter sido seu pai... Então não é bem a situação que deve mudar, mas sim o comportamento de ambos, e isso só é possível acontecer vivendo...
— Eu não sei do que você fala...
— Ih, agora deu pra mentir? Esqueceu que eu sou uma voz dentro da sua cabeça? E que por isso sei tudo que você pensa? Eu sei quando você mente também! Nós dois sabemos que você sabe exatamente do que estou falando! Sei que não é fácil o que está passando, mas não é uma questão de ter dó de si mesma, ou esperar que o mundo veja a sua situação e tenha dó de você. É uma questão de comportamento. As atitudes é que ditam a vida que os humanos têm na Terra – na verdade, nem é assim tão complicado, mas eles a tornam uma tarefa quase impossível.
— Eu só quero sumir daqui, como diz a minha mãe todos os dias: "Quero sumir"!
— E vai sumir para onde? Quando você diz que quer sumir, para onde pensa que vai se "sumir"? Seja lá para onde for, a

situação irá acompanhá-la, então, não há modo de "sumir"; mesmo que você desapareça da Terra, a sua essência, o seu espírito não desaparecerá do *Todo* jamais... Portanto, se sumir daqui, as mesmas questões a serem resolvidas aparecerão *lá* – onde quer que seja *"lá"*.

– Então, como faço pra sumir, ou pra fazer o meu pai sumir? – perguntou a menina, como se não tivesse escutado o que a Voz havia acabado de dizer.

– Eu sinto muito, nem em sonho agora você consegue viver essa realidade que é a sua situação com o seu pai... Para que a realidade aconteça aqui no mundo dos sonhos e em qualquer outro mundo, você primeiro tem que imaginá-la, fazê-la real pelo menos dentro da sua cabeça. É você quem a cria. Ou para que você acha que servem os pensamentos? As ideias? A imaginação? Não é somente para que os humanos se distraiam numa tarde de tédio sonhando acordados, não; os pensamentos e a imaginação estão aí para criar o próprio presente, o próprio futuro... Eles não são uma coisa abstrata, são mais como uma massa para o bolo, o bolo sendo a própria vida. E, no seu caso, neste momento você está tão magoada, e tão obcecada pela ideia de fazer o seu pai desaparecer que assim o faz viver ainda mais! Ao imaginar com tanta veemência que ele suma, você recria milhares de vezes a sua existência, pois o seu pensamento não entende que você não o quer por perto, apenas recria aquilo que você pensa fortemente, e nos seus pensamentos ele está sempre errando, cometendo faltas graves contra você, e isso também não ajuda, não atrai nenhuma mudança de comportamento por parte dele. E, cada vez mais forte, o seu ódio faz com que ele esteja ainda mais vivo na sua vida. Ele está por todos os seus mundos agora, e em todos eles você sente um ódio cego, tornando a realidade em todos eles de puro ódio, dor e rancor... Por isso você o matou aqui. Você tenta fortemente se livrar dele dentro de si, mas não pelo caminho do aprendizado, e sim pelo único caminho que conhece no mundo, o caminho bruto da morte do corpo... e isso não vai fazê-lo sumir, você já deveria saber. Você já o matou antes em outras vidas, e aqui está ele de novo com você. Tomar o caminho mais "fácil" só faz a trajetória de peleja dos dois espíritos aumentar, e a cada vida ela se complica mais e mais.

– E se eu tivesse um namorado? Eu posso ter um namorado, como a minha irmã, e assim ela quase não se estressa com a família... Quando eu nasci ela chorava muito e era muito infeliz, como eu, mas quando arrumou o primeiro namorado, ficou bem! Ela passa o maior tempo na casa dele, com a família dele... E eles são sempre tão legais! Queria às vezes ter nascido na família dele... Minha irmã sempre teve as melhores pessoas do mundo como namorados! Por que eu não tenho essa sorte? Já tenho 9 anos de idade e nunca gostei de ninguém! Será que eu morrerei sem amor!? Por favor, se você for mesmo Deus, não me deixe morrer sem amor!

– Para um humano você ainda é bem jovem, acredite, os namorados virão! – disse a Voz, em tom divertido. – Muitos e muitos deles.

– Mas eu quero um agora! Agora mesmo! Que vida horrível a minha! Eu, que sou criança, então só tenho o direito de sofrer? Odeio ser criança! Ser criança é a pior coisa do mundo! Não vejo a hora de ser grande! Só porque sou jovem demais não tenho o direito de ser salva por um namorado, assim como foi a minha irmã? Não me soa justo e não faz o menor sentido pra mim!

– A função de um namorado não é bem salvar pessoas de suas misérias internas... Mas o seu pensamento é livre! Já lhe disse, não grite comigo reivindicando o seu namorado! Se é você mesma que o cria... Você disse que não gosta de ninguém, não é culpa minha!

– Na verdade, tem uma pessoa que eu gosto, me veio na cabeça agora...

– O ator? Ele me parece um rapaz decente, mas já tem namorada, acho eu.

– Mas o pensamento é meu e no meu pensamento ele não tem! Agora ele é meu namorado! Quem diria! Pra quem não tinha namorado nenhum, e achou que morreria sem amor, nada mau, agora namoro o Maurício Mattar! A Angélica é gente boa também, espero que entenda que eu não tenho a intenção de lhe fazer mal, mas o Maurício me ama agora... E ela é linda, vai poder arrumar outra pessoa facilmente! Enquanto para mim seria difícil.

Aparece então o ator e os dois brincam de bola por horas, talvez anos, em seu sonho, já que no mundo dos sonhos não existe tempo como aqui na Terra.

Ao acordar, a menina sentia-se melhor, estava feliz e disse à mãe na cozinha que sonhara que o Maurício Mattar era o seu namorado, ao que a mãe respondeu: "Tá doida, menina!? Ele namora a Angélica, acho que vão se casar e tudo, e ele é muito velho pra ser seu namorado! Ele já é um homem, você é só uma criança!". Mas ela não se importou com o mau humor da mãe naquela manhã, também pouco importava a falta de aceitação da mãe em relação ao seu namoro, a idade de Maurício não fazia diferença nenhuma, o que importava era que ela o *amava*, que ele era um rapaz decente e que agora a salvaria da sua vida miserável e solitária de criança magra e nada popular, afinal, não é para isso que servem os namorados? Decidiu então que Maurício fazia o seu trabalho de namorado, considerou-o digno de seu amor e continuou brincando de bola e conversando com ele durante todo o dia. Soava-lhe coerente, e, no mais, parecia tão real e lhe fazia tão bem que não havia motivo para não viver aquela união tão bonita e simples: bastava imaginar e, "plim!", lá estava o Maurício, pronto para fazer parte de qualquer aventura.

3

O primeiro entendimento de sociedade

Mais uma vez Kat voltara ao estado do Rio, a uma cidade do interior, lugar onde havia morado o maior tempo de sua vida, mas agora, aos 10 anos, sentia-se arrasada; havia passado os menos piores meses de sua vida em Belo Horizonte, pensando que sua vida finalmente iria para a frente.

Em Minas, a casa geminada onde morava ficava na frente de um parque, onde havia um bosque cheio de árvores que lembravam os lugares preferidos da vida de Kat, a tão saudosa floresta em Belém, onde nascera, e agora aquele parque era o seu lugar preferido. Não sabia como o pai havia conseguido morar em um lugar que, para sua realidade de vida, era tão bom e tão diferente dos lugares em que estava acostumada a viver.

Foi ali, em Minas, que Kat teve sua primeira amiga, uma vizinha com quem passava todas as horas possíveis do dia; no colégio as pessoas a tratavam com respeito, e como sempre ela era a primeira aluna da turma, não porque fosse estudiosa, mas porque "a minha mãe me mata se eu não tirar 10", e tirar 9 em vez de 10 no final do bimestre, ou em alguma prova, era a única coisa que fazia Kat chorar. A esse ponto já não chorava mais, havia perdido o seu coração de criança, achava-se uma espécie de robô que não sentia, e também havia esquecido o namorado Maurício... Não havia mais tempo para ele em Minas, ali brincava de bola com crianças da rua que iam ao parque e com a inseparável amiga, com quem passava as melhores horas de sua vida brincando de elástico e fazendo sorvete na maquininha de sorvete da Eliana. É claro que na sua casa em Minas a situação ainda era a mesma... e também não tinham móveis, e, como acontecera nos outros endereços, vinham cortar a luz da casa todos os meses – e ela tinha que tirar 10 estudando à luz de vela. E, quando não havia dinheiro para comprar vela, tinha que fazer as tarefas antes das 5, quando escurecia, o que era quase impossível com tantos deveres de casa! Na escola onde estudava e no bairro em que morava ainda era a menina mais pobre, ainda era aquela que só tinha uma roupa, a que nunca tinha dinheiro para comprar os livros do colégio ou sequer tirar xérox das páginas, e tinha que copiá-los à mão. Mas as crianças pareciam menos maldosas e não faziam piadas quanto à sua pobreza – ainda havia piadas quanto à sua magreza e ao seu sotaque, que soava carioca, mas a nossa menina prontamente aprendeu a falar "mineirês" a fim de se misturar, e viu que assim era mais bem aceita pelos amiguinhos.

A vida lá ainda era difícil, mas estava muito melhor; pensava que teria sido perfeita se não fosse por ter sido deixada só tantas vezes pela mãe, que viajava em companhia do pai – ele ia para o interior a trabalho – e passava semanas, meses fora e a deixavam sozinha com seu fiel escudeiro Dengoso. Ela cuidava de Dengoso, a quem chamava de irmão mais velho, e cuidava da casa com muito capricho, na tentativa de deixar a mãe orgulhosa: "Se eu fizer tudo para deixá-la feliz, talvez então ela me ame e fique em vez de ir!", pensava. A menina se fazia de durona: quando a mãe ligava perguntando se estava bem, ela dizia que estava ótima, engolia o choro e jamais dizia que estava com o coração em pedaços, nem que se sentia muito só e com muito medo de dormir naquela casa sozinha. Apesar de ser muito corajosa, a nossa menina ainda tinha 9 anos, e a ideia de haver "fantasmas" no andar de baixo da casa ainda a incomodava, mas seu irmão mais velho estava ali para protegê-la dos espíritos ruins – pensava que se Dengoso estivesse ali, ao pé da cama, nada lhe aconteceria. Por isso, o pobre era trancado no quarto com ela a noite toda, o que o levava a reclamar e miar desesperado, querendo a sua liberdade de gato, mas isso a deixava mais calma, pois acordava assustada com o mínimo barulho e pensava: "Ufa, ainda bem, é só o Dengoso", e às vezes o cansaço falava mais alto que o medo e ela conseguia voltar a dormir.

Agora, no entanto, tudo havia mudado. Depois de quase um ano morando nesse lugar – em que, não fosse pela inconveniência causada pela presença e pela ausência dos pais, tudo seria perfeito –, a sua família fora despejada da casa de Minas também. A menina descobriu que seu pai nunca havia pago o aluguel, e a mãe, com muito ódio e brigando muito com o pai, um dia voltou para casa e começou a arrumar tudo em caixas de novo. A menina, sem entender nada, implorou que ficassem, pensava que fosse só mais uma briga em que o pai iria embora de casa e no dia seguinte estariam na mesma, mas não dessa vez; a mãe estava mesmo indo embora e a menina, desesperada, pediu, implorou, mas não houve jeito. Eles não tinham mais nenhum centavo; a luz estava para ser cortada de novo; o pai havia perdido o emprego pelo mesmo motivo – fora pego bebendo em serviço muitas vezes – e a mãe estava tomada pelo desespero e mais uma vez encaixotava tudo de novo.

Dessa vez, porém, seria pior, iriam morar na casa da avó! Não havia nenhum lugar no mundo que Kat odiasse mais do que a casa da avó. Ela morava muito longe de tudo – era preciso muito tempo dentro do ônibus para chegar a qualquer lugar; ela morava numa favela, ainda mais pobre, com crianças ainda mais cruéis. "Ali até os adultos eram cruéis", dizia a menina, referindo-se aos apelidos e às brincadeiras maldosas que sofria dos adultos na rua da avó. "As crianças ali são animais! Me odeiam! Me batem, me xingam! Como farei pra viver ali?". E não era só isso. A casa era minúscula, as paredes eram cheias de mofo – a avó não dava conta de limpar a casa, pois trabalhava o dia inteiro como costureira, mal conseguia pagar as contas. Ela também pedia muitos favores a Kat, que já odiava fazer qualquer coisa para qualquer humano; a essa altura, havia se limitado somente a conversar, amar e cuidar dos animais. A mãe era exceção – por mais que a odiasse, tentava "educá-la", guiá-la, como se entendesse da vida, como se fosse uma professora... A mãe dizia à menina que ela era mais mãe do que filha, pois lhe queria ensinar a vida, e realmente muitas coisas lhe havia ensinado; "ninguém sabe como ou de onde vem essa sabedoria", dizia a mãe, sempre abismada com a inteligência da filha, que não poderia ter vindo de tão pouca vivência neste mundo; no entanto, apesar de saber disso, a mãe não dava muita importância às suas palavras. Porém, apesar de não gostar de suas críticas, gostava muito de suas poesias, que já haviam lhe rendido muitos créditos, nome nos jornais, medalhas, prêmios e até presentes, uma fama que a menina, supertímida, não aceitava. Era a mãe, mancomunada com alguns de seus professores, que pegava os seus trabalhos de classe sem a sua permissão e os mandava para os jornais e concursos de texto e poesia da cidade.

Pois agora, querendo ou não, estava ela ali na casa minúscula, onde dormia na cama com a avó, com quem não tinha nenhuma afinidade, já que a tinha conhecido havia poucos anos, por morar em outro estado; e agora dormiam na mesma cama... O quartinho de costura da avó era agora também o quarto da irmã, os pais dormiam amontoados num colchonete no chão da sala, e a casa toda mais parecia um labirinto de caixas e amontoados de coisas sem fim, criando um lar ainda mais aconchegante para as baratas, que, para desespero de Kat, estavam por toda parte e aos montes, como se a casa fosse delas. Havia também muitos bichos no banheiro, cujo piso era vermelho-gelado, e as paredes de azulejo quebrado e tijolos aparentes e tudo mofado transformavam aquele lugar no que a menina mais odiava. A sua saúde também ficara debilitada por conta do mofo que cobria as paredes do casebre inteiro (ou pelo menos assim pensava), e a menina, que sempre foi alérgica, agora tinha que tomar remédio e fazer inalação diariamente.

E agora não eram só os pais a berrar, era também a avó, que, ao ver o pai beber e fazer um inferno na vida de todos, se exaltava e berrava de ódio. O inferno estava montado, e agora a menina voltara à mesma escola que tinha dado graças a Deus por ter saído, pensou que nunca mais voltaria, e aquelas mesmas crianças, depois de um ano, só haviam piorado... "Algumas pessoas ainda se perguntam se o inferno existe, eu vivo em um", pensava todas as manhãs.

Mas logo os pais se cansaram de ter mais um adulto na casa para lhes dizer quanto eram insuportáveis juntos. Pobre avó, que não aguentou ver e viver toda aquela loucura de brigas, idas e vindas, vergonha na vizinhança e gritaria vinte horas por dia, logo os mandou procurar outro lugar para morar, e pouco menos de um ano depois, lá se foram... Toda a família de novo, com todas as caixas, que ainda nem tinham sido abertas da mudança de Minas, agora também cheias de mofo da umidade da casa da avó, e cheias de baratas, que haviam colocado ali milhares de ovos e feito delas o seu lar. Pelo menos não haveria de lutar com as lacraias venenosas no chão do banheiro todos os dias, Kat pensou. Mas a notícia de mudar de casa sempre vinha como um pesadelo, um trauma para a menina, pois logo seria como em todos os outros lugares: as brigas, a vergonha, a luz cortada, o aluguel sem pagar, e depois de três meses seriam despejados de novo e teriam que se abrigar em outro lugar.

"Não vivemos, sobrevivemos apenas; isso não é vida, eu

vejo as outras pessoas, elas sorriem às vezes, são felizes e amam suas famílias. Eu nunca senti nada disso", dizia Kat nas suas longas conversas consigo mesma. A menina, que a essa altura da história da vida já estava um caco humano, infeliz, sofria de depressão profunda, já não esboçava um simples sorriso, e era criticada pela família, que a chamava de estranha, louca, depressiva. Às vezes, a mãe perguntava, aporrinhada, por que ela era tão infeliz, e dizia que parasse de ser tão esquisita. A essa altura até o seu esconderijo já haviam descoberto, o que causou ainda mais desconforto e bizarras conversas da mãe com a irmã, que estava convencida de que a pequena estava realmente louca, "e a cada dia piorando", dizia a irmã.

– Louca, eu? Eles me chamam de louca, mas loucos são eles! Será que estão todos cegos? Será que não veem? Eu sou infeliz assim por causa deles! Eu não tenho amor, e um ser humano não pode viver bem sem amor; eu não tenho amigos, eles me tiraram os meus únicos amigos... A minha vida acabou, já era... Foram-se as minhas esperanças, mas pelo menos eu fui feliz por um ano. Fui feliz, tive ao menos uma amiga, brinquei de peteca ao menos uma vez no parque, senti ao menos uma vez que a vida daria certo, acho que isso foi tudo pra mim... Isso é o máximo de felicidade que me foi designado, e eu agradeço, mas agora acabou. Quero ir embora daqui! Vivo num hospício! Eles não são normais, e estão fazendo sucumbir a minha própria inteligência. São todos loucos ao meu redor! O mundo inteiro está louco! Me leve, Deus, por favor, me leve daqui! Já não posso mais no meio desses dementes. Jamais aprenderão coisa alguma! Jamais entenderão nada! Eu desisto deles, e desisto de todos os demais humanos na Terra. Que se explodam todos! E tem mais: eu não aguentarei mais um dia de abuso naquela escola, e não aguentarei mais um dia de abuso nesta casa! Não aceito mais, terei de fazer algo! Sairei daqui, irei embora da escola e darei um jeito de trabalhar! Ganharei dinheiro e sairei desta casa, deixando todos esses dementes aqui pra se matarem de brigar e de se ofender uns aos outros.

Tinha tanta raiva e tanto desespero a pequena que não sabia o que odiava mais na vida, se era o pai chegando em casa todos os dias bêbado e descontando todas as suas frustrações e ira nela, se era a mãe, que via isso acontecer e nada fazia, se era a irmã, que agora comprava a sua própria comida e a guardava num lado separado do armário – bombons e biscoitos que a pequena jamais poderia tocar – e sempre fazia um escândalo acusando a menina de ter comido algo, que por isso acabava levando uma baita bronca da mãe todas as vezes, sem nunca haver tocado em nada. Com seu cérebro de 10 anos de idade, pensava que aquilo era imenso egoísmo e maldade, já que ela dividia tudo que tinha. Fazia pulseirinhas de miçanga para vender junto com a mãe, cada uma por 1 real, e os colares por 3, e com esse dinheiro comprava pão, quando dava. E a irmã comia do pão, todos comiam do pão, por que então seria justo que a irmã não dividisse o dela?

– Eu jamais entenderei o mundo. Jamais!

Mesmo sendo ainda tão jovem, já tinha a certeza de que tinha nascido diferente... Uma certeza profunda de que, não importava de onde havia vindo, àquele lugar não pertencia. Cada vez mais olhava ao redor e se sentia um extraterrestre; cada vez que parava perto de um humano e este lhe dizia algo absurdo, sentia ainda mais vergonha da própria raça. "Queria ter nascido gato", dizia desapontada, olhando para Dengoso, que era o seu único ídolo. Ainda pensava às vezes na ideia de ter um namorado, mas escutava assustada a mãe dizer que "nessa casa só é permitido beijar na boca depois dos 15 anos de idade, e fazer sexo só depois de casada, assim como foi comigo".

Não era bem respeito que a menina tinha pela mãe, tinha medo e muita pena; via a mãe como uma figura fraca, "não foi só transar que você fez depois que casou, foi desistir da vida também!", dizia baixinho em suas longas conversas consigo mesma, articuladas com a destreza de quem narra um filme importante assistido por um auditório lotado. Olhava para a mãe e pensava: "Serei tudo nessa vida, menos como ela". Via sua mãe como uma figura bizarra, que gostava de sofrer, e não sofria sozinha, pois também causava grande dor às filhas, que sem escolha presenciavam aquele show de horrores e tortura que era a vida a bordo daquela conturbada família. Pensava com ódio: "Como poderei namorar alguém um dia se não gosto de homens?". Escreveu sobre isso no seu diário:

"Tenho reparado que as mulheres são humilhadas pelos homens, os humanos acreditam que elas foram feitas para agradar aos homens. O meu pai diz que as mulheres nasceram só pra isso, pra limpar a casa e cozinhar, tendo alguma valia aos homens. Eu aprendi a cozinhar, já estou fazendo bolos de aniversário, pizza, coxinha e macarronada. Fiz uns biscoitos também, e outro dia consegui vender um dos meus bolos por 25 reais, dei o dinheiro pra minha mãe, que ficou feliz, eu acho... Ela não sorriu, mas acho que ficou feliz, afinal, dinheiro é o que traz felicidade para as pessoas. A minha mãe diz que ela é infeliz e que nós só odiamos o nosso pai porque ele não tem dinheiro, que se ele fosse rico nós o respeitaríamos e seríamos uma família feliz. Por isso quero ter muito dinheiro um dia, pra que eu possa ser feliz. Mas eu não quero ter filhos, Deus me livre! Longe de mim! E também não quero me casar, acho que quando conseguir sair desse inferno vou viver sozinha. Não sei se vou conseguir ter um namorado, meu pai diz que as mulheres têm mesmo que aguentar todas as ofensas e humilhações caladas, porque são seres burros e inferiores. Ele diz que 'mulher tem tudo que se foder mesmo', outras vezes diz 'mulher tem que morrer, o mundo seria tão melhor sem vocês reclamando de tudo o tempo todo'. Ele chama a mim, minha mãe e minha irmã de merdas, e diz que no dia em que ele realmente decidir ir embora e não voltar mais, iremos todas morrer de fome. E eu acho que ele tem razão, porque quando ele não dá dinheiro em casa ficamos sem comida – e até sem casa, como já aconteceu umas vezes. Ele disse que nós deveríamos nos ajoelhar no chão e agradecer a Deus todos os dias por tê-lo em nossas vidas, mas ao mesmo tempo ele diz que é ateu e que Deus não existe, e zomba da minha mãe por ela ser católica..."

"Mesmo achando que sucumbiríamos de fome e insanas com as nossas mentes burras sem um homem por perto, acho que prefiro morrer de fome a tê-lo por perto, e tentar a sorte de viver sem um homem um dia. Eu não sei se aguentaria ter uma pessoa gritando assim comigo todos os dias. Mesmo que as mulheres não mereçam ser felizes e sejam um bando de merdas, como diz o meu pai, eu acho que prefiro ficar sozinha, não gosto dos gritos da sua voz grossa de homem, eles me causam arrepio... e imensa dor de cabeça, e também me deixam um tanto nervosa."

Depois de todos os anos vivendo a mesma situação, e após um longo mês de mais desgraças, a menina pensou ter achado uma solução para os problemas. Então, quando foi dormir, falou sobre a sua ideia com a Voz.

– Já sei como vou fazer pra ir embora daqui, vou me matar! – disse com a naturalidade de quem diz que vai à esquina e já volta.

– Mas você não pode fazer isso. Não lhe é permitido.

– Mas você disse que temos o livre-arbítrio e que nós escolhemos tudo aquilo que passamos, e eu escolho morrer, vou embora e começar uma nova vida em outra vida!

– Não, não é assim que funciona! Existem algumas *leis*. Você não pode simplesmente se matar e ir ao encontro de uma próxima vida feliz e sem problemas... Existe também uma coisa chamada destino, ou caminho, que todos os seres humanos têm que seguir. É quase como se fosse o esboço de um roteiro.

– Então existe um roteiro? Se nós seguimos um roteiro, então que espécie de livre-arbítrio é esse?

— Vocês não são obrigados a segui-lo. Existe, sim, uma missão, e por isso um caminho mais ou menos traçado, designado a cada um, para ajudá-los a vê-la e a concluí-la. Esse caminho também pode ser mudado pelo humano; acontece que se o caminho for mudado demais, a ponto de atrapalhar no cumprimento da missão, pode levar o humano à confusão e à infelicidade pessoal, já que ele não se sentirá pleno. E toda vez que um humano escolhe um caminho muito "errado", muito oposto àquele que leva a melhores resultados finais no *Mapa do Grande Plano*, o que eles chamam de "anjos" vêm do "céu" para lhes mostrar o caminho *certo*. Existem vários tipos de "anjos", das mais variadas espécies e com as mais variadas missões, mas a missão primeira de todo anjo é tentar fazer o humano seguir o seu caminho, aquele que lhe foi designado, da melhor forma possível. Existem seres humanos na Terra que fazem trabalho de anjo também – estes, por motivos diversos, optaram por dedicar essa vida, ou boa parte dela, a ajudar outros humanos a se encontrarem, a conseguirem suportar e até entender as provas da vida, de modo que assim consigam mais uma vez "abrir os olhos" e acordar para a verdade da vida, levando-os de volta aos seus caminhos para que lá encontrem paz de espírito, que é o que no fim todos buscam. Mas mesmo esses humanos têm como primeira tarefa salvar e evoluir o seu próprio espírito através desse ato de caridade.

— Verdade da vida? E qual é essa verdade?

— Na sua vida pode-se dizer que existe um *anjo materializado* também... É o seu gato Dengoso, por muitas vezes ele foi o único motivo da sua alegria e...

— O Dengoso! – a Voz é interrompida pela menina eufórica. – Eu sempre soube! Eu tive muitos gatos, mas o Dengoso sempre foi diferente!

— Sim, os animais foram colocados no mundo com a missão de fazer os seres humanos se sentirem menos sozinhos, como aqueles que não se dão bem com outros humanos, aqueles que vão à Terra e sentem que não pertencem à raça, não se habituam de maneira nenhuma... Acontece às vezes, e tem acontecido cada vez mais. Os animais foram criados com a função de ensinar aos seres humanos lições de vida, e como viver de maneira harmoniosa e com menos dor. Eles já nascem sabendo o que os humanos levam muitas vidas para aprender. Os humanos pensam que os animais têm uma inteligência inferior simplesmente porque não falam a sua língua... Eles não falam a sua língua e não se comportam da mesma maneira porque não são terrestres; são de outro planeta, e não precisaram mudar as suas formas para vir aqui. A sua raça não tem alma como a humana, sua alma é desprovida de carma, pois não age com consciência de machucar, não tem essa consciência. Ao contrário dos humanos, eles apenas escutam e seguem ordens de espíritos "superiores"; tudo que fazem de relevante a um humano, ou na Terra, é por ordem de um espírito maior. Os animais são instrumentos de Deus, usados sempre que necessário – até mesmo quando matam ou mordem alguém, tudo que fazem e que são tem por trás uma lição, e às vezes é um sinal para aqueles humanos que os rodeiam. São seres calados, que não foram ensinados a falar como humanos, mas falam a mesma língua dos olhos, e às vezes é possível enxergar a sua energia de anjo quando se olha fundo nos seus olhos com o coração aberto.

Às vezes, pela importância que um ser humano dá a um animal, ele se torna mais especial, e por isso tem missões mais sérias e mais especiais que outros, como é o caso do Dengoso. Não é que ele nasceu designado a você como seu anjo protetor; ele nasceu um gato, um espírito servidor de outro planeta que não falava a língua dos homens, e um dia foi adotado pela sua mãe, mas você lhe deu tanta importância que nós o promovemos a *guardador materializado* da sua vida. E hoje em dia Dengoso é de suma importância pra você e pra nós!

Muitas vezes é só a ele que você *escuta*. Tentamos lhe falar, mas você não escuta... Tentamos lhe ensinar lições através de outros seres humanos, mas você não vê; acostumou-se a não gostar do ser humano, e por isso cria para si grande dor, pois só enxerga o pior cada vez que conhece alguém – e por isso os humanos, por sua vez, lhe dão sempre somente o pior de si. Eles tendem a repassar a energia que sentem de cada um – bem diferentes dos animais, que são capazes de passar amor mesmo na presença de puro ódio. Os seres humanos em geral são um espelho daquilo que veem e do meio onde vivem, por isso você continua a receber ódio e as pessoas continuam a lhe fazer coisas horríveis, que lhe soam injustas, mas não é bem por aí. Não recebemos exatamente o que merecemos, pois a Terra não é um planeta de méritos, é um planeta regido pela energia – e a energia que se passa é a energia que se recebe. É como se fosse um jogo de tabuleiro; em cada planeta em que se reencarna existe um meio de conseguir o *objetivo*. Existem também os planetas em que só a Lei do Carma conta, por isso alguns mestres espirituais vieram à Terra e ensinaram a Lei do Carma como a lei de salvação. Eles não estavam errados, só estavam se referindo ao planeta errado, pois seus espíritos ainda traziam lembranças e vivências dos outros planetas que haviam visitado em outras vidas. Por isso existem tantas religiões na Terra e cada uma prega uma coisa, e nenhuma delas está errada, todas trazem ensinamentos do que chamamos de "sabedoria além-Terra", e todas têm como base o que se chama na Terra de amor, que é a única lei comum a todas as religiões e a todo o Universo. Mas o ser humano ainda não entendeu o significado do verdadeiro amor... Os ensinamentos das religiões se perderam nos milênios, transformando grandes ensinamentos de amor e união em guerras e mortes pelo planeta inteiro. O ser humano ainda não sabe o verdadeiro significado de amor... Poucos que pisaram na Terra sabiam, e é pra isso que estamos aqui, e foi pra isso também que você veio, e que todos os outros como você vieram. A Terra ficou fora de controle, todos os seres humanos pareciam estar tomando muitos caminhos e decisões errados, e aqueles que tentavam trilhar o caminho correto, seguindo o único instinto universal de todos os seres, que é o amor, foram influenciados pela sociedade, pela consciência de humanidade que, assim que se chega à Terra, é imensa e densa! Como eu já havia dito, a Terra é um planeta regido pela energia e pelas leis de energia, portanto, se muitos humanos pensam e agem da mesma maneira, isso gera uma energia que aos poucos vai se transformando em hábito, e então, quando você percebe, já está fazendo coisas sem saber por que e que nunca achou que fosse capaz de fazer. É o que acontece quando um ser humano mata, estupra, fere... Ele está sendo tomado pela energia de influência, segundo a qual um ser deve ter poder, dinheiro e posses acima de todas as coisas para conseguir concluir o seu objetivo na Terra, e o seu sucesso como humano depende disso, embora seja totalmente o contrário... Isso são também lembranças de outros planetas, mas, nesse caso, de *planetas inferiores*, de onde viveram antes. Ainda assim, a Terra é um planeta de provas, com as quais nesta existência se visa aperfeiçoar mais o espírito e não piorá-lo, como vinha acontecendo nos últimos milênios. Então decidimos enviar à Terra cada vez mais espíritos como você, que, por terem almas com mais experiência em tomar o caminho certo em outras existências, e por já terem passado por este e por outros planetas muitas vezes, são menos suscetíveis às energias influenciadoras da Terra, pois se mantêm mais em contato conosco. São espíritos que entendem e sentem viva a Voz, e sabem que o Universo inteiro de certa forma vive dentro de cada ser. Mas isso não quer dizer que alguns de vocês não se percam também; a adaptação na Terra para espíritos como esses não acontece. Por isso eles se acham tão diferentes e acabam não se adaptando, pois não são mesmo daqui; na verdade, não pertencem a este lugar... Como os animais, que vieram de outro planeta, e não estão aqui para se adaptar, e sim para mudar o meio e a consciência terrestres, para ensinar coisas de vibração superior e não se deixar mudar pelo que aprendem aqui. Esses espíritos não encontram muito apoio na Terra, porém, assim como todos os outros, têm o nosso apoio integral, e isso para alguns deles basta.

– E é por isso que você fala comigo?

– Não, não é por isso. Eu falo com todos os humanos, assim como falo com você! Todas as noites eu os encontro e explico sobre a vida, tentando acalmá-los e ajudando-os a entender que nenhum problema que possam encontrar na Terra é assim tão sério quanto o cérebro humano os faz pensar que é. Que para tudo que acontece em suas vidas há uma explicação perfeitamente lógica e um motivo especial. Mas na maioria das vezes os humanos não escutam. Diferentemente das outras espécies colocadas na Terra, eles foram feitos donos dos próprios desejos e anseios, donos das próprias vontades e instintos, e acabaram ficando arrogantes demais... e agora não escutam nem mesmo a Voz.

– Então eu sou especial, mais importante do que os outros, porque escuto você?

– Na verdade, não. Todas as almas, antes de serem humanas, foram criadas igualmente, têm a mesma importância, são todas especiais. E você, assim como todos os outros que, também na condição de humanos, só me permitem falar quando estão dormindo, que é quando o seu espírito se liberta das amarras da Terra completamente, você escolheu ser mais aberta aos sinais, mesmo que ao acordar se esqueça da nossa conversa. Assim como o Dengoso, que, por ter se tornado tão importante para você, acabou recebendo uma missão e uma responsabilidade maior, que foi a de guardar a sua vida, você nos deu mais ouvidos e mais importância. É como se o seu espírito tivesse se aberto a essa missão de mudar o mundo, não fomos somente nós que a escolhemos para você... Você a escolheu para si, e a prova disso é que, mesmo depois de todos esses anos, você se manteve fora da energia influenciável do planeta, conseguiu se manter como eles aqui chamam de "estranha", porque para eles a sua energia é diferente. Então, diferente aqui é só a energia de um espírito que se predispôs a servir e a escutar mais do que os outros. Não tem relação com a alma, foi uma questão de escolha, e não uma mudança na estrutura de alma. E, mesmo que para você tenha parecido um ato inconsciente, não foi; foi um ato profundamente pensado do seu espírito, que, a fim de compensar algumas faltas cometidas no passado por imaturidade de alma mesmo, agora veio e se voluntariou a esse serviço. Por isso parece agora que a sua missão é maior, mas na verdade todos os seres humanos vêm com essa mesma "tarefa base", que é a de salvar uns aos outros por meio do amor, e assim salvar-se a si mesmos.

– Mas então por que a minha vida é tão miserável? E por que eu estou desistindo? Se eu sou assim um espírito tão bom e com uma missão tão corajosa, por que me sinto tão fraca? E por que me foi designada uma vida tão difícil? E numa família tão difícil?

– É aí que está. Se você se dispôs a curar a dor do mundo, não há meio de fazê-lo senão sentindo-a. Como você pode ser capaz de salvar a outros se você não sentir na pele de humana o que eles passam? A raiva, o ódio da exclusão social, o desamor... Como você pode curar a dor do mundo sem senti-la? A sua vida do jeito que é e com as pessoas como são foi-lhe dada assim para servir ao seu propósito, ao seu espírito e à missão que você mesma escolheu para si nesta existência. Você poderia ter recebido uma vida de rainha, ter nascido com muitas posses, sem nenhum problema financeiro ou de família; há humanos que nascem assim e são capazes de concluir missão parecida com a sua, mas vêm com outras provações, tais como doenças e outros tipos de obstáculos, nascem designados a outras dores, e essa realidade serve ao espírito deles. Cada espírito em específico tem uma maneira de responder e de evoluir com as provas da vida, e o seu precisava ter nascido bem pobre como nasceu e na família em que nasceu, com as dificuldades com que nasceu, para poder evoluir. Na verdade, você já sabe de tudo isso, mas estamos tendo essa conversa mais uma vez porque na Terra você pensa em se matar. Esse é um pensamento muito comum aos espíritos que vêm à Terra como o seu. Por não se encaixarem, um dia decidem que estão errados aqui e que a sua existência não tem mais valia. Os que chegam a cometer o suicídio infelizmente têm um destino horrível, porque dessa maneira infligem a si mesmos a única lei unânime de todo o Universo, que é a total falta de amor, nesse caso por si próprio.

O suicídio é um ato de total falta de compaixão e amor do ser humano para consigo mesmo, e as consequências desse ato são catastróficas, pois, quando um espírito comete suicídio, ele não só muda drasticamente o rumo de sua própria existência, mas o de várias outras pessoas! No caso, há pessoas que já estão designadas ao caminho daquele humano quando ele nasce, que são os seus filhos, o seu companheiro de vida, as suas almas gêmeas, a sua família... E todo esse esquema de existência que serve ao Mapa do Grande Plano precisa daquele humano, ele é essencial na vida de cada um que cruzará o seu caminho, até o dia de sua morte na Terra, e algo assim mudará a sua existência para sempre. Se um humano tira a sua vida abruptamente por meio de suicídio, mesmo que seja um dia antes do término do tempo que lhe foi designado, ele sofre as consequências desse ato por muitas e muitas vidas, a começar logo depois que desencarna, pois agora sofrerá as dores física e emocional, sem poder fazer nada para abrandá-las; a dor de outros espíritos, que por causa dessa decisão talvez vivam em tristeza e terão as suas vidas mudadas na Terra e no além-Terra; por exemplo, se deveria ter filhos, eles não nascerão, e esse espírito suicida então sofrerá as dores e frustrações desses espíritos que se preparavam para vir como filhos e agora não poderão mais vir; se estava designado a ser parceiro amoroso, ajudando outro ser humano a crescer por meio da convivência, esse outro ficará bastante prejudicado como humano agora, e talvez viva até a eterna dor da procura de um companheiro que nunca virá, pois já está desencarnado. Sofrerá também a dor da baixa vibração do *nível* em que desencarnará, por causa da dor de outros espíritos presos ali uns aos outros por terem cometido ato igual ou parecido com o seu. Sem contar que o espírito logo depois se dá conta de que a decisão de suicídio foi nada mais do que o resultado de imaturidade terrestre, e arrepende-se amargamente de ter praticado tal ato impensado, vendo quão precipitado e ignorante ele foi ao desperdiçar uma existência tão preciosa como essa na Terra. Em vidas próximas, passa a entender que tudo poderia ter sido diferente com a mudança de simples atos enquanto era humano, e que se tivesse feito as coisas até mesmo um pouquinho diferente aquele ato não teria sido necessário.

– Eu não sei... Agora que você fala me parece fácil pensar que voltarei, que escutarei, que enxergarei os sinais... Mas a verdade é que quando eu volto pra lá não penso em outra coisa senão "ir embora".

Naquela manhã a menina acordou sentindo-se vazia. Diferentemente dos outros dias, todos resolveram sair, era sábado e ela ficou o dia todo sozinha na casa sem fazer nada, como de costume. "Que vida chata", pensou.

Apesar da longa conversa que havia tido com a Voz, acordou como se nada tivesse acontecido. Pensava em tirar a própria vida, pensava não haver ânimo nem mesmo para isso, pensava que o que a fazia querer sumir dali era a inércia de vida, era o não fazer nada... mas estava enganada. A sua cabeça inocente de criança ainda não conseguia compreender os verdadeiros sentimentos, ou talvez fosse o seu orgulho já de pessoa adulta que a impedia de admitir – e não importa de que ponto de vista ela olhasse, ou mesmo se pudéssemos conversar com ela e lhe perguntar por que faria aquilo, independentemente do que ela respondesse, a verdade era uma só: ela faria aquilo por abandono, por negligência do mundo, estava sentindo extrema dor e a alma sofrida já não podia mais suportar toda aquela realidade de terror que havia criado para si mesma.

Não estou dizendo que a menina não tinha motivos, que era uma mimada, mas, sim, que criara essa realidade de que todos a odiavam e de que todos estavam contra ela, de que o mundo tinha acordado naquela manhã e em todas as manhãs nos últimos dez anos pura e unicamente pra lhe fazer mal. Mas naquela tarde de sábado o pai estava no boteco bebendo, a mãe havia saído de casa apressada, preocupada como sempre, com os boletos vencidos na bolsa. Com certeza tinha ido pedir dinheiro emprestado para pagar alguma conta; a irmã estava num churrasco com o namorado e Dengoso estava olhando o cachorro do vizinho pela janela.

O pai bebia porque assim se esquecia do fato de ter casado aos 23 anos com uma mulher que não amava só para servir de fachada para o mundo, já que aquela que ele amava de verdade não era, a seu ver, mulher *direita* e não era "bem vista pela sociedade". Entorpecia-se a fim de ter coragem de chegar em casa e colocar para fora toda aquela tristeza e a falta que sentia da outra, a antiga amada, sem pudor. A irmã estava longe dali porque tentava ser feliz um pouco, não queria uma criança chata atrás dela tirando a atenção do seu vestido novo – havia trabalhado muito por aquele vestido e tinha necessidade de ser o centro das atenções no churrasco em vez de ter a companhia da irmã estranha de 10 anos que ganhava prêmios de poesia e falava coisas de adulto...

Não, naquele dia ela não estava mesmo com paciência pra aquilo. A mãe estava mais uma vez "fazendo o seu trabalho de mulher" e servindo a casa, servindo o pai machista, servindo o seu próprio desespero por um amor que nunca vinha – na verdade, nem ela mesma sabia o que fazia, pois já estava no automático, já tinha virado um robô em sua frustração, e mais tarde choraria a própria ilusão.

A mãe de Kat somente chorava, era como se fosse um trabalho, "chorava pelo menos dez horas por dia", dizia a menina quando se referia à mãe, "já é de praxe". Ela e a irmã já não se importavam mais de ver a mãe chorar, já era corriqueiro, ela chorava fazendo a comida, comendo, tomando banho, arrumando a casa... E quando Kat perguntava uma vez ou outra por que estava chorando, ela nada respondia. Pois bem, o que quero dizer é que nenhum deles estava pensando em Kat naquele momento; como na maioria das vezes, estavam apenas vivendo a vida. Nem mesmo Dengoso a olhava nesse momento. Até os colegas de escola, que eram motivo de tanta dor e desespero para ela durante a semana, agora estavam em suas casas, sendo eles alvo de chacotas de suas próprias famílias, apanhando de seus pais ou de seus irmãos mais velhos. No fim de semana eles não vestiam uniforme de colégio, não eram valentões desaforados que metiam medo em todos os outros alunos, eram apenas crianças indefesas, assim como Kat.

E ali estava ela, sentada na cama, pensando em acabar com a própria vida por causa de pessoas que nesse momento nem lembravam que ela existia. Não pensou em deixar uma carta, não tinha nada a dizer. A pobre não deixaria para trás nem ao menos uma lição de vida, nem ao menos as histórias narradas que lhe passavam pela cabeça durante o dia. Foi ao quarto da mãe e pensou: "Eles já devem estar chegando... Ficaram fora o dia inteiro, já é noite, já devem estar voltando!". Mas naquele dia ninguém voltava, já era perto das 10 da noite – se fosse

hoje, diria que aquilo era um sinal, mas por ser criança não disse nada, porém entendeu o mesmo. Levantou-se e disse:
– É agora! Mas espere aí! Como me matarei? Não é tão simples assim, apenas dizer que quero morrer e instantaneamente o meu corpo se desfaz. Que burra que sou! Como não pensei nisso antes? Preciso primeiro pensar em algo... Hummm, deixe-me pensar... Acho que o jeito mais fácil é com a faca... Nossa, mas vai doer muito! Meu Deus, e agora? Mas pense bem, será uma dor rápida, que acabará com todos esses problemas de uma vez. Pense nisso e seja corajosa!
Foi então depressa em direção à cozinha, decidida a encontrar a faca perfeita para dar conta do serviço, pois sabia que o pai tinha muitas. Mas, nesse momento, Dengoso pulou na sua frente, como se quisesse dizer algo.
– Oi, Dengoso! O que você quer? Estou ocupada agora, não posso brincar, sinto muito, tenho de me concentrar agora.
E o gato passava por entre as pernas da menina, fazendo-a tropeçar, como fazia quando ela estava comendo chocolate – Dengoso era tarado por chocolate e mortadela.
– O que é? Não estou comendo nada! Saia do caminho!
Nesse momento, no caminho do quarto até a faca, entre o gato e a morte, ela se deu conta de que ficara ali sozinha o dia todo, de manhã até a noite, como ficara muitos dias, muitos meses, havia muitos anos, só ela e Dengoso! E se ela só tinha Dengoso, então Dengoso também só tinha a ela, pensou.
Estarrecida com a verdade, lembrou-se de Minas e das longas semanas que a mãe passara fora e que ela se sentia culpada por estar o dia inteiro na casa da amiga, deixando Dengoso sozinho. Lembrou-se de que muitas vezes ficava sozinha em casa com ele, abdicando dos amiguinhos para que "ele não se sentisse só e abandonado, como eu me sinto". Lembrou-se então de Amarelinho, outro gato que vivera com eles na casa da avó e que a mãe "desalmada e de coração de pedra" colocou num abrigo com a desculpa de que as despesas

de ração já estavam muito altas. Recordou-se com detalhes de que, naquela noite fria de inverno, lá se fora Amarelinho num bugre velho e barulhento do tio, tremendo de medo, para ficar num abrigo em que havia dezenas de outros gatos e só um velho para tomar conta de tudo... Lembrou-se de como sofrera todos os dias de sua jovem vida ao lembrar que naquela noite Amarelinho fez xixi no carro de tanto medo, e, com os olhos esbugalhados pela dor e traição da mãe, agora estava sendo jogado, deixado pra trás naquele lugar horrível! A menina se deitou no chão, abraçando Dengoso, e começou a chorar desesperadamente.

– Não! Não! O Dengoso não, por favor! Meu Deus, se eu for embora eles jogarão o Dengoso lá onde também jogaram o pobre Amarelinho. E ele era um gatinho tão bonzinho! Tinha apenas 6 meses de vida, era só um bebê, nem assim a minha mãe se compadeceu do coitado, que só nos deu amor! E ele era um gato muito mais carinhoso que você, Dengoso! Ele era mais peludo e mais bonito. Se eles foram capazes de fazer isso com ele, o que farão com você, então, depois que eu for? Sairão pra pagar as contas e voltarão quinze horas depois?! Irão viajar dizendo que serão três dias e passarão três semanas fora? E quem lhe dará de comer? Quem trocará sua água? Quem lhe fará companhia? Quem brincará com você, e quem lhe dará amor e atenção?

Percebendo então a traição que estava prestes a cometer contra Dengoso, a menina se deu conta de que não estava sendo tão diferente da "desalmada mãe" que abandonara Amarelinho naquele sítio à própria sorte, ou da displicente família que a abandonara à própria sorte, como se sentia, e à beira de um ataque de nervos tão grande a ponto de chegar a uma escolha tão cruel contra si mesma. Vira que não estava sendo diferente deles pois faria o mesmo com Dengoso, que, indefeso, provavelmente morreria ali sem amor e sem cuidados. Também entendeu que Dengoso, como o quieto gato que falava, não passara por entre suas pernas para lhe dizer "brinque comigo", e sim para pedir desesperadamente: "Eu sei o que está prestes a fazer, e, por favor, não se vá! Não me abandone aqui com os insanos! Você é a única sã aqui, preciso de você!". A menina não tem absoluta certeza de que foram essas as palavras que ele disse, pois ainda não sabia falar gatês, mas entendeu o recado.

E depois de chorar por muitos minutos no chão da cozinha abraçada a Dengoso, e depois de tantas juras de amor, ele já não tinha mais aquele olhar desesperado de antes, de quem estava prestes a ser abandonado, tal como havia sido Amarelinho naquela noite fria dentro do bugre, não, agora ele tinha um olhar calmo e feliz.

A menina então olhou Dengoso nos olhos e jurou nunca abandoná-lo, dizendo que, independentemente do que acontecesse, enquanto ele vivesse ela viveria também para cuidar dele.

– Você é minha responsabilidade! E eu não sou pessoa de fugir das minhas responsabilidades! Se assim fizesse, eu estaria sendo como eles, e não há nada no mundo que eu odeie mais.

E nesse dia, como quem renasce, ela foi dormir realmente feliz. Não porque algo em sua vida houvesse mudado, a vida continuava a mesma, e Dengoso, que já estava ali havia seis anos, continuava o mesmo, mas agora ela enxergava diferente. Havia aprendido tantas lições valiosas naquela noite que só entenderia muitos anos mais tarde. Mas não importava entender agora, só o que importava era proteger Dengoso, era dar a ele o que ela não tinha, o que o mundo não havia lhe dado, e foi assim que foi dormir, sentindo-se importante, como quem agora tinha um propósito. Sentia-se necessária, era mãe, era responsável pela vida e pelo bem-estar de Dengoso, e aquilo era-lhe suficiente para viver.

Anos mais tarde viria a entender que não era bem a vida que a estava matando naquele dia, mas sim a sua própria maneira de ver a vida, porque, pensando bem, foi a mesma vida injusta que lhe deu a miséria, que lhe deu a terrível família, como ela dizia, mas foi a que também lhe deu Dengoso e tantas outras coisas maravilhosas ao mesmo tempo! Então talvez a vida não fosse assim tão má, não dava só desgraças, a vida dava de tudo, mas a menina escolhia ver aquilo que quisesse – e naquela noite, quase que por um milagre de Deus, ou de um gato usado por Deus, ela escolheu ver em Dengoso o seu motivo de viver, escolheu fazer dele o seu propósito, e tal escolha inconsciente-consciente, tão de última hora e tão sutil, acabou lhe salvando essa vida e muitas outras existências.

Naquela noite, ao dormir, a menina ouviu a Voz:

– A vida é aquilo que fazemos dela. Se agora você chora é porque escolheu isso, não culpe os outros quando é de você mesma que tem que cobrar a mudança.

– Então você quer que eu mude? Todos querem que eu mude. Todos! Pois agora verão. Estou farta! Farta de tudo! Sim, talvez você tenha razão, talvez eu escolha mesmo a minha própria vida. E a partir de hoje serei uma outra menina. Uma nova pessoa acordará nesta manhã! Eu não tenho mais medo! Está me ouvindo? Não tenho mais medo! – gritava a menina para o nada. – E quem é você, afinal? Não o vejo! Vamos, apareça! Eu não tenho mais medo de nada! E seja lá o que ou quem você for, eu também não tenho medo de você!

– Sou um velho amigo seu. E estou feliz de saber que não tem mais medo de nada. O medo, de tudo que há na Terra, é o pior inimigo do ser humano. E o pior inimigo da sua evolução. A mudança também não é má ideia, já que tudo que evolui muda, portanto não existe evolução sem a mudança. Não precisa ficar assim tão chateada e enraivecida porque se vê na necessidade de mudar. Não são os outros humanos que lhe infundem esse anseio de mudar, como você pensa; é o seu próprio espírito, a fim de fazê-la evoluir.

4

A mudança

Como havia prometido, a menina acordou mesmo um ser diferente naquela manhã. Não bem aquilo que era exatamente o *certo*, mas sem dúvida havia mudado, e muito...

Levantou-se como se não houvesse ninguém na casa, ignorou a presença de todos, passando direto pela cozinha. Na rua, dessa vez, quando alguém lhe dirigiu um assobio junto com um elogio desaforado, a menina de 10 anos, que pelo tamanho mais parecia ter 15, gritou: "Vai se foder, seu idiota", com autoridade e ira de gente grande. Chegou à escola com a mesma atitude. Tinha ira nos olhos naquele dia. E quase como num passe de mágica, como se o mundo todo, até mesmo os pássaros, pudessem sentir a sua energia, naquele dia pela primeira vez ninguém tirou sarro dela, nem as professoras, nem mesmo os engraçadinhos que em todas as chamadas faziam piada com o seu nome, ninguém.

Como nos filmes de ação, por onde passava o chão tremia e as vozes silenciavam. Era como se estivesse cega e surda pelo ódio, já não escutava mais nada, não sentia nada e não pensava em nada, parecia um vulcão adormecido, à espera de alguém falar qualquer coisa que não fosse de seu agrado para entrar em erupção. Bastaria uma palavra, uma atitude, um olhar. Sentou-se sozinha até o final da aula sem falar com ninguém, e sem perceber que também não havia sido incomodada por ninguém, até que... pouco antes da saída, quando metade do colégio já havia ido embora e ela atravessava o longo pátio de meio quilômetro, uma voz a chamou de algo – ela nem ouviu direito a ofensa, pois estava surda de raiva. Foi então que do meio do pátio reconheceu a voz, antes mesmo de se virar. Vinha dos bancos perto das árvores, à sua direita. Era da valentona, uma das mais cruéis, mais espezinhadoras de todas, e essa sim tinha uns 15 anos, apesar de serem as duas quase do mesmo tamanho.

Kat, olhando as meninas que riam junto à valentona, perguntou: "O que foi que você disse? Não ouvi". E ela repetiu a ofensa, que era algo ridículo como chamá-la de piranha, ou outros nomes cujo significado Kat nem sabia – as valentonas não eram nada inteligentes; mais tarde Kat aprenderia isso também, que a falta de inteligência leva a lugares bem medíocres na vida, e, no caso das valentonas, bem diferentes do *status* que tinham na escola.

Pois o vulcão entrou em erupção, e a menina, que havia mudado literalmente da noite para o dia, pegando as valentonas totalmente desavisadas, correu em direção à líder. Agarrou-a pela gola da blusa com tanta força que a líder se chocou contra o banco, aos gritos de Kat, que dizia coisas como "nunca mais em sua vida fale coisas assim, se você fizer isso de novo vou quebrar a sua cara!". As outras pularam assustadas e o pátio inteiro começou a gritar. Para azar de Kat, no mesmo segundo alguém puxou-a pelo braço, e a menina, surpresa, viu que era a diretora do colégio, uma figura temida e assustadora. Ela era uma mulher grande, de forma arredondada, e estava sempre gritando com os alunos. Eles diziam que ela não tinha família, nem marido, nem coração, que era um monstro, que já havia matado algumas crianças e que outras ela havia sequestrado para lhe servir de escravos em sua casa. Mas, sabe como é, circulam muitos boatos nessas escolas, portanto Kat não sabia se esses eram verdadeiros. No entanto, por via das dúvidas, manteve-se em todos aqueles anos o mais longe que pôde das garras de Fátima, que não era somente diretora, era também professora de Matemática. "Acho que um ser humano não pode ficar pior do que isso", pensava a menina.

A diretora agarrou as duas pelo braço, e a valentona, que já estava acostumada a ser "do crime", se fez de boba na hora e começou a chorar, acusando Kat de ameaçá-la e praticar *bullying* contra ela havia anos. Kat, por sua vez, novata na vida de crimes, ainda calada e surda de ódio, nada disse, só sentou lá com cara de bicho raivoso até a hora em que sua mãe foi buscá-la na escola, por ordem da diretora.

A mãe, que apesar de muito ausente em várias coisas era muito presente na severidade, dava às filhas tratamento de quartel, portanto aquela atitude era totalmente proibida, não importava o motivo. E mesmo que houvesse um, e mesmo que estivesse certa, Kat não queria perder tempo falando, a ela não importava mais estar certa, ou ter razão, ou agradar a alguém. Pensou: "Vou viver assim até que um dia possa finalmente sair desse inferno", e todos os dias de sua vida, quando abria os olhos, dizia: "Um dia a menos". E assim encontrou um modo de sobreviver, de aguentar a própria vida, pelos próximos anos.

É claro que naquela mesma semana Kat voltou ao colégio e teve problemas com as valentonas, que se juntaram em cinco para bater nela. Mesmo assim "foi válido", pensava. Depois daquele dia em que decidiu mudar, a sua vida realmente mudou inteira; agora as pessoas no colégio a respeitavam, e sem querer começou a ficar popular, embora nunca tenha se importado com isso, porque realmente não se importava com ninguém.

Naquele mesmo mês veio a primeira menstruação, que fechou com chave de ouro um mês de puro ódio e mau humor. Todos lhe perguntavam assustados o que havia acontecido; por que aquela menina doce e quieta, que parecia até há bem pouco tempo tão romântica, que escrevia poesias e cuidava de todos, havia se tornado agora uma criança problema – causava escândalos na escola, brigas constantes, ficava fora dias inteiros enfurnada nas longas aulas de teatro e quando chegava em casa chamava o pai de bêbado, a mãe de sonsa e até batia na irmã mais velha. Esta, tentando controlar aquela fera tão jovem, mas tão irada, forçava uma comunicação corporal, numa tentativa frustrada de que ela fosse como antes, de que fizesse as coisas de antes, ao que a menina se recusava com veemência.

Não que ela o fizesse de propósito, ela apenas havia decidido que aquelas pessoas não lhe serviam, não a faziam crescer, não diziam nada que fosse útil ao seu bem-estar ou ao seu crescimento como pessoa, faziam e falavam tudo para o próprio bem. Usando as palavras da mãe, assim os definia: "Só pensam no próprio rabo".

Na casa criou-se um inferno. Agora muito pior do que era antes – muito pior para eles, porque para a menina estava muito melhor, sentia-se bem, sentia-se grande e poderosa. Nenhuma ofensa lhe passava despercebida, estava pronta para apanhar, para sofrer as consequências, até para morrer se fosse preciso. E a cada dia, a cada situação louca que passava por se colocar no mundo daquela maneira, a sua coragem crescia. E agora, depois de infringir muitas leis nos *dois mundos (espiritual e terreno)*, de se meter em muita confusão e loucura, sentia-se uma rainha: "Nada pode me deter agora, coitado daquele que entrar em meu caminho".

5

A revoltada

Era assim que a mãe agora se referia a ela quando falava com as pessoas, "a revoltada". Ela ainda tentava respeitar a mãe e chegar nos horários combinados, quase todas as vezes, mas com frequência também não chegava. Quanto ao pai e à irmã, era como se nenhum dos dois existisse, só se dirigia a eles para destilar o amargo veneno do escorpião. Ah, sim, ela também era "100% escorpiana", como gostava de se denominar. A irmã dizia simplesmente que ela era o diabo em forma de gente, e o pai, como sempre, não dizia nada. Mas a verdade é que ela apenas vivia a sua vida, não se metia na de ninguém, eram eles que metiam o bedelho na dela. A menina só não se deixava mais ser o saco de pancadas de todos da casa. As tias agora não a viam mais, daquele ano em diante ela decidiu não mais falar nem ver ninguém da família, com exceção da avó, que era a única que não odiava; ainda assim, não tinha muita afinidade com ela também, mas "é velha, coitada, tenho que ter paciência com ela", pensava.

No diário:

"Tenho lido muito sobre astrologia, e como é fascinante!

Já faz alguns anos que comecei a ler, e não entendia nada sobre os humanos, foi a astrologia que me ajudou a entender muitos dos comportamentos inexplicáveis das pessoas, e é tão divertido! Agora posso dizer que muita coisa faz sentido. Amo o meu signo, e, segundo a astrologia, esse comportamento que eu tenho não é nada estranho, é uma característica do meu signo. Mas também diz ali que o meu signo é muito sexual, e eu ainda não sou... Na verdade, sexo até tenho curiosidade de fazer, mas não gosto de ninguém. Como vou fazer isso?... Também tenho muita vergonha. Não consegui nem beijar na boca, ainda sou BV, mas quando o pessoal da escola me chama assim fico roxa de ódio! Vou ter que arrumar um jeito pra fazer isso. Escolher um menino menos horrível e fazer com ele, não vai ter jeito! Não quero fazer isso, mas não tenho escolha. Semana passada eles me trancaram numa sala com um menino e foi péssimo! Fiquei com tanta vergonha que queria morrer. Até hoje não consigo olhar pra ele!".

Alguns meses após ter sido tomada por seu comportamento explosivo, o *bullying* na escola tinha diminuído bastante. Agora havia se tornado alvo de outro tipo de *bullying*. Já que Kat havia sem querer, em poucos meses, passado de "frangote magrinha", que era humilhada e levava pancada de todo mundo, ao grupo de meninas grandes, e ascendente a popular entre as turmas de idades similares, agora ela era obrigada a beijar também. Era obrigada a ser grande em tudo! A menina já havia tido outros relacionamentos antes; seu primeiro namoro foi com um menino sete anos mais velho, no jardim de infância, ela tinha 5 e ele 12... Logo depois teve Maurício, mas nunca tinha beijado na boca. A timidez ainda era muito grande, isso ainda não havia mudado em nada.

Mas como o *bullying* relacionado a esse assunto piorava – agora a menina já não conseguia mais nem andar um metro sem ser envergonhada, suas ditas "colegas" jogavam um ou dois meninos em cima dela –, decidiu que era hora de agir. Disse a si mesma, olhando-se no espelho do banheiro durante o intervalo, como quem encoraja um soldado: "Eu sou forte e destemida, e se não tenho medo nem da lei de Deus, nem da dos homens, nem da morte, imagine se vou ter medo de um menino franzino do colégio!". No último mês, Kat tinha adotado um sutiã velho de renda com enchimento que herdara da mãe. Com ele parecia até ter peito, então tinha todos os meninos da quinta até a sétima série dispostos a fazer aquele serviço de livrá-la da tão odiada BV! É claro que ela queria os meninos mais velhos do segundo ano, sonhava mesmo era com esses... Eram mais maduros, mais altos, mais robustos, decerto mais inteligentes (ou menos burros). Mas, como não tinha acesso a eles, para surpresa de todos, escolheu Dorivaldo.

Dorivaldo sentava na última cadeira. O menino mais quieto e o mais velho da sala já tinha 14 anos.

"Dorivaldo?", perguntou todo mundo assustado.

"Sim".

"Mas você está louca?! O Dorivaldo é horrível! Baixinho e narigudo! Por que não fica com o Thiago, que é com quem todo mundo quer ficar? Você tem sorte, pode escolher, escolha melhor! O Dorivaldo tem cara de ter uns 18 anos... Nunca conversou com ninguém pra sabermos a idade, mas já deve ter uns 18!".

Kat não se importava, sentia-se mais segura com Dorivaldo, era o único educado e com modos. A avó dele era professora de Português e havia sido criado por ela. Era um menino respeitador e o único que não lhe despertava ódio só de estar perto. Todos os outros lhe eram insuportáveis com as suas criancices de menino.

Naquele mesmo dia, foi até a inocente vítima, digo, até Dorivaldo, e o chamou para subir com ela à sala de aula vazia na hora do recreio. Os dois estavam lá sozinhos e Kat, quase tendo um piripaque de nervoso, disse a ele que via os outros alunos insuportáveis espiando pelo buraco da fechadura. Tiveram uma conversa bem cabeça, que na verdade tomou lugar só para fazer passar o nervosismo da menina. Então Dorivaldo disse a ela que contaria a todo mundo que eles haviam se beijado, que não precisava mesmo acontecer, e assim a deixariam em paz. Ela concordou, mas disse: "Tudo bem, não faremos aqui, mas faremos depois da aula! Não conte a ninguém! Depois da aula me espere na praça do trem; é um pouco longe daqui, mas é no caminho da minha casa, assim já estarei perto de casa. Você vai primeiro e eu vou depois de meia hora, pra ninguém desconfiar". Afinal, não era nenhuma covarde, e mesmo que mentisse para os colegas, dentro de si saberia que tinha amarelado e aquilo abalaria a sua autoconfiança de mulher-maravilha. E, usando com todas as suas forças os seus dotes de atriz, fingia para Dorivaldo que estava tudo bem, que não estava morrendo de nervosa, só havia lhe pedido aquilo porque vira que o tempo tinha passado, o sinal havia soado e não haveria mais tempo de "executar o serviço".

Foi até a praça, onde Dorivaldo já a esperava sentado num banco, e beijou o menino de 14 anos, ato que a deixou extremamente envergonhada e perturbada, de tal modo que nunca mais olhou para a cara dele. O menino, que se sentava no fundo da mesma sala, agora havia se tornado invisível. Mas nem por isso ela deixou de se tornar mais forte e poderosa; agora Kat se sentia dona de si e dona de um enorme segredo. Imaginava se a mãe e os demais em casa descobrissem que ela aos 10 anos tinha beijado alguém de língua – "me matariam", pensou – e resolveu guardar o segredo a sete chaves. Deitada na cama, pensando em tudo, sentia o rosto queimar de vergonha de Dorivaldo, mas o que importava era parecer adulta perante os colegas no colégio, e isso ela tinha conseguido.

6

A descoberta do poder e a decepção

Nos meses seguintes Kat quis explorar os seus limites. Achava-se dona do mundo e agora os meninos eram o seu alvo preferido. Ela mirou os mais populares e mais bonitos do colégio e, de forma magistral, fazia chegar até eles a informação de que "teriam uma chance" de beijá-la durante o recreio. Mentia a idade, engolia a vergonha e adotava uma postura de mulher adulta e superior. Então houve o primeiro – Marcelo, de 17 anos – e o segundo, Artur, de 16, por quem se apaixonou perdidamente, o que a fez parar por um tempo com os joguinhos de poder, em que os meninos eram meros objetos.

Ela não se importava com a popularidade, não era bem por isso que agia assim, afinal ela não admirava nenhuma daquelas pessoas e se lembrava bem de como todos a tratavam tempos atrás. Ela o fazia mesmo pela adrenalina, gostava de saber que não havia limites para ela, que era invencível, e a cada experiência se tornava mais forte. Além do mais, divertia-se muito, achava interessante ver como tudo havia mudado somente porque ela havia mudado. Pensava em como as pessoas eram meros fantoches idiotas e suscetíveis a tudo, bastava saber dar a ordem direito, ou manipular do modo certo, e *voilà*, conseguia tudo! E as pessoas para as quais essa regra não servia, como os familiares, ela simplesmente ignorava; não falava, não sentia, era como se eles não existissem. Simplesmente deletava da vida tudo aquilo que a incomodava ou que relutava em ceder aos seus encantos, ou às suas ordens, chame como preferir.

Sob essa realidade chegou aos 12 anos, ainda com quase nenhum amigo, e agora sem muita emoção. A depressão havia voltado, a situação em casa ia de mal a pior, e a menina continuava odiando a humanidade, talvez agora um pouco mais. Gostava de ouvir rock no quarto escuro; quanto mais triste a música, mais ela se identificava. Havia deixado para trás os tão amados Backstreet Boys, que agora eram apenas fotos coladas na porta do velho guarda-roupa – apesar do amor imenso de fã, achava a realidade deles bonita demais, romântica demais para se adequar à dela, não conseguia mais se identificar com as canções. Nem o frenesi masculino de antes gerava alguma emoção, já não era mais divertido, e depois desses dois anos pensava já ter "usado" todos os meninos mais bonitos da cidade, não havia mais ninguém que ela quisesse encantar de fato, estava sem estímulo.

Também estava extremamente abalada a relação com a mãe, pois esta havia lido o diário da menina, e um dia, quando Kat chegou da escola, ela questionou-a sobre Marcelo, o primeiro menino, com quem toda a sua experiência estava descrita nas páginas do diário. A fúria da menina foi maior do que o seu medo de ser descoberta. Chorou durante semanas por ter sido traída pela mãe e jurou nunca mais confiar em ninguém, nem mesmo nela. Já não falava com o pai havia quase dois anos, agora também não falava com a mãe, e o discurso ao acordar voltou a ser o mesmo: todos os dias pedia a Deus que fosse levada dali. Conversava com Ele, mesmo que ainda meio tímida nesse relacionamento tão distante e abalado, que só existia por causa do costume católico da mãe de rezar todas as noites o pai-nosso, mas parava por aí. Kat sentia que não era muito verdadeiro, sentia mais proximidade e admiração por seu cantor favorito, Renato Russo, do que por Deus.

O bairro onde morava era até agora o mais violento em que tinha vivido; não era só a pobreza que afetava a cabeça daqueles que viviam ali, mas as mortes frequentes no meio da rua, em que todo dia morria um vizinho, um conhecido, as balas perdidas furavam as paredes da casa da família e por pouco não matavam alguém até mesmo dentro do quarto, durante o sono.

O caos estava instalado na vida. Agora não era só dentro de casa, era fora, era por tudo. Apesar de a menina ter ganhado o respeito a duras penas fora de casa, perguntava-se constantemente: "É dessa sociedade que eu quero respeito?". Nada fazia sentido, nada encaixava, nenhuma explicação a fazia entender tudo que acontecia. A mãe a obrigava a ler livros, mas ela se recusava veementemente. Não suportava ler livros, havia lido alguns religiosos e espíritas lá pelos 9, 10 anos, mas nunca havia terminado nenhum, ou pulava várias páginas e lia só o início e o final, então decidiu que não leria mais. A essa altura, apenas músicas, muitas músicas, e traduzir as letras de rock em inglês era a sua única distração. Não se importava muito com nada, não havia muita emoção envolvida em nada; até as mortes a tiros que presenciara tinham se tornado normais para ela, já não sentia mais pesar, nem medo, nem pena. A única coisa que a incomodava eram os pesadelos constantes. Havia anos que não conseguia dormir, eles tomavam conta dos poucos minutos de sono, eram coisas terríveis, sempre espíritos e demônios que a perseguiam sem parar, situações de dar frio na espinha. Nunca mais uma faísca de esperança, nunca mais nenhum sopro de mudança, estava inerte e mais uma vez tudo parecia perdido.

Nada mais a fazia pensar, nem instigava sua inteligência,

só sabia criticar a tudo e a todos que não a deixavam crescer nem sair do lugar... Até que um dia ela soube que um dos alunos do colégio havia cometido suicídio.

Numa manhã de inverno, chegou como sempre atrasada ao colégio, só para saber que naquele dia as aulas tinham sido suspensas e todos os alunos estavam sendo avisados sobre o enterro de Diego.

– Que Diego!? – perguntou a menina, eufórica, desesperada para que não fosse ninguém que ela conhecia, em especial um certo Diego que ela tinha em mente.

– Diego, do segundo ano... Ninguém sabe muito sobre ele, era muito quieto, mas o pai dele tem um bar, que não fica muito longe daqui – respondeu um colega mais informado, para desespero de Kat, que a essa altura já imaginava de que Diego estavam falando.

Aos poucos, perguntando para um e para outro, confirmou que Diego era filho do dono de um dos bares no qual o seu pai passava mais tempo, era o menino quieto que conhecia havia anos, mas a quem nunca tinha dado importância. Todos os dias, quando ela passava, Diego olhava quieto e tímido, e poucos dias atrás tomara coragem para puxar assunto, sempre sendo estranho e sem ter muito a dizer. Na tarde anterior, no mesmo dia em que se matou, timidamente e com a voz doce havia tentado uma aproximação, mas Kat, como sempre, não tinha dado a menor importância, pois na sua cabeça Diego não era popular, nem muito inteligente, nem muito bonito, para que então lhe daria confiança? No máximo, trocava uma frase ou duas com ele para não deixá-lo falando sozinho, já que ele a acompanhava no pátio enquanto ela tentava desviar-se da atenção, às vezes mudando de caminho, para que o papo não se estendesse...

Diego matou-se com um tiro na cabeça, no banheiro do bar do pai, que ficava a um quarteirão de uma das casas em que Kat havia morado. Matou-se com a arma do próprio pai, às

7 horas da noite, durante o expediente, com o bar lotado de gente, não deixou nenhum bilhete, e ninguém, absolutamente ninguém sabia o motivo pelo qual havia se matado. Kat de imediato resolveu que voltaria para casa e não iria ao velório como os demais alunos. Nas semanas seguintes os colegas de classe e a família disseram que o menino andava meio triste ultimamente, mas, como fora sempre muito quieto, ninguém achou que fosse algo sério. Kat chegou a cogitar a ideia de que fosse alguma dívida de droga, já havia visto alguns casos assim na rua de casa, em que as pessoas se matavam para proteger a própria família dos traficantes, que não tinham piedade. Muitos viciados compravam a droga para pagar depois, e os traficantes vendiam, pois sabem que o vício fala mais alto que o bom senso, e que aquela pessoa daria o carro, a casa, ou roubaria alguém, às vezes até um familiar, para poder se livrar da dívida. Acontece que às vezes ela ficava alta demais e o viciado não conseguia pagar, então os traficantes ameaçavam matar um por um da família dele até que pagasse o que devia. E a política do terror sempre funcionava; os viciados, com medo e sabendo que as ameaças não eram apenas blefe, faziam de tudo para pagar, mesmo que fosse aos poucos; porém os que não conseguiam, com medo de terem a família assassinada, preferiam tirar a própria vida – dessa maneira os traficantes não teriam mais de quem cobrar e sua família ficaria a salvo. Kat e algumas pessoas acharam que esse era o caso de Diego, mas todos diziam que o menino não usava drogas, ao menos aqueles que se pronunciavam sobre o assunto. No entanto, sabia-se muito pouco sobre ele; Diego não tinha amigos, mas era um menino muito doce, aluno exemplar, nunca havia se metido em nenhuma confusão, em casa também não, ajudava o pai e sempre tratava a todos com respeito. Nas semanas seguintes, Kat pensou muito sobre o acontecido.

Em sonho:

– O que aflige você não é o fato de Diego ter morrido, mas tê-lo tratado como se ele não importasse... Além de você, muitos outros o trataram assim, até que ele se sentiu realmente assim. E não era isso que você queria com esse comportamento, que fizessem o que você "manda", que o modo como você age influenciasse as pessoas? Pois está mesmo influenciando, assim como tudo que você faz sobre a Terra!

– Meu Deus, foi culpa minha! Se eu tivesse falado com ele na tarde anterior... Ele gostava de mim... Eu poderia ter mudado algo, se eu tivesse dado importância pra ele eu poderia tê-lo salvado! Fui uma pessoa terrível!

– Não foi assim só com Diego, você tem sido assim com todas as pessoas... Você as matou dentro de si e não sente mais compaixão. Pelo contrário, o mundo a tornou dura e agora você sente necessidade de vencê-las, de lhes fazer mal... É quase uma vingança: por ter a ideia de que o mundo lhe fez tão mal, agora retribui o mal para o mundo. Você não atinge assim as pessoas que lhe fizeram mal, e sim aquelas que mais sofrem, aquelas que mais precisam de apoio. Reclama que o mundo lhe foi injusto e a fez sofrer, e agora, sem perceber, você se tornou o mesmo e pratica o mesmo mal que lhe fizeram contra pessoas que são inocentes e doces como você era. É como fazer mal para si mesma duas vezes. A sua mãe não lhe diz sempre que você deve deixar de ser tão amarga, que pare de guardar tantas mágoas de tudo? Você deveria escutá-la mais quanto a isso. E limpar seus olhos primeiro antes de ir lá fora, pois está vendo o mundo com lentes trocadas, o que você vê não é o que realmente é! A diretora não é um ser sem família, sem filhos e que maltrata crianças, é na verdade uma boa esposa, uma mãe carinhosa, que adora cuidar de suas flores, de muito bom coração e boa índole. Os seus colegas de colégio também não são *animais*, como você sempre se refere a eles, primeiro porque chamar alguém de animal não deveria ser uma ofensa, já que animais são seres tão mágicos e de tanta Luz, e depois porque são apenas pessoas muito jovens que, assim como você, estão apenas tentando se entender e entender o mundo; eles também mudarão e aprenderão com o tempo, assim como você.

– Sim, mas o que você queria que eu fizesse? Quer que eu seja uma boba como eu era antes e aguente tudo calada? – retrucou a menina, furiosa.

– Eu não quero que seja nada, não tenho expectativas sobre você, no nosso relacionamento não existe cobrança, eu apenas quero que pare de sentir dor... Quero que pare de sentir o vazio tão grande que sente, quero pra você a felicidade, e venho dizer que não está no caminho certo, está indo para o lado oposto.

– Você não sabe do que fala! A minha vida é muito difícil, e foi muito difícil chegar até aqui! É fácil me julgar agora e dizer que eu sou uma pessoa horrível...

– Eu não disse isso, essas palavras são suas...

– Não me importa! É fácil vir aqui agora me julgar, você não me conhece, não sabe quem eu sou, e, afinal de contas, quem é você?

A voz se manteve em silêncio.

– Isso mesmo! – continuou a menina, furiosa. – Vá embora mesmo, suma, desapareça daqui! Estou cansada de tudo, de todos, não preciso da sua opinião nem do seu conselho de merda! – agora, sem perceber, parecia o próprio pai falando.

Naquela manhã, quando acordou, a mãe esbarrou em Kat no corredor da pequena casa e atentou para o fato de que não via mais a filha, já que estava sempre trancada no quarto, calada. Ninguém a via pela casa nem ouvia a sua voz; até o rádio a menina escutava bem baixinho, deitava-se no chão com a orelha perto do alto-falante para que ninguém pudesse escutar nem mesmo as músicas que ela ouvia. Era como se fechar em um casulo; no seu casulo comportamental e psicológico sentia-se menos exposta, mais segura.

Nesse dia, porém, a mãe tentou uma aproximação. Um

pouco preocupada com a filha, arriscou-se a dizer que ela estava muito raivosa e com um comportamento difícil demais, e, incentivada por alguma força maior, resolveu falar de Deus.

– Ore pra Deus, minha filha, por favor! Você não está bem! Tente se acalmar um pouco, parece que você odeia tudo e todos! Por favor, a vida não é assim tão horrível como você pensa!

– Deus!? Que se dane Deus!

– Menina, ficou maluca!? Não fale uma coisa dessas!

– O que foi que Deus fez por nós até hoje? Você não cansa de ser uma boba sonhadora?

– Olhe aqui, garota, você me respeite, que eu não te dou essa liberdade de falar assim comigo, não!

– O que foi que Deus fez por você até hoje? Deus... Você quer respeito, então me deixe em paz! Eu estou aqui na minha, não estou incomodando ninguém! Nem sequer falo com ninguém desta casa, justamente para não ter atrito nem problema! Então só me deixe em paz!

– Pelo amor de tudo que é mais sagrado, pare com essa revolta contra tudo!

– Me deixe em paz! Não tem nada a ver com Deus, eu simplesmente não sou igual a vocês e não sei coexistir com vocês, logo, o problema são vocês, não eu! Eu não sou como você, e ainda bem, é a última coisa que quero ser! Portanto, se você me acha estranha e acha que estou enlouquecendo, que bom, isso me faz feliz!

Ao falar isso, entrou depressa no quarto e trancou-se lá novamente.

7

Com o amadurecimento vêm as primeiras grandes lições e vice-versa

A menina mudou-se mais uma vez de casa, e agora morava em um bairro um pouco menos perigoso, numa casa um pouco menos bagunçada. Era um pouco maior e acomodava melhor as coisas, além de ser bem mais perto do colégio, o que facilitava a vida, porém não diminuía o mau humor de Kat. No entanto, mesmo que imperceptivelmente, trazia cores de esperança à mente da menina, que passava a crescer cada dia mais "forte".

Agora havia também a Cigana, uma vizinha mais velha, de 17 anos, que morava a duas casas de distância e estudava no mesmo colégio. Também tinha um pai alcoólatra, porém ela se comportava de maneira bem diferente de Kat. Cigana já havia fugido de casa várias vezes e era bem *mal falada* na vizinhança, quase não tinha amigas e se relacionava com muitos homens. Talvez fosse exatamente essa postura que tenha levado Kat a começar a adorá-la. Por muitos meses elas foram juntas ao colégio, porém Cigana matava praticamente todas as aulas e não permitia que ninguém a chamasse de "amiga"; ela dizia que aquilo já era expectativa demais, e

Cigana era um espírito completamente livre. Ninguém, absolutamente ninguém lhe dizia o que fazer, nem como ser; ela simplesmente não aceitava ordens e conceitos, era como o vento, forte e indomável, e ventava onde queria, quando queria. Apesar de passar alguns dias sumida, ela de vez em quando aparecia sem avisar, e a essa altura Kat fazia de tudo para se tornar amiga dela, para se manter perto e aprender tudo que podia, com aquela que até agora parecia a única pessoa com quem Kat se identificava. A mãe de Kat, no entanto, era contra aquela amizade; dizia que Cigana não era boa companhia, que "sabia o que ela fazia por aí" e que era muitíssimo mal falada. Essas palavras só faziam aumentar o ódio de Kat pela mãe, não abalavam em nada seu relacionamento com Cigana, que cada dia mais fazia parte da vida da menina.

A própria Cigana, porém, atestava o que a mãe de Kat dizia; falava em alto e bom som que não era boa companhia para ninguém, e nunca procurava Kat, era sempre Kat que a seguia. Até que um dia uma admiração louca por Cigana tomou conta de Kat. A vida de Cigana era tão divertida, ela era tão feliz, desprendida de tudo, e com todos os seus problemas em casa conseguiu se encontrar em uma vida na rua. Cigana era muito popular entre os meninos e nenhum deles tirava farinha com ela. Eles a idolatravam e Cigana se divertia com tudo. Tirava sarro de todos e nunca se saía mal, era como se as pessoas fossem viciadas na sua energia, todos queriam estar perto dela. E Cigana não era nenhum modelo de beleza. Havia sofrido um acidente de carro em que o pai, alcoolizado, bateu de frente contra um automóvel, o que quase lhe custou a vida; alguns dos seus dentes da frente entraram no osso, o que a deixou banguela e com umas cicatrizes. Quando Kat se mudou para perto da casa dela, os dentes já estavam com aparelho e a boca banguela tinha sido um pouco resolvida, assim como a cicatriz na cabeça e na boca. Todos no colégio por muitos anos lembravam como Cigana havia ficado depois do acidente, inclusive Kat, que já a havia visto de relance várias vezes na escola, mas sem nunca se aproximar.

Agora essa menina tinha se tornado o centro de tudo, e a ida ao colégio havia se transformado na hora preferida do dia de Kat, só porque nela havia Cigana...

Um dia, pensando consigo mesma, Kat resolveu conversar com a amiga sobre a ideia brilhante que havia tido.

– Cigana, eu preciso falar com você. Eu tomei uma decisão, e preciso da sua ajuda nisso. Não posso mais ser virgem! – disse Kat, eufórica e feliz, como se tivesse descoberto a solução para todos os problemas do mundo.

– Ahn? Como assim? Mas você nem namora ninguém! – disse Cigana, divertida e jovial como sempre.

Kat se sentia bem e confiava 100% em Cigana, somente pelo fato de justamente nunca julgar ninguém nem ser preconceituosa em nenhuma situação.

– Então, é exatamente isso! Andei pensando e uma das coisas de que eu tenho mais medo nesta vida é me apaixonar por um homem imbecil e ficar imbecil igual à minha mãe. E tenho visto as meninas do colégio virarem motivo de chacota na mão dos meninos porque se apaixonam e escolhem aquela pessoa perfeita para terem relações, e depois os meninos pisam em todas, transformando-as em verdadeiros sacos de pancada emocionais, porque para elas é como se nada mais importasse no mundo senão o menino... Eu já passei por isso quando era bem nova, e não aguentaria passar de novo, principalmente se for algo relacionado a sexo. Eu não aguentaria um homem filho da puta se vangloriando à custa do meu nome! Dizendo que foi o primeiro, que me possuiu e que agora é o meu dono, todas essas coisas absurdas que a gente escuta diariamente e que me fazem ter vontade de vomitar, você sabe!

– Mas então a solução pra isso seria não transar nunca,

porque qualquer homem vai falar isso, vai agir assim, são todos iguais...

– Não, mas eu tive uma ideia brilhante, já pensei em tudo, ouve só! Eu vou escolher alguém totalmente aleatório, alguém bem distante do colégio, por quem eu não sinta nada, e por quem eu nunca vou poder sentir nada, alguém que não seja nem mesmo o meu tipo, e transo com ele sem deixá-lo saber que sou virgem, assim nunca vai poder se vangloriar nem tirar vantagem de mim.

– Mas e os seus pais!? Ahn? Sem o menino saber, mas... como!? Meu Deus, como você vai fazer isso!? Espere aí, você não está fazendo isso por influência minha, né? Por favor! Eu sempre te falei que não quero ser influência pra ninguém! Eu te avisei que não era pra ficar muito perto de mim!

– Não, não! Não tem nada a ver, não se preocupe, foi uma decisão minha.

– E os seus pais?... Se eles souberem, vão te matar, e me matar também, achando que eu te influenciei! Você tem que prometer que se isso acontecer você vai explicar que teve essa ideia sozinha e que não teve nada a ver comigo! A minha intenção nunca foi te influenciar a fazer nada disso.

O que Cigana dizia era verdade, porém todos os assuntos sobre sexo e tudo que fazia com os meninos ela contava nas noites em que Kat dormia na casa dela, deixando Kat e Vanessa, a irmã de Cigana, de 14 anos, bem curiosas e interessadas no assunto. Na casa de Kat ninguém falava sobre sexo, jamais; a mãe falava apenas quando queria alertar a menina sobre algo terrível. Já Kat, pelo contrário, atribuía toda a força, luz e graça de Cigana a isso. "Ela é especial", pensava, "eu não conheço mais ninguém como ela e só pode ser por conta da vida sexual, isso lhe dá força pra ser livre."

– Mas você só tem 12 anos, como vai fazer com a sua idade? Você ainda é muito jovem, nenhum menino em sã consciência vai acreditar que você não é virgem... E outra coisa: quando perdemos a virgindade, dói e sangra, o que você vai fazer quanto a isso? – perguntou Cigana, pensando que se dissesse em voz alta todos os contras da situação a menina desistiria da ideia.

– Eu já pensei em tudo; sobre a idade vou mentir! A partir de hoje não tenho mais 12, e sim 18 anos, e você tem que me ajudar com isso! Todo mundo tem que mentir sobre isso a partir de hoje. E quanto à virgindade também, ninguém sabe se eu sou virgem ou não, nunca falei desse assunto com ninguém, e ninguém me conhece a fundo pra saber o que aconteceu no meu passado. Quanto à dor, no dia vou tomar um analgésico, beber bastante, ser forte e tentar não fazer muita cara de dor, e para disfarçar o sangue vou comprar uma camisinha de uva!

– De uva? Você é mesmo louca! – disse Cigana, rindo.

– Sim! De uva ou de morango. Assim não vai dar pra ver o sangue, e, na pior das hipóteses, se ainda sangrar vou dizer que estou menstruada!

– Uau! E você está fazendo tudo isso pra que mesmo?

– Para não dar a nenhum homem o poder sobre mim! Para não dar a nenhum o gostinho de falar que foi especial pra mim! Não admito isso! De homem nenhum, nenhum vale nada!

– Tá, e você disse que precisa da minha ajuda. Para que precisa da minha ajuda nisso?

– Bem, você sabe, você é que tem experiência com os meninos, quero que me ensine tudo!

– Como assim!?

– Quero que me mostre como fazer, como agir. Devo orquestrar o plano perfeito e encenar perfeitamente, para que o menino não perceba. Na verdade, esse é um dos grandes motivos pelos quais eu quero fazer isso! Como atriz sinto que me falta alguma coisa, que os meus colegas adultos conseguem encenar certas cenas melhor do que eu por terem mais vivência, e creio que a experiência sexual é uma grande experiência de vida!

E é! Ela não fazia ideia de quanto sua vida estava prestes a mudar depois daquele dia. E de como aquela decisão tomada mais como brincadeira, mais como uma diversão de adolescente, mudaria o seu destino para sempre, principalmente nos anos seguintes.

E foi assim que, poucas semanas depois, numa noite de verão, em que já se sentia pronta para fazer a sua vítima – enquanto a mãe se ausentava da cidade em uma das viagens de trabalho em que acompanhava o marido –, junto de Cigana, que a essa altura já havia lhe ensinado tudo e mais um pouco do que precisava saber, conheceram um rapaz do signo de Touro...

– Olhe, bem ali, debaixo do coqueiro! – disse Kat.

– Onde?

– Ali, o de blusa azul! Espere aí, deixe ele se virar! Ali! O que está sorrindo agora!

– O de aparelho?

– Ele tem aparelho?

– Sim, está de aparelho.

– Isso, é esse mesmo! – disse Kat ao enxergar o aparelho. – Você conhece ele?

– Não, nunca vi na vida!

Kat e Cigana, então, foram se aproximando do menino, que estava em uma rua movimentada, lotada de gente, em frente à praia onde se concentravam todos os bares da cidade e um carro de música. Ele estava conversando com uns amigos, todos pareciam bem mais velhos, entre 20 e 25 anos, porém Kat também. Estava toda maquiada, de salto alto, com uma minissaia e brincos grandes, bijuterias e roupas que havia pego às escondidas no guarda-roupa da irmã.

Com um copo de caipirinha na mão, ela e a amiga foram chegando perto do menino, que, muito bonito e sorridente, não fazia ideia do que estava acontecendo. Kat já tinha dois documentos falsos nos quais constava a idade de 21 anos, o que lhe permitia fazer praticamente tudo que queria e entrar em qualquer boate da moda na época, o que ela já fazia com frequência. Estava finalmente aproveitando a vida, sendo um pouco feliz, pensava, nas poucas vezes em que a mãe a deixava passar a noite na casa da amiga, pois confiava na madrasta de Cigana para levar as duas para sair – mal sabia ela que a madrasta era superliberal, que se comportava mais como uma amiga do que como responsável...

– Oi! – disse o menino, meio confuso, às duas meninas, que a essa altura já dançavam praticamente em cima dele.

– Nossa, desculpe! Tá tão lotado aqui, né? Acho que derramei um pouquinho de bebida em você – disse Kat, fazendo-se de desentendida.

Depois de quase duas horas de conversa, Cigana, bêbada e animada, resolveu matar a curiosidade e perguntar ao menino:

– Quantos anos você tem?

– Tenho 22, e vocês?

Cigana começou a rir e não disse nada. Kat, por sua vez, perguntou:

– Quantos anos você acha que tenho?

– 25.

– 25? Exclamaram as duas, às gargalhadas.

– Sim, 25. Quantos anos você tem? Perguntou de novo o menino para Kat.

– Tenho 18.

– Nossa, parece ter mais!

– Sério?

– Sim, não pela aparência, mas pela maturidade; você fala como se fosse uma pessoa bem mais velha...

– Qual o seu signo?

– Nem sei... sou de maio.

– Deve ser de Touro, então! Que dia de maio?

– Sim, acho que é isso mesmo, Touro.

As meninas riam muito, tiravam sarro da cara do menino do

signo de Touro, que não entendia nada, porém sorria também. Nessa noite os dois se beijaram, e o frio plano de Kat começou a ser posto em prática.

As meninas, então, criaram uma proximidade gigantesca. Cigana, talvez por admirar a coragem de Kat de fazer algo tão drástico e tão diferente de tudo, estava um pouco mais à vontade em dividir as coisas com a amiga. Kat, que se antes já admirava a Cigana, estava cada dia mais feliz, pois agora tinha finalmente uma amiga, alguém com quem conversar loucuras e dar boas risadas, alguém que não a julgava e também não achava que ela era uma louca esquisita ou algo do tipo; agora, na boca de Cigana a palavra "louca" pela primeira vez soava como um elogio, ser louca ali era sinônimo de diversão, de altas noites de conversa e aprendizado sobre tudo. Nada de conversas sem graça com ninguém, nem de tristeza de estar sempre sozinha em casa como se não houvesse um mundo lá fora. Agora, sim, havia um mundo, e era imenso, cheio de coisas incríveis e divertidíssimo!

Nos dias seguintes Kat arquitetou tudo para a grande noite, com muita alegria, já que o menino de Touro ficara bastante apaixonado por ela. Mas Kat, conforme o planejado, não sentia absolutamente nada, mantinha-se fria e calculista em todos os detalhes.

Para surpresa de Cigana, tudo saiu como Kat planejara. As meninas riram muito quando Kat contou que o menino, logo depois do ato, perguntou com quantos meninos ela já havia transado.

– Com quantos…? Ahn, eu não me lembro, por quê? – disse a menina, que não tinha pensado na resposta àquela pergunta, não havia calculado com quantos caras poderia ter dormido uma menina de 18 anos. Por um segundo a cabeça entrou em parafuso e quase pirou antes que o menino respondesse:

– Não, mas… Foram mais de vinte ou menos de vinte?

Kat, então, tentando manter a fisionomia séria, e ao mesmo tempo se sentindo orgulhosa do sucesso do seu show, pela sua destreza como atriz, respondeu:
– Não, não... menos de vinte!
– Nossa... mas quantos? Mais ou menos de dez? Você me parece uma menina tão quieta, eu nunca nem te vi na rua, e ao mesmo tempo tão "experiente"... Onde foi que aprendeu a fazer essas coisas? Digo, moramos numa cidade pequena e nunca ouvi nem falar de você... Fico me perguntando quem foram esses meninos, já que conheço quase todos da cidade.

E as perguntas não paravam por aí, mas a menina, que não tinha arquitetado um plano "pós-sexo", logo foi embora dali, antes que o sucesso fosse por água abaixo.

Nas semanas seguintes, o menino ligava para Kat todos os dias, mandava mensagem antes de dormir e assim que acordava, apaixonado, e Kat tentava o máximo possível fazer com que a família não desconfiasse de nada. O menino queria vê-la todos os dias, mas ela dizia que não gostava de homem tanto assim, e que só iria vê-lo uma vez por semana, que tinha a vida dela e que não queria sair de seus planos. Por falta de créditos no celular, ela nunca ligava nem mandava mensagem, o que fazia parecer para o menino que ela era bem ocupada; ele não sabia que a falta de resposta devia-se à falta de créditos; pensava ser falta de interesse mesmo, ou estar lidando com uma mulher madura que tinha milhares de afazeres.

E foi assim que a menina de 12 anos, que agora vivia uma vida quase de adulta, acabou se passando sem querer por uma mulher madura, jovem e decidida, quando na verdade era só mesmo falta de créditos no celular e uma falta de interesse juvenil, de quem ainda realmente não estava interessada em nada daquilo de homens e afins... Só que o taurino não sabia disso. Para ele, Kat era a sua quase namorada, estranha e perfeita; a falta de comunicação da menina – que muitas vezes preferia ficar quieta para não fazer ir por água abaixo a maior brincadeira e a mais divertida aventura de sua vida – até agora soava para o menino como um doce mistério que ele sonhava desvendar.

E Kat, sem perceber, acabou passando de menina triste a adolescente mais do que feliz. Tudo ia bem nos estudos; na escola, ela agora não se importava com nada do que falavam – quem iria se importar com aquele monte de crianças imaturas quando se tinha um quase namorado de 22 anos, um homem, que estava acima de todas aquelas crianças em todos os sentidos? Ela até havia feito amizade na sala de aula, tudo ia muito bem. Cigana, como acontecia de tempos em tempos, andava sumida.

Esse relacionamento perfeito, em que as mensagens e os telefonemas do taurino vinham sem que Kat nem pensasse nele, tornava as tardes e a vida mais preenchidas, a vida fazia sentido de novo, porém a menina não atribuía nada disso ao menino, mas a ela mesma, pois dava total crédito ao seu mirabolante plano.

Um dia a irmã, por acaso, encontrou o taurino numa festa e tentou estragar tudo, dizendo a ele a verdadeira idade de Kat, a fim de constranger o menino. Porém ele estava certo de que conhecia bem Kat e de que ela jamais mentiria para ele, então relatou tudo à garota, que acabou arrumando a maior confusão em casa com a mãe e a irmã. No entanto, o relacionamento com o taurino não foi abalado; ele continuou a ligar e a mandar mensagens apaixonadas e insistindo para vê-la mais vezes, o que não era possível por causa da idade verdadeira de Kat. A menina, porém, por mais que julgasse ainda ver o taurino apenas como uma diversão, já estava se acostumando a tê-lo sempre por perto.

Três meses se passaram assim, nessa perfeita harmonia; agora Kat tinha 13 anos, o menino apaixonado, e ela feliz... Até que, num dia como outro qualquer, o menino não ligou nem mandou mensagens.

Nos primeiros dois dias Kat pensou que fosse por falta de

tempo, ou que talvez ele tivesse esquecido, mas no terceiro e quarto dias a ansiedade e o desespero começaram a tomar conta dela. Imaginava sem parar o que teria acontecido, comentava com as amigas na escola, quase chorando, que o menino havia ido embora, e que tinha certeza de que alguma coisa estava muito errada. As amigas tentavam acalmá-la, diziam que com certeza não era nada, já que na última vez em que se falaram ele não tinha demonstrado nem um sinal de descontentamento.

Finalmente, depois de quase uma semana, Kat conseguiu um telefone para ligar para o menino. Ele atendeu como se nada tivesse acontecido, ao que a menina perguntou: "O que aconteceu, não estamos mais ficando?". Ele respondeu: "Pergunte pra você mesma! O que você acha? Estamos?!... Não nos falamos há uma semana, é claro que não estamos mais ficando".

Naquele momento tudo ficou escuro, as pernas bambearam e o estômago embrulhou. Kat não sabia o que fazer com a confusão que sentia por dentro. Tremia e tinha um nó na garganta, então, no meio da rua, antes mesmo de chegar em casa, chorou. As lágrimas desciam como se o mundo tivesse acabado, como se o chão tivesse sumido debaixo dos seus pés. Tentou pensar em si, lembrar-se de quem era três meses atrás, antes de conhecer o taurino, mas não conseguia. Era como se toda a vida que conhecia tivesse começado três meses atrás e agora havia terminado. Imediatamente, vendo quão perdida estava, mudou o caminho, sem perceber, e ligou para a Cigana.

– Preciso me encontrar com você; o taurino terminou comigo, preciso ficar com outro menino imediatamente pra me esquecer dele e parar de sentir isso que eu nem sei o que é! Parece uma asma! – disse a menina, em pânico.

– Venha, eu estou numa festa do lado de fora do colégio, está tendo uma passeata com uma banda e eu estou aqui com um amigo meu, acho que você vai gostar dele.

Kat, a asma, o aperto no peito e os olhos inchados se direcionaram à festa de rua em que a Cigana estava. Ainda eram 7 da noite e o amigo de Cigana, um rapaz de 26 anos, esperava Kat com um olhar estranho.

– De que signo você é? – perguntou Kat ao menino assim que chegou, na esperança de que ele se assemelhasse ao taurino de alguma forma.

– Ah... sou de Libra...

Kat, nem um pouco impressionada com o signo do menino, deu de ombros. E ali mesmo já perdeu totalmente o interesse.

Já passava das 10 da noite e o libriano ofereceu-se para levar Kat para casa, no que Cigana correu para algum lugar para deixá-los a sós. Kat não entendeu a atitude da amiga, e, meio sem ter escolha, foi com o menino.

Porém, percebeu que ele não ia pela rota que levava à casa dela.

– O que está fazendo? – perguntou Kat já com tom de voz exaltado, percebendo que o menino estava parando o carro e que não tinha a intenção de levá-la para casa.

– Venha, quero lhe mostrar uma coisa... – disse o menino, olhando para baixo.

– Não, não, eu não vou a lugar nenhum, sinto muito, mas você não faz o meu tipo.

O menino, loiro de olhos azuis e com corpo atlético, olhava para Kat com ar de quem fazia pouco caso do que ela dizia.

– Vamos, não seja idiota! Você está sendo muito infantil! Bem que me falaram que você era meio criança mesmo!

Aquelas palavras entraram nos ouvidos de Kat como duas facas. Não havia nada no mundo que ela odiava mais do que ser chamada assim. Já havia sido alvo de chacota por algum tempo por causa disso: Artur, o segundo menino mais velho com quem havia ficado, tinha espalhado para a escola inteira que ela nunca havia beijado na boca, e que além de tudo ainda era uma mentirosa, porque havia dito que tinha beijado muitos. E aquilo foi motivo de humilhação por um ano inteiro! Não podia permitir que isso acontecesse de novo, pensou.

Então, meio sem saber o que estava acontecendo, saiu do carro.

– Está bem! E o que você quer me mostrar? O que é que tem aí dentro?

O menino apenas olhou para os lados na rua a fim de se assegurar de que não havia ninguém olhando, pegou-a pela mão e a levou para dentro da casa, onde havia somente uma cama e uma geladeira velhas. Tudo dentro da minúscula casa era muito bagunçado e sujo.

– Onde estamos!? Perguntou Kat, ainda acreditando que o menino fosse um amigo.

– Calma, sente aqui! – falou o menino, sentando-se na cama.

Ela se sentou ao lado dele e o encarou, ainda tentando entender o que ele queria com tudo aquilo. Então, sem avisar, o menino pulou em cima dela, agarrou-a com força, beijando-a, e arrancou a blusa dela.

– O que você está fazendo? Você está louco! – dizia a menina, tentando se desvencilhar das mãos e da boca do menino, que nada dizia e ainda a apertou com mais força, como se Kat fosse um fantoche. Então, preocupado com os vizinhos, ele a mandou parar de fazer barulho, disse que sabia que ela queria o mesmo que ele e que não precisava se fazer de difícil.

Porém, quando a menina finalmente conseguiu se soltar, o rapaz disse que se ela não fizesse o que ele queria ele falaria mal dela para todo mundo na cidade e que todos fariam pouco caso dela. A menina ajeitou a blusa e, cheia de ódio, caminhou em direção à porta da casa e, muito abalada, sem saber o que pensar sobre aquela noite, que já estava tão macabra quanto seus pesadelos, foi descendo pela rua sem rumo. Enquanto isso, lembrou-se das palavras da mãe, que quando falava mal de Cigana dizia que a filha deveria ter muito cuidado, porque pessoas assim não tinham respeito dos homens e algum poderia tratá-la mal só pelo fato de ela estar andando com a Cigana.

Depois de caminhar por uns dez metros, tentando colocar os pensamentos em ordem para se localizar e pensando como faria para chegar em casa, finalmente se deu conta de onde estava. Por ter se mudado tantas vezes de casa, reconheceu o bairro, já havia morado não muito longe dali. Depois de caminhar por três horas, lá pela uma da manhã chegou em casa. Essa era uma das épocas em que todos estavam viajando e já fazia algumas semanas de novo que estava sozinha. Deitou-se na cama, sem nem perceber que havia chegado em casa. Depois de ter andado tanto, e com a adrenalina a mil, as pernas latejavam, assim como a cabeça, mas não sabia o que pensar, seus pensamentos eram todos fragmentos de tudo. Então as lágrimas começaram a cair freneticamente, como se uma represa tivesse sido aberta. Não sabia nem por que estava chorando, não sabia nem o que sentia. Só chorava.

De repente, o telefone da casa toca. Já são 2h30 da manhã! Viu a hora assustada, devia ser a mãe – ela ligava quase todos os dias a essa hora para se certificar de que a filha não estava desrespeitando as suas ordens de não sair enquanto ela estivesse viajando. A mãe a essa altura já tinha aceitado a Cigana como alguém da família, e tinha feito também amizade com a madrasta e com o pai da menina, com quem permitia, raramente, que Kat saísse à noite e deixava que dormisse na casa deles quando a menina insistia muito. Nessa noite, ao telefone, a menina se esforçou para fazer parecer que estava tudo bem. A mãe jamais a perdoaria se ela contasse o que tinha acontecido, jamais a deixaria sair de novo. A mãe vivia dizendo às pessoas da rua que "eu não sou mãe das minhas filhas, eu sou amiga", o que para Kat soava como uma grande mentira e até a irritava, pois todos sabiam que ela só dizia isso para tentar parecer boa mãe na frente dos outros. "É para eles ou para você mesma que quer mentir?", dizia a menina em pensamento.

Kat criticava muito a maneira de ser da mãe, achava que era uma péssima mãe, por isso jamais contava a ela nada do que lhe acontecia, a fim de evitar brigas e reclamações sem fim; "mas quando realmente preciso dela, ela nunca está", pensava Kat, "a revoltada".

A menina, então, adormeceu. Caiu numa floresta cheia de verde, com árvores que pareciam ir até o céu, o barulho de um riacho e de pássaros cantando era ensurdecedor, a umidade no ar a fazia respirar com dificuldade e o sol brilhava alto no céu. Ela andava na terra preta entre as árvores e brincava com as borboletas gigantes que passavam por ela. "Estou na Amazônia", pensou com alegria. Tudo em volta era cheio de luz e muito colorido. De repente, uma sombra gigante veio em sua direção e a atingiu fortemente no rosto. A sombra era quente, densa, porém causou na menina uma tremenda onda de frio e um arrepio no pescoço. Kat começou a correr, desesperada, esbarrando nas árvores, e, já com a pele toda arranhada, percebeu que por onde a sombra passava ela devastava tudo, e a paisagem de floresta colorida e encantada foi virando um pântano sem vida, o céu escureceu e a única cor agora que se podia ver era um azul-escuro. A sensação era de estar sozinha no mundo correndo de algo tão assustador que nem sequer tinha um rosto ou uma forma. Então correu, correu e correu e, quando não aguentava mais, caiu no solo úmido, quase desmaiando de cansaço, e então sentiu a grande sombra opressiva e quente cobri-la. Estava morta, pensou, aniquilada, a sombra havia vencido...

No segundo seguinte acordou assustada no chão de uma sala branca.

– Não precisa ser assim.

– Meu Deus, onde estou? A sombra! Ela quer me matar! Onde está a sombra? Corra! Temos que sair daqui!

– Onde você está não existe sombra. Posso lhe garantir que neste momento estamos a salvo, até mesmo da materialização das sombras dos seus próprios pensamentos.

De repente, era como se o tempo tivesse parado. A menina, que antes estava no chão, agora via a si mesma sentada a uma pequena mesa branca, conversando calmamente com uma figura cujo rosto não conseguia enxergar, só conseguia ver suas longas vestes brancas, e tinha a impressão de que era um homem. Vendo a sua própria imagem sentada à mesa calmamente conversando com a suposta figura mística, como quem assiste à cena, a fez pensar quem seria ela, então: quem seria real e quem seria "de mentira", a Kat que assiste ou a que agora conversa? Então, quando tentou olhar para baixo, para o próprio corpo, viu que ele não existia. Ela não existia, era somente uma massa transparente de consciência, apenas pensava, ouvia e enxergava, mal conseguia se movimentar pelo espaço, onde parecia flutuar.

Tudo em volta era branco e muito claro, mas era uma luz opaca, tal qual a das lâmpadas econômicas que havia em casa, tal como as lâmpadas de cadeira de dentista. Sua visão ficava turva toda vez que tentava olhar para o rosto do homem, porém todo o resto era muito nítido. Ela teve a sensação de que já estavam ali conversando havia horas, e esforçou-se para entender o que falavam, mas não conseguia; era como se falassem outra língua, pois havia palavras nítidas, ditas com clareza, mas não faziam sentido aos seus ouvidos. Conseguiu identificar a voz, era mesmo de um homem; este andava pela sala e ela continuava sentada na cadeira. Depois do que parecia terem sido horas passadas dentro de minutos, ela se viu de novo no chão da sala, na mesma situação de antes, como quando caíra ali na primeira vez, como que num *flashback*, como se voltasse, em um filme, à cena passada, porém as pessoas pareciam personagens diferentes – era como se existissem duas Kats, uma calma e leve, e a outra, bem, a outra era a "Kat da Terra". O homem estava em pé perto dela.

– Então eu o amava, afinal! Sempre o amei! Como fui tão burra a ponto de não perceber isso antes! Ele era tudo pra mim! E agora não sobrou nada! – disse a menina, chorando muito.

– O seu mundo é aquilo que você faz dele. A sombra que a perseguia é a sombra da sua própria tristeza, e aquele era o seu mundo perfeito. O amor puro de um ser humano pode fazer com que uma pedra vire flor. Tem o poder de transformar um pântano frio em jardim florido. O problema é quando vai embora... Você nunca enxergou a beleza na sua vida, e esse menino terrestre, com o poder do amor, a fez enxergar. Porém a beleza sempre esteve ali, pronta para ser criada. E agora que ele se foi, é assim que a onda de tristeza se materializa, vem e destrói tudo que foi criado a partir daquele amor, pois o primeiro amor que deveria existir, aquele que é o amor por existir, por ser, nunca existiu.

– Por que ele teve de ir? – lamentou a menina, chorando. – Por que ele se foi sem nem ao menos dar uma explicação?

– Você conheceu um rapaz terrestre, fez brotar a flor do amor dentro dele, porém foi leviana com os sentimentos dele, e por isso essa flor murchou e morreu. Você nunca deu a ele nada em troca, nunca disse que o amava, você foi orgulhosa, e o orgulho humano é geralmente a causa mais comum da morte de todas as flores.

– Mas e se eu tivesse dito, e ele tivesse rido e feito pouco caso de mim?

– Isso teria doído menos do que o que está doendo agora... Aprenda, dói muito menos perder uma pessoa pelo amor dito do que pelo amor não dito. O amor não dito vira maldito no coração de quem não recebeu o afeto que lhe cabia. E, sobre a dor, entenda que cada ser humano tem as suas virtudes e limitações. Você não disse que o amava porque suas vivências lhe infundiram o medo de se relacionar, o medo de depender emocionalmente de alguém, de precisar do outro afetivamente, e ele, por sua vez, decidiu se afastar por motivos que somente o âmago do seu ser pode responder. Na verdade, as decisões tomadas pelos humanos pouco têm a ver com a situação do presente, ou com o humano com que lidam no presente; é mais uma junção de vivências, de gostos e sensações do passado que leva as pessoas inconscientemente a associar uma situação atual com outra já vivida, às vezes até num passado muito mais distante do que aquele que conhecem nesta vida – às vezes muitas vidas atrás –, e assim uma situação se torna insuportável, prazerosa ou sem importância, de acordo com a sua história de existência. **Por isso não se pode jamais julgar um humano, porque seria preciso saber de toda a sua existência e analisar cada passagem para conseguir entender a verdadeira origem e o motivo dos seus atos...**

– Ainda vim para conversar com você sobre outra coisa – continuou a Voz depois de uma pausa.

Imediatamente a imagem do menino de Libra veio à cabeça de Kat.

– O rapaz que você conheceu nesta noite. Ele poderia ter lhe feito muito mal. Você deve atentar às suas decisões. Com a repentina ida do amor, o humano tende a perder o senso de respeito próprio, o que na Terra é chamado de autoestima. Hoje você não teve nenhuma, e isso a atraiu para alguém que está perdido e procura meninas como você, já debilitadas emocionalmente, para lhes fazer ainda mais mal. Esse rapaz está sendo tratado espiritualmente; ele já fez isso que fez com você hoje com várias meninas...

No dia seguinte Kat acordou com o coração em frangalhos, não sentia vontade de comer nem de se levantar, mas estava obstinada a trazer o taurino de volta à sua vida. Disse às amigas do colégio o que tinha acontecido com o taurino na noite anterior, mas não contou a ninguém o que havia se passado com o menino de Libra, pois sentia-se envergonhada demais. Quando, mais tarde naquele dia, a Cigana lhe perguntou sobre como tinha sido com o amigo, Kat simplesmente disse que ele era louco, que tentara agarrá-la à força, e Cigana riu, disse que ele usava drogas de vez em quando e que isso poderia tê-lo levado àquele comportamento, mas que não era nada de mais.

Nos meses seguintes, a menina, que antes jamais havia se importado com nenhum ser humano, com exceção da mãe – que agora também pouco importava –, só tinha o pensamento no taurino. O mundo inteiro se resumia a uma só alma, a um só sorriso, a um só abraço, a uma só pessoa. E tudo que ela pensava e fazia era para ele.

Meses se passaram, e, tirando as poucas ligações que Kat tivera a coragem de fazer para a casa do menino, eles não tiveram nenhum contato. Até que um dia o telefone tocou – e era o taurino.

– Alô?

Ainda que visse aquele número no visor do celular, não podia acreditar; era ele! Eufórica, chegou à escola e contou a notícia para as meninas, que do nada o menino havia ligado na noite anterior para convidá-la para sair no fim de semana.

– Mas assim, do nada? Que estranho, já faz tanto tempo que vocês não se veem! – disse uma das meninas.

– Pois é! Foi assim, e não me importa saber o motivo, ele finalmente voltou! Todas as minhas preces foram atendidas e agora ficaremos felizes.

Com os olhos brilhando de alegria, repetia constantemente as mesmas frases desde a hora em que acordou: "Hoje nada vai estragar o meu dia! Não importa o que aconteça! Hoje nada vai me deixar de mau humor!". Referia-se a uma vida inteira de tristezas e dias ruins, já não aguentava mais ser e estar infeliz, então, naquele dia, com a ligação do taurino, decidiu pela primeira vez que a vida era perfeita.

Porém, ainda pela manhã, lá pelas 10 horas, o celular tocou pela segunda vez. O coração parou, a garganta secou, as mãos começaram a tremer quando a voz do outro lado do telefone disse: "Estou ligando para comunicar que o seu filhinho morreu... Dengoso não resistiu e faleceu nesta manhã, eu sinto muito. Tentei o telefone de sua mãe e de sua irmã, mas não atenderam. Por favor, comunique a elas e diga-nos o que fazer com o corpo".

– Mas como assim? Como ele pode ter morrido? – dizia a menina, desesperada, meio sem acreditar na notícia. Dengoso estava internado havia cinco dias com problemas renais, que a própria menina identificou, porém os veterinários haviam dado alta a ele, dizendo que estava curado e que poderia ir para casa naquele mesmo dia. "Então como pode ter morrido? Não tem explicação!". Meses mais tarde, ouviram dizer que naquele dia, no consultório, o que realmente aconteceu é que um cachorro pastor-alemão se soltou e atacou Dengoso, que estava deitado na maca, ainda no soro. Não se sabe se era verdade; o veterinário, ao ser indagado, insistiu que a falência dos rins do Dengoso foi por causa da ração de baixa qualidade.

Nos dias seguintes, na casa, ninguém falava. Dengoso, o mascote da família, havia morrido... E agora a casa inteira parecia um velório – Kat depois veio a descobrir que o gato de 10 anos não era só a única alegria dela, mas a de todos os membros daquela casa maluca, a qual nenhum membro chamava de lar. Porém, quando Dengoso estava por perto, quase que podiam se sentir em um lar... Ele era a pilastra que segurava tudo. A ira de Kat foi ainda maior contra a mãe; culpou-a pela morte do gato por ter sido negligente com a saúde dele. Havia um mês que Dengoso estava doente e Kat tentava dar-lhe comida e soro na boca, pedindo à mãe que o levasse ao veterinário, mas ela só dizia que eles não tinham dinheiro e que ele ficaria bem, que só estava passando por uma fase difícil, que já ia melhorar e voltar a comer.

Em sonho:

– Foi culpa dela! Ela matou Dengoso! Esses imbecis! Eles mataram Dengoso! Foi culpa deles! – gritava a menina no sonho, cheia de ira e com a visão turva pelas lágrimas que desciam. – E logo hoje, logo hoje que eu disse que nada me tiraria o sorriso, Deus vem e me faz isso! Ele deve estar lá de cima rindo da minha cara agora! Está feliz agora? Conseguiu o que queria! É o maioral, tem que provar a toda hora quem manda, não é mesmo?

– Não é bem assim. Dengoso se foi porque já havia cumprido mais do que deveria aqui. Ele fez mais do que lhe foi designado, muito mais, e teve o descanso merecido.

– O veterinário disse que ele morreu porque os rins pararam de funcionar, e que o motivo disso é que demos ração muito barata a vida inteira pra ele. A culpa de novo é dessa porcaria de pobreza! Se nós fôssemos ricos e tivéssemos dinheiro pra dar uma comida melhor pra ele, meu filho ainda estaria aqui! Que dor! Que dor absurda!

– É bom que tenha essa ambição. Até mesmo a sua ambição a levará ao caminho em que você tem que estar, tocar as vidas que tem de tocar e influenciar a vida de quem tem que influenciar, tudo lhe servirá. Nada, nem um dia, nem um acontecimento será em vão. Você verá, cada gota de lágrima, cada emoção, cada perda ou ganho lhe servirá para alguma coisa na vida, tudo será uma peça importante no seu grande quebra-cabeça da evolução.

– Que evolução? Eu estou cansada de tudo! Eu chorei um ano inteiro por causa do amor, aquele que tanto quis evitar e que todas as pessoas me diziam ser mágico! Que mágica há nisso? Ser feliz por alguns instantes e depois chorar os meus olhos e o meu coração pra fora por um ano!?

– Acontece que tudo que tememos atraímos também. O seu problema não é amor nem a falta dele; é não confiar. É sempre achar que sabe o que é melhor e não deixar a vida seguir seu curso natural. Porém, não se culpe tanto, aconteceria de outra forma se você não interferisse, mas o desfecho seria o mesmo. Esse menino veio para lhe ensinar uma valiosa lição, e boa parte dela você já entendeu, porém ainda persiste no erro. Meninos são seres humanos, de alma tão nobre e importante quanto a sua, não são fantoches para serem usados por você. Por mais raiva e desamor que sinta pela humanidade, tem que aprender a não descontá-los na pessoa errada. O rapaz nada lhe fez para merecer ser tratado como uma brincadeira, e, depois que se foi, você é que acabou ficando com o sofrimento todo.

    Nas semanas seguintes o menino procurou Kat de novo, e de novo, e de novo... Mas deixou bem claro que o que queria era somente sexo. Disse com todas as letras que não queria nada com ela além disso. Ligava somente uma vez a cada 15 dias, propondo que se vissem sempre depois das 11 da noite, e logo Kat já estaria de volta em casa. Logo as mentiras que contava à mãe para poder se encontrar com o menino começaram a não valer a pena, pela qualidade de tempo que passavam juntos e pelo que ele era. O menino não era mais o mesmo, agia de maneira diferente e estranha; parecia outra pessoa. E mesmo que Kat já tivesse decidido que era doloroso encontrá-lo assim, tê-lo sob essas condições, o amor era maior, ainda não conseguia dizer não para ele.

    Por causa da depressão causada pelo término e também devido à sua obsessão pelo menino, Cigana estava afastada. Kat já não via a amiga, nem a irmã dela, havia umas boas semanas, e as duas, antes de sumir, reclamaram que Kat estava muito chata, pois falava do menino o tempo todo. Diziam não aguentar mais a sua ladainha, e que até mesmo as suas piadas eram sempre sobre o menino. Kat não entendeu muito bem o afastamento, pensou ter duas amigas, mas, quando mais precisava delas, as duas sumiram; sentia-se ainda mais triste por isso. Ouviu falar na vizinhança que a irmã da

Cigana andava falando mal dela. Ficou chateada, mas não se surpreendeu tanto, pois nunca confiou em Vanessa, sempre a achou invejosa e um tanto falsa. Arrependeu-se somente de ter falado na frente dela as coisas que havia confidenciado à Cigana. Teve medo de que ela contasse algum segredo que deveria morrer sem nunca ser mencionado. Já estava com o coração sangrando por tudo, até que um dia Vanessa chega, como sempre fazia, chamando-a pela janela que dava para a rua. Com um sorriso bem falso, disse que queria entrar e que havia sentido saudade da amiga.

Como de costume, mesmo contra a vontade, Kat abriu a porta para ela, e, depois de dez minutos dentro da casa falando nada de interessante, Vanessa soltou a bomba.

– Sabia que a Cigana está morando numa casa lá pelo centro?... Ela foi embora de casa de novo...

– Não, não sabia, não a vejo há uns dias – disse Kat, já desconfiando do que Vanessa queria ali. Talvez quisesse notícias da irmã, já que às vezes Cigana preferia sumir e pedia a Kat que não contasse a ninguém onde estava.

– Pois é... E sabia que ontem teve uma festa na casa onde o taurino está morando?

Nesse momento Kat arregalou os olhos. "O taurino!", pensou. "Ela me traz notícias dele."

– Morando, não... em que ele fica, né, porque aquela casa é a casa de putaria dos primos dele. Ele mora mesmo com os pais – disse Kat, mordida e sentida por não ter nem ao menos ficado sabendo da tal festa.

– Pois é... disseram que foi uma festa de arromba, na piscina, e que várias meninas dormiram lá depois.

A fisionomia de Kat mudou, o coração começou a doer, e ela já não sabia como disfarçar a cara de dor.

– E sabe quem estava lá? – continuou Vanessa, com voz de suspense misturada com felicidade, como quem estivesse adorando ser a portadora daquela notícia. – A Cigana.

– A Cigana esteve lá? – Kat, ainda tentando disfarçar, pensou com pesar na amiga, e, sem deixar transparecer, pensou que ela deveria ter lhe contado que sabia da festa.

– Sim. E ela e o taurino ficaram!

– O quê!?

– Sim. Ficaram – disse Vanessa, rindo.

– Ficaram? Como assim? Ficaram de beijo?

– Nossa... antes fosse só de beijo! Eles transaram mesmo. E Cigana contou tudo pra ele!

– Contou tudo?

Naquele momento o ar começou a faltar nos pulmões. A menina, que estava na parte de cima do beliche no quarto onde dormia com a irmã, começou a ver tudo escuro e as lágrimas começaram a descer instantaneamente, como se o coração e o peito inteiro estivessem dolorosos e sem anestesia, literalmente se despedaçando e se desfazendo em lágrimas. Aquilo que escorria dos olhos não eram lágrimas, era o próprio peito, a própria alma que parecia estar saindo do corpo.

– Meu Deus – gemeu a menina baixinho, sem se dar conta de que Vanessa continuava ali ao seu lado. Ela, que nunca tinha chorado na frente de ninguém, que escondia até de si mesma que sentia alguma coisa, agora passava o momento mais dolorido de sua vida, na frente da pessoa mais fofoqueira, e, ao que tudo indicava, a que mais a odiava também e que mais lhe queria mal.

Nesse momento, o telefone, que estava no colo de Kat, tocou; era o menino que ela havia começado a ver poucos dias atrás numa tentativa desesperada de esquecer o taurino.

– Alô? – disse Kat ao telefone, engolindo o choro, como se não estivesse sentindo nada e aquele fosse um dia normal.

– Oi – respondeu o ariano de 25 anos do outro lado da linha. – Eu estou aqui trabalhando e fiquei pensando...

– Sim, me diga – Kat já sabia que ele estava numa viagem a trabalho, pois tinham se falado pela manhã.

– Eu andei pensando e acho melhor nós terminarmos.

Kat ficou totalmente sem reação do outro lado da linha, apática e já sem peito por ter sabido poucos minutos antes que a sua melhor e única amiga no mundo tinha dormido com a única pessoa por quem ela havia se interessado de verdade. Sem cabeça para responder à altura, e mesmo sem entender nada, na sua maturidade de menina de 14 anos, apenas respondeu:

– Tudo bem.

Sem nenhuma ironia, sem nenhum sentimento, apesar de aquela notícia lhe causar incômodo, porque mal ou bem o menino era uma distração boa, e talvez até fosse começar a gostar dele agora, assim como aconteceu com o taurino. Talvez ainda não soubesse, mas fosse desse tipo de gente que só quer o que não tem e quando tem não vê o valor... Apesar de tudo isso ter passado pelos seus pensamentos vagamente ao responder aquele "tudo bem", agora só conseguia pensar na decepção com a Cigana. Descobriu abruptamente naquele dia um grande traço de seu caráter que não conhecia, que o valor de uma amizade para ela era muito maior até do que o valor que dava ao seu amado. Porque a dor, que antes era só por causa dele, agora tinha ficado muito maior, e o motivo era a perda de Cigana, que sem morrer morreu, pelo menos dentro dela.

O rapaz de Áries, sem motivo nenhum, continuou explicando vagamente as razões para o término, e depois, ao som de alguém chegando, disse que precisava ir e desligou.

Kat, no mesmo segundo em que desligou o telefone, começou a chorar copiosamente. Vanessa perguntou:

– Quem era?

– Era um menino com quem eu estava ficando há alguns dias.

– E o que ele queria?

– Não sei o que queria, mas ligou só pra dizer que queria terminar comigo – disse Kat sem sentir nenhuma emoção, como se falasse do clima.

– Que queria terminar com você? Nossa! Você está com a uruca mesmo! Sempre te falei, nunca vi uma pessoa mais azarada na minha vida! Tudo acontece com você! E tudo ao mesmo tempo.

– Sim... – Kat respondeu, mas como quem nem tinha ouvido, só sentia a dor da apatia por Cigana e pelo taurino. As duas únicas pessoas que até poucos minutos atrás eram os únicos alvos de toda a sua admiração e estima, agora era como se não existissem mais. Não como se tivessem morrido, mas como se nunca realmente tivessem existido. E conforme Vanessa avançava contando os detalhes, menos eles iam existindo. Parece que até as lembranças dos dois iam se apagando aos poucos, era como se o último ano de sua vida não tivesse existido, já que esse tempo consistiu no amor e na confiança que tinha depositado nos dois.

Kat já não falava nada, apenas Vanessa falava, e sempre com um sorriso no rosto, como se a cada palavra dita enfiasse nela mais uma faca aguda, que levava a mais uma morte interna; a sensação era de que os sentidos uma hora iam desligar... Os ouvidos palpitavam, o sangue fervia, as bochechas estavam vermelhas, a audição falhava e voltava junto com a visão turva, como num filme de terror, em que os atores não conseguem enxergar o monstro que os golpeia.

– E sobre Cigana... Você não me perguntou como eu sei disso tudo, mas quero lhe dizer mesmo assim, que sei porque ela mesma me contou! Me contou detalhes de como foi o sexo com o taurino, e me disse ainda que ficaram tirando sarro enquanto falavam de você. Ela contou pra ele que você o ama e que é obcecada por ele... que só fala dele... e contou tudo aquilo que você fica falando. Ela disse que eles estavam muito bêbados e que você foi a piada da noite... e que ainda bem que havia você como assunto, senão a noite teria sido um tédio, porque o taurino é bem ruim de cama. Ruim, não... ela não usou essa palavra... disse bem "mais ou menos. Nada de mais para aquilo tudo que a Kat fala dele!". Ainda brincou dizendo que você era uma mentirosa e que a enganou com toda aquela propaganda falsa sobre ele.

– Tudo bem... já entendi... e lhe agradeço por ter me contado, seja lá qual for o motivo de ter tomado essa decisão. Mas agora prefiro ficar sozinha, se você me dá licença, por favor – disse Kat calmamente, mas já sabendo agora que o motivo de Vanessa estar ali era pura maldade, e realmente para vê-la sofrer, e não ia ficar lhe dando o gosto daquele show.

– Sim... eu só lhe contei porque você sempre preferiu a Cigana! Sempre me esnobou e sempre teve orgulho de falar que era amiga dela. Sempre achou que ela fosse melhor amiga do que eu, e agora você aprendeu, eu acho, né? Agora você viu que a sua mãe tinha razão, e que a Cigana não é mesmo nem nunca foi amiga de ninguém. Ela só pensa nela mesma. Eu admito que também não fui boa amiga pra você, admito que falei mal de você e que fiz coisas ruins pelas suas costas, não vou ser falsa e mentir, mas a sua "amiguinha Cigana" fez muito pior!

Kat, já encaminhando Vanessa para a porta de saída, não conseguia acreditar em tudo aquilo que estava acontecendo, mais parecia uma cena de novela mexicana. E agora os absurdos formavam uma miscelânea na sua cabeça, ela já não conseguia saber quem era pior: Cigana, que mesmo sendo sua melhor amiga havia feito isso, ou Vanessa, que fora lá falar todas essas coisas da irmã. Não dava para entender de quem ela tinha mais ódio e inveja, se dela ou se de Cigana. E por um segundo dentro do turbilhão de dor sentiu cair uma gota de agradecimento por não fazer mais parte daquela família, por não ter mais motivo para confiar naquelas duas. "Antes tarde do que nunca", pensou. Mas assim que Vanessa saiu pela porta ela deitou no sofá da sala e chorou por horas, e quando os pais chegaram ela foi para o quarto e chorou por dias... A mãe perguntava o que estava acontecendo e

Kat só respondia que não podia dizer – e decerto não podia, pois como iria admitir, depois de tantas vezes ter defendido Cigana nas discussões com a mãe, o que ela tinha lhe feito? Como poderia engolir tal vexame, tal humilhação, e ouvir da mãe eternamente "eu avisei"? Então preferiu, como de costume, não dizer nada.

Ainda mais surpreendente foi o fato de o ariano ter ligado para ela poucas horas depois, naquela mesma tarde, para dizer que tudo tinha sido só uma brincadeira, que não estava terminando com ela, só havia dito aquilo para ver a reação da menina... Kat, ainda em choque com o caso de Cigana e taurino, não conseguiu nem responder direito, apenas ouvia e tentava entender as palavras que ele dizia, com dificuldade de se concentrar no momento presente.

– Você está ouvindo o que estou dizendo? – perguntou o menino, rindo e um pouco aflito do outro lado da linha. – Foi só uma brincadeira, eu não terminei com você de verdade.

– Ah, sim... sim... eu estou ouvindo.

– Eu fiz isso só pra ver se você chorava. Se você tinha algum sentimento. Mas você não tem! O apelido de "coração de pedra" pra você continua! Eu não acho que você seja capaz de sentir ou de chorar.

Ao ouvir isso, a menina começou a rir da própria desgraça em meio ao choro, e, olhando a blusa encharcada de tanto chorar, respondeu:

– Você não tem ideia de como essa frase soa irônica neste momento! Como você sabe que eu não estou chorando agora?

O menino, meio confuso, sem saber absolutamente nada dos últimos acontecimentos, respondeu, ingênuo:

– Você chora? Está chorando? – e, ao escutar os risos de Kat do outro lado da linha, julgou-os como chacota e continuou – Tá vendo? Você não liga! Não se importa com nada e ainda ri da minha cara.

Kat sofreu muito, porém decidiu que ia dividir o sofrimento dessa vez... Ficar com outras pessoas, usá-las quando fosse conveniente, como fazia antes, e ir levando a vida assim enquanto desse. Depois de todos os ocorridos bizarros daquela tarde, não só envolvendo a Cigana e o taurino, mas também o ariano ligando só pra fazer uma brincadeira de extremo mau gosto – que se fosse num dia comum poderia mesmo ter lhe causado dor e sofrimento gratuitos –, pensou que as pessoas eram mesmo idiotas, e os homens ainda mais. Nunca descobriu se o ariano realmente estava brincando, pois pareceu bem convincente na primeira ligação ao falar do término. Talvez fosse realmente um término, e nas horas seguintes ele tenha se dado conta de que a queria de novo...

Não sabia mais em que acreditar. Sem querer se tornou amarga, não confiava em ninguém, e mesmo sem perceber estava agora sempre com um pé atrás com tudo. E, apesar de ter voltado a ficar com o ariano, como se aquele telefonema bizarro jamais tivesse acontecido, não ficou mais exclusivamente com ninguém. Chegou a ver mais de uma pessoa ao mesmo tempo, perdeu totalmente o respeito pelos meninos e usava-os como passatempo, nos dias em que não tinha nada para fazer; acabou decidindo que o amor e a amizade não eram para ela. Pensava que já tinha vivido de tudo com a Cigana e o taurino e agora estava na hora de pensar na carreira. Decidiu então focar a carreira de modelo, que era o que lhe traria dinheiro para conquistar o seu maior objetivo um dia, que era seguir a carreira de atriz.

O problema é que ela decidiu tudo isso sem contar com a vida. Era prepotente demais, jovem demais, e não imaginava que a vida ainda lhe reservava muitos amores pela frente, muitas amizades falsas... Iria acreditar em pessoas muito mais cruéis e maléficas do que a Cigana e o taurino jamais sonhariam ser.

Conforme os anos passavam, as experiências eram piores e cada vez mais decepcionantes, até que a menina chegou a um ponto em que, no meio do caminho entre a profissão de modelo e o sonho de se tornar atriz, tropeçou em um casamento, aos 16 anos, e mais dois noivados dentro de dois anos. Kat, por viver sempre à flor da pele, no ápice da emoção, atraía muitos homens para si. E não é que ela realmente quisesse casar com eles, mas como poderia dizer-lhes não? Ela realmente os amava, e por sentir falta de uma família – e agora por viajar o mundo e viver sem raízes por causa da profissão – apegava-se facilmente aos pretendentes, que também se apegavam a ela, pelo seu jeito brincalhão e diferente de ser. Apaixonavam-se cegamente, acabavam noivando depois de poucas semanas juntos, e Kat, por gostar de uma aventura, acabava indo no embalo. Mas o que deveria ser uma vida plena de amor e "felizes para sempre" acabara se tornando uma coleção de noivos que não demoravam muito a descobrir que Kat era mesmo um cavalo selvagem e indomável, mas, mesmo constatando esse inusitado comportamento, estavam felizes de estar ao lado dela, até entenderem que os cavalos indomáveis são chamados assim justamente por não se adequarem à rotina, ao doméstico, e casamento significava exatamente isso. Ter o casamento perfeito talvez estivesse entre as fantasias de Kat, já que só se comprometia com homens que julgava perfeitos; mas, se a ideia de casar algum dia povoou suas fantasias, ela certamente não existia no instinto, no sangue de cavalo indomável que só tinha olhos para a própria vitória. Apesar dos compromissos sérios que teve com homens, seus pensamentos estiveram sempre mesmo na sua carreira e no seu sonho.

Acrescentou ao seu estilo de vida saudável, em que por necessidade já caminhava horas por dia, outras práticas que beneficiavam o corpo e a alma e auxiliavam no crescimento espiritual e da mente. Começou a praticar ioga e pilates com frequência, o que a ajudava a manter o foco e trazia um pouco mais de calma àquela alma tão inquieta. Pouco tempo depois também se dedicaria firmemente às causas animais, tornando-se ativista e protetora, resgatando animais de rua, cuidando deles e preparando-os para adoção; conscientizando as pessoas; contribuindo para ONGs. Tornou-se vegetariana, o que causou grandes mudanças na sua vida no quesito saúde, e depois, de tempos em tempos, também adotava o veganismo, e foi se aprimorando cada vez mais nas técnicas de meditação. Praticava cada vez mais horas por dia, e mesmo tendo sido necessários anos de prática para conseguir realmente limpar e acalmar a mente, ela nunca deixou de tentar. Era persistente, e, como em tudo na vida, nunca desistia. Foi se criando a sua própria guerreira caseira, feita em casa, trabalhada nos detalhes com esmero, para poder conseguir se manter firme diante das artimanhas e contratempos da vida, mesmo sendo tão sozinha. Ela se bastava, e esses hábitos e práticas eram o segredo para sua independência.

8

O câncer e a cura

Alguns anos depois, em Paris:
– Eu decidi que já é hora – falava Kat ao telefone com alguém. – Vou largar tudo aqui e vou pra Nova York me dedicar à carreira de atriz. Sim, pra Nova York primeiro, porque lá a minha agência disse que eu consigo trabalho de modelo ao mesmo tempo, vou estudar cinema e trabalhar lá, e depois de uns meses vou para Los Angeles, que é o objetivo final.

A menina, mantendo-se fiel à promessa que havia feito para si mesma quando criança, de se tornar rica, optou pela carreira de modelo – mas, na verdade, para que tivesse dinheiro para três coisas: pagar os estudos de atriz, sustentar a mãe, que agora dependia dela, e comprar ração de qualidade para os gatos, que agora eram três, para que não morressem por causa da pobreza, como o Dengoso.

Apesar dos poucos anos de vida, já era muito madura e experiente. Chegara até ali com uma força de leoa, mas com o coração duro, mesmo sem jamais ter sido abandonada pela Voz, e agora, mais decidida do que nunca a se concentrar 100% naquilo que acreditava ser o único motivo pelo qual havia chegado até ali – a carreira de atriz. Agora finalmente era possível, iria poder finalmente se dedicar àquilo que lutara tanto para conquistar. Havia conseguido tudo que queria, pensou, porém mesmo assim ainda era uma menina, no fundo um pouco amarga e até um tanto infeliz, apesar de ninguém perceber. Ainda que com toda a meditação e dieta vegetariana muitas coisas já houvessem mudado dentro dela, resultado dos hábitos saudáveis, ainda era a mesma menina incompreendida de antes. E a depressão parecia já ter virado um hábito de vida, ela ia e vinha... Às vezes até mesmo sem perceber.

Com a experiência, já estava acostumada a tomar rasteiras da vida, caía e se levantava como se nem tivesse sentido o tombo. Estava habituada a lutar sem nunca perder o sorriso (mesmo que falso) e a vontade de ir além, cada vez mais obstinada. Porém, não estava preparada para receber o baque que viria. A vida mais uma vez lhe preparava uma peça, e essa seria das grandes. Na mesma semana em que havia decidido largar tudo e se mudar para Nova York em busca do sonho, recebeu a notícia de que a mãe tinha câncer, em estado terminal. E agora, em vez de se aposentar, teria que trabalhar mais do que nunca, muito mais do que antes, para conseguir arcar com as despesas e todo o custo do tratamento, já que a mãe, muito debilitada por ter tantos problemas devido ao acidente de carro que havia sofrido, perdera anos atrás o direito ao seguro saúde, sendo também negada como dependente. Todo o dinheiro que Kat havia guardado para durar o ano inteiro em Nova York acabou no primeiro mês com os tratamentos e cirurgias da mãe por causa da doença. Agora, ainda em Paris, já estava desesperada.

Em sonho:

– Você deve se acalmar. Ela precisa passar por isso, teve de adoecer para se curar... A doença grave vem no corpo para que o ser humano acorde para uma grande verdade. Para que ele finalmente encontre o propósito para sua vida. Sem a doença, ela jamais se salvaria... Acredite, tudo que acontece é para melhor, sem a doença a sua recuperação seria mais difícil – disse a Voz.

– Mas e eu, o que farei? Deixarei que ela passe fome, não darei condições para que ela se salve? Não posso! Preciso arrumar um jeito, preciso de mais dinheiro, ela precisa de mim! E eu preciso de ajuda! Estou perdida! Não tenho a quem pedir e não sei o que fazer!

De repente tudo se transformou em praia; a areia era branca e o mar transparente, e um homem procurava por ela, gritava o seu nome enquanto caminhava na longa faixa de areia, tentando encontrá-la.

– Estou aqui! – respondeu Kat, sem enxergar nada por causa do sol escaldante que brilhava no céu.

– Minha querida! – respondeu o homem, correndo em sua direção.

Ofegante, o homem a abraçou e a beijou no rosto. Era de porte atlético, mas bem mais velho, tinha idade para ser seu pai.

– Eu a procurei por toda parte! Toda parte! Minha amada, por onde você esteve?

A menina, ainda meio assustada, sem muito a dizer, tentava lembrar-se de onde conhecia o homem, porém olhou em volta e viu tudo muito claro, muito branco e quieto, e teve a sensação de não estar mais na Terra, mas não disse nada.

– Finalmente chegou a hora! Iremos nos encontrar na Terra! Eu jurei pra você que estaria sempre aqui, e sempre estive. Senti tanto a sua falta! Eu a tenho procurado por todo lado, você não imagina quanto! Não se preocupe com nada, eu estou aqui agora, e estaremos juntos. Nada lhe acontecerá de mau de novo, eu cuidarei de tudo! – disse o homem.

– Cuidará de quê? – perguntou a menina, confusa, ainda sem saber se aquele homem era um amado de outras vidas ou um parente, já que a energia era de pai, mais do que de namorado.

– Venha até mim! Você vai saber onde me encontrar!

E tudo foi sumindo em volta, sumindo, sumindo... até que Kat acordou sozinha em seu quarto, em uma tarde chuvosa e fria em Paris. A esse ponto já estava em depressão de novo, apenas trabalhava, e no dia em que não conseguia trabalho tomava pílulas para dormir. As conhecidas e a irmã tentavam lhe dar uma nova esperança de vida e lhe falavam sobre a lei da atração, sobre o livro *O Segredo*, que dizia que era possível conseguir qualquer coisa que se quisesse muito, bastava firmar o pensamento e tudo seria atraído para si. Então Kat começou a fazer de tudo, todos os exercícios, todas as meditações de atração. Listas, murais de tudo aquilo que queria. Começou a pesquisar sobre a doença da mãe, e sobre tudo que poderia ser feito além dos tratamentos convencionais, também psicológica e espiritualmente, tentando achar um meio de salvá-la. Estava convencida de que conseguiria curar a mãe, de que esse era apenas um obstáculo a ser vencido, e não um fim.

Uma semana depois, uma de suas conhecidas em Paris lhe ofereceu um trabalho de última hora. No dia seguinte haveria um grande casamento em uma cidade perto dali, e ela, que era babá, tinha sido contratada para ficar tomando conta das crianças na festa, porém não poderia mais ir, e tentava convencer Kat a ir em seu lugar.

– É um bom dinheiro! Você está precisando de dinheiro e eu não encontrei ninguém disponível para este fim de semana.

Kat aceitou, pensando no dinheiro, mas ficou apreensiva. Apesar de ter sido babá por alguns meses quando tinha 12 anos, já não trabalhava em outra coisa a não ser como modelo havia muitos anos. Tinha medo de se atrapalhar, de que algo saísse errado. Porém precisava muito do dinheiro, então foi.

Era um lindo castelo na França, havia várias mesas e tudo já estava preparado; às 3 horas da tarde começariam a chegar os primeiros convidados, e com eles começaria o trabalho.

Porém, chegou outra menina, uma babá, que em razão de um mal-entendido também havia sido contratada, e com a correria a organização não cancelou uma delas. Mas agora teria de cancelar, pois havia verba para uma só, então Kat foi dispensada, mas foi gentilmente convidada a ficar na festa até que o evento acabasse e pudesse ser levada para casa.

Caminhando em direção a um dos jardins do castelo, pensava só na mãe e no que iria fazer em relação às despesas e tudo o mais, mas, talvez influenciada pelas meditações do livro O *segredo*, em que lia todos os dias que deveria repetir somente aquilo que queria atrair e não se queixar das desgraças, sentia-se feliz apesar de tudo e cheia de esperança naquele lugar lindo. "Como sou sortuda", pensou, sentindo a brisa morna no rosto e hipnotizada por aquele céu rosa-avermelhado que já vinha trazendo o pôr do sol para completar o esplendor do espetáculo.

De frente para um vasto campo, sentou-se em um banquinho de cimento, achando já ter valido a pena estar ali só pela beleza da paisagem, que parecia mais uma obra-prima pintada por um artista perfeccionista. Foi quando, de repente, um homem sentou-se ao seu lado com uma xícara de chá – era chá de hortelã fresca, o preferido de Kat. Ele deu a xícara a ela, como se a estivesse observando havia tempo. "Como ele sabia que tudo que eu queria nesse momento era um chá de hortelã? Como sabe que sou viciada em chás a essa exata hora da tarde?", pensou sorrindo, meio sem jeito. O homem se manteve sentado ao seu lado, também contemplando os pastos e sorrindo, sem dizer nada, porém dizendo muito. Era claro que aquele homem dizia muitas coisas; "que estranho, posso quase ouvi-lo falar dentro de sua mente!", pensou ela, intrigada. Mas não era como o pensamento dos outros, sentia-se um pensar puro e servil. Ela agradeceu o chá sorrindo e continuou sentada olhando para a frente. O homem às vezes olhava para ela e sorria, depois voltava os olhos para os pastos, então perguntou alguma coisa em outra língua, quando um segundo homem chegou.

– Ela não fala a sua língua – disse o recém-chegado ao homem no seu idioma estranho. – Meu patrão está querendo saber se você deseja comer alguma coisa – disse ele em inglês, traduzindo o que o homem sentado dizia. – Uma salada, talvez morangos, eles têm ótimos morangos nesta região – continuou, apenas traduzindo o que aquele homem de sorriso fácil e grandes olhos azuis-escuros, redondos e brilhantes como os de um bebê, dizia.

Ele estava muito bem-vestido, usava um terno azul brilhante e, apesar de bem mais velho que ela, tinha feições bem jovens, um semblante amoroso, especial, e olhos penetrantes. Ficava claro através de seus olhos que queria fazer o bem. Havia uma coisa muito boa sobre aquele homem, pensava, sentia-se paz e bem-estar em sua presença. Já o outro que tinha acabado de chegar, o tradutor, era exatamente o oposto, tinha uma aura negra e uma voz falsa, macia, como quem nunca falava exatamente o que pensava, apenas o que queriam ouvir.

O que Kat não sabia é que aquele encontro tão casual, tão inusitado, seria a materialização de tudo aquilo que ela havia pedido nas semanas anteriores. Estava ali a salvação não só de sua situação, mas também de seu coração, de sua alma, a sua esperança em tudo de novo, já que ela não acreditava mais em nada, apenas trabalhava feito um robô e acordava todas as manhãs para coisa nenhuma. Não tinha fé nos homens – nem nos seres humanos em geral –, sempre achou que nenhum prestava, e agora, então, depois de três relacionamentos em que tinha dado tudo de si e ainda assim havia fracassado, a última coisa que ela queria era se meter em outro relacionamento. Por causa do seu gosto por homens mais velhos as pessoas diziam que ela não procurava por um namorado, e sim por um pai. Kat pouco ligava para as críticas, realmente só tinha olhos para homens mais velhos, mas não era uma coisa que planejava ou que poderia mudar, apenas acontecia. Pois agora estava lá, mais uma vez, sentada ao lado do destino, sem ter a menor ideia de nada.

Aquele homem esbelto de terno azul era o homem do sonho na praia.

– Ah, não, obrigada, estou bem – respondeu ela, meio sem jeito, em recusa à oferta dos morangos.

Durante todo o dia aquele homem se manteve ao seu lado na festa; aonde ela ia ele ia. Tentava se comunicar com ela usando palavras, sem sucesso, já que não falava nada de inglês, porém a comunicação que tinham em silêncio era de deixar com inveja qualquer telepata. Tarde da noite, quando já era a hora de ir embora, o homem, sempre gentil e sorridente, pediu que um dos carros parados do lado de fora do castelo a levasse. Eles trocaram números de telefone, e naquela mesma noite ela recebeu uma mensagem linda que foi traduzida por um programa de internet. E no dia seguinte, em seu apartamento em Paris, havia um lindo buquê de flores brancas destinado à "princesa do castelo", acompanhado de um cartão:

"Ontem eu conheci a princesa do meu castelo de sonhos. Um anjo de luz. Eu não sei quem é você, porém tenho a sensação de que a vejo em meus sonhos. Eu não lhe cobrarei coisa alguma, apenas peço para estar perto de você, se for possível. A partir do meio-dia um carro vai estar em frente à porta em que você foi deixada ontem; se você quiser, ele a trará até mim, senão, ele a esperará até que você o dispense. O meu objetivo é somente conversar, almoçar, mais uma vez estarmos juntos no mesmo espaço; nada além da sua presença vai ser esperado de você."

A menina olhou pela janela da sala do apartamento em que alugava apenas um quarto, e lá estava um carro preto, estacionado em frente ao portão do prédio. Como não tinha medo de nada, não sentiu medo, apenas pensou: "Que pena que eu não confio mais em homem nenhum, terei de ir até lá apenas pra dizer 'sinto muito, querido, eu não sou um anjo, sou mesmo uma menina amargurada pela vida'".

Depois de algumas horas dentro do carro, chegou a um lugar com muros muito altos e um portão enorme. Era uma tarde ensolarada e o vento não estava tão frio. O carro adentrou o que parecia ser um jardim sem fim, com flores de todas as cores, pássaros cantando, tudo meticulosamente cuidado, como se fosse de mentira, como o cenário de um filme.

Assim que o carro parou em frente a uma casa ainda mais linda e encantadora do que o jardim, o motorista, que havia se identificado como tradutor na tarde anterior, desceu e cumprimentou-a com um largo sorriso falso. Então começou a relatar a pessoa maravilhosa que era o seu patrão, "um homem de muitos bens e dotes, muito famoso em seu país, por isso não posso lhe dizer o nome dele", disse o homem com a boca cheia, como se falasse de si mesmo. "Eu não quero saber o nome dele, sinceramente não me importa, como também não me importa saber os bens que ele tem. Eu não viso pegar o dinheiro de ninguém, e nunca dependi de homem nenhum. Sempre trabalhei muito, e sempre disse que tendo pernas e braços haverá trabalho, portanto não estou aqui para me aproveitar de ninguém", disse a menina, interrompendo o tradutor, pois sentiu que ele buscava uma aliada em sua falsidade para, quem sabe, se aproveitar do patrão, ou sabe-se lá para fazer o quê; de qualquer forma, não estava interessada.

A menina entrou pela enorme porta da casa, que tinha um pé-direito muito alto, uma escada dupla no centro que dividia três salas e um vão que permitia ver todos os quatro andares da mansão já da porta. A casa tinha amplas janelas de vidro por toda a extensão, com vitrais coloridos parecidos com aqueles que se vê em igrejas católicas, por isso a luz dentro da sala era de tirar o fôlego de tão linda. O sol batia direto nos vitrais, iluminando e colorindo a larga escada de madeira clara, as paredes brancas e toda a extensão da casa, até onde os olhos podiam ver. Entraram na sala à esquerda, em que sobre a mesa já estava servido um chá de hortelã fresca em um jogo de prata estilo francês do século XIV, e um lindo potinho de morangos, com um ramo de lírios brancos e laranja ao lado da cadeira onde havia um bilhete: "Obrigado por ter vindo, Kate". E, apesar de seu nome estar escrito errado, pensou: "Como ele se lembra do meu nome? Não me lembro nem de lhe ter dito o meu nome!". E atentou também para o fato de suas flores preferidas serem lírios.

– Aí está o seu chá – disse o tradutor sorrindo, afastando a cadeira para que Kat se sentasse. – E os morangos também. Meu patrão disse que sentiu que você queria morangos naquele dia, mas não aceitou por estar envergonhada. Hoje, por favor, sinta-se à vontade; ele mandou comprar os melhores da região logo cedo, e não foi nada fácil achá-los – disse o homem, sempre sorrindo, como quem está se esforçando ao máximo para agradar.

– Mas... – disse Kat, olhando para os morangos e pensando: "Meu Deus! Como ele sabia de tudo isso? Como sabia que eu adoro morangos e amo comê-los acompanhados de chá? Como ele sentiu que naquela tarde eu realmente os queria, mas estava com receio de pedir e incomodar?". – Mas... como... digo... como ele sabia...

– Ah, o meu patrão é muito observador e também muito inteligente; ele vê tudo e percebe tudo. Até o que a gente esconde dentro da gente ele vê... Você vai se surpreender, com certeza nunca conheceu um homem assim, ele realmente é especial.

O homem logo chegou e juntou-se a eles na sala, sentando-se à grande mesa ao lado dos dois. Foram claros o alívio e a luz que tomaram conta do rosto de Kat quando ele entrou na sala. Foi como se o sol em pessoa tivesse entrado ali. E "ainda bem que veio depressa", pensou Kat, aliviada, pois estar sozinha na presença do tradutor, com seu largo sorriso falso, dava-lhe arrepios na alma. Mas agora tudo estaria bem, pensou, meio admirada: "agora tudo estaria bem, pois o homem do banco estava ali"; não fazia o menor sentido, mas ao mesmo tempo, sem explicação, dentro do peito fazia todo o sentido, porém ainda nem sabia como chamá-lo, não havia perguntado o seu nome – e, dadas as circunstâncias, resolveu não perguntar mesmo.

– Qual é o seu signo? – foi a primeira coisa que Kat perguntou, assim que o homem chegou perto dela.

– Ela quer saber qual é o seu signo – disse o tradutor, sorrindo, traduzindo a pergunta para o homem.

– Sou de Sagitário – respondeu ele.

– Nossa! Sagitário! Não é um signo de que eu goste... Não sei, todos que eu conheci são muito mulherengos e superficiais. Adoram uma farra, nunca consegui ser mais do que amiga de nenhum deles.

O homem sentou-se ao lado dela e tentou fazer piadas, falar da vida e perguntar da sua. O tradutor ia traduzindo tudo, e ela se perguntava se ele o fazia direito. Nem para isso confiava nele. Até que, depois de algumas risadas, o homem perguntou:

– O que você mais quer na vida?

– Como assim? – Kat perguntou, virando-se para o tradutor. – O que eu mais quero?

– Sim – repetiu o tradutor, certificando-se mais uma vez com o homem de que era mesmo aquilo que ele dizia. – Sim, ele está dizendo... se você pudesse escolher qualquer coisa no mundo, o que seria – disse ele, ouvindo e traduzindo palavra por palavra.

– Bem, se você tivesse feito essa pergunta há uns meses, eu lhe diria que era um relógio de ouro bonito, igual a esse que ele está usando – disse ela com ar de riso, apontando para o relógio de ouro do anfitrião.

O homem traduziu e todos riram.

– Porém – continuou Kat – o que eu quero hoje é algo que dinheiro infelizmente não pode comprar. O que eu mais quero no mundo é a saúde da minha mãe.

– O que tem a sua mãe? – perguntou o tradutor.

– Ela está com câncer terminal.

Ao ouvir isso, as feições do homem escureceram de tristeza. Com o olhar voltado para baixo, disse que sentia muito, e os três se calaram, pensativos, por um momento. Depois os dois – o homem e o tradutor – começaram a conversar em sua língua, que a menina não entendia.

Então Kat resolveu interrompê-los e falar aquilo que havia ido dizer.

– ... Por favor, diga que eu não vou ficar com ele. Eu não sou esse tipo de menina... Ficaria com ele só se fosse por amor, mas não o amo, não amo ninguém, realmente não acredito no amor, nem quero acreditar. Apenas vim como amiga, para conversar e dizer que não nos veremos mais, mas que eu agradeço por tudo mesmo assim.

O tradutor verteu as palavras dela, e depois traduziu a resposta do homem:

– Ele disse que entende e respeita a sua posição, que não se importa em ser apenas amigo e vê-la de vez em quando. Se você desejar sair um pouco do trabalho por uns dias, ele está sempre viajando pela Europa, a trabalho e por diversão também, porém gostaria de pagar todo o tratamento para a sua mãe... A mãe dele morreu de câncer quando ele tinha 10 anos de idade, a família era muito pobre e não teve condições de arcar com o tratamento, e a mãe sofreu muito... Ele disse que sabe a dor que você está passando.

Nos meses seguintes o homem cumpriu o prometido e providenciou o dinheiro para todo o tratamento da mãe, e muito mais. Pagou a escola de cinema que a menina tanto sonhava em fazer, o luxuoso apartamento em Nova York, e tudo o mais que ela pudesse imaginar ou criar. Ele era a favor de absolutamente tudo, e dava todo o apoio financeiro e psicológico para que ela fosse além em tudo que quisesse. Incentivava-a intensivamente nos seus projetos de caridade para animais, filmes, vídeos, projetos sociais e todas as aventuras em que Kat se metia. Uma vez por mês viajavam por quatro dias por algum paraíso escondido no mundo, visitavam ilhas, grutas, cachoeiras, e foram até para o Brasil a trabalho uma vez.

A menina, antes desesperada, sem perspectiva de dinheiro ou amor, agora vivia um divertido conto de fadas em que tudo era perfeito, e o amor e a dedicação do homem por ela pareciam não ter limites. Sempre que se viam eram fogos de artifício, presentes, jantares mágicos com flores e diamantes, shows musicais, declarações públicas de amor, espetáculos circenses, jogos interativos e tudo o mais que alguém poderia sonhar; era como se todos os seus sonhos se materializassem diante dos seus olhos assim que eram pensados.

Dentro dela, o amor e a importância que dava a esse homem iam crescendo, mesmo que muito lentamente, mesmo que sem querer, mesmo que tentando resistir a acreditar, a confiar – porém, tudo que tinha vivido nos últimos meses gritava que aquele homem realmente era especial. Apesar de todas as malcriações infantis e o mau humor da menina para com ele, a admiração e o apreço desse homem por ela pareciam ser inabaláveis; fazia tudo como se fosse aquela menina o que ele havia procurado a vida toda. E sempre tão gentil e meigo ao falar, como se falasse com uma flor delicada, apelidou-a carinhosamente de "general", já que a menina, sempre muito agressiva, tinha absolutamente todas as suas ordens atendidas de pronto, com direito a continência e tudo. Quando estavam separados, ele lhe enviava lindos textos de amor, sempre no minuto em que acordava, e à noite, no último minuto antes de dormir. Quando juntos, ensinava a ela sobre história, religião, cultura, espiritualidade e até comunicação por telepatia, que usavam diariamente e sempre achavam graça quando conseguiam, mesmo que de continentes diferentes, adivinhar os pensamentos um do outro...

Era um romance perfeito, pensava a menina. Agora, três meses depois, já não precisavam mais do tradutor, apesar de ele estar presente em todas as vezes que se encontravam; o casal agora usava um aplicativo de celular para traduzir as juras de amor. Ela havia ensinado inglês a ele e contratado uma professora particular para lhe ensinar a língua dele. E assim aos poucos iam se comunicando, ainda que nesse relacionamento nem precisassem de palavras, os olhos diziam tudo. Ele olhava para ela, ela olhava para ele e o entendimento se fazia, como num passe de mágica. A menina jamais pensou existir alguém assim no mundo, alguém que a entendesse tão profundamente, tão unicamente... E, mesmo separados, não havia um dia de insegurança, não havia um único momento em que ela desconfiasse do amor ou das intenções dele.

Acostumada a um mundo de cobranças, em que ninguém lhe queria verdadeiramente bem, em que tudo que era dado era cobrado em dobro, e nada tinha muito valor, a menina pela primeira vez conhecia uma pessoa que dava tudo desenfreadamente, sem fim, sem fronteiras, e jamais cobrava nada, nem mesmo carinho e um sorriso, o que muitas vezes não vinha. A menina, que continuava rebelde e jurando independência, ainda tinha uns rompantes de raiva, para deixar claro que "não era mulherzinha de ninguém" e que não precisava de homem nenhum, mesmo que fosse um príncipe perfeito, absolutamente sem defeitos e acima de qualquer suspeita.

Aquele homem lhe ensinava tudo. Estava lhe mostrando o que era amor, e parecia incrível – assim que ela havia deixado de acreditar que o amor existia parecia que Deus ou alguma coisa havia colocado ali aquele homem para fazê-la acreditar de novo, para fazê-la ver que existiam ainda homens que prestavam e que valiam a pena, "ou não", pensava, "esse deve ser o único". Não importava a sua falta de confiança, o que ele estava fazendo por ela era bem maior, ele estava lhe devolvendo a esperança no mundo, a verdadeira crença em Deus, e o mais importante: estava devolvendo o amor à vida da menina. Na primeira semana em que estavam juntos, ele se virou para ela e disse: "Você tem um coração tão duro, tão machucado para uma menina tão bonita e tão jovem... A sua alma foi corrompida pelo sofrimento, a sua alma foi quebrada... Mas eu vou consertar. Não vou a lugar nenhum enquanto não fizer você acreditar no amor de novo".

E, para melhorar, como se ele estivesse banhado em um líquido da sorte, tudo em relação a ele dava certo, e agora tudo em relação à menina também. Era como se por causa dele tudo em volta da sua energia era bem-sucedido, pois desde que o conhecera os trabalhos surgiam sem esforço. A menina começou a trabalhar muito mais. E de vez em quando se punha a pensar que, apesar de ser a época em que mais precisaria de dinheiro, em que qualquer pessoa teria falido e desistido de tudo devido à doença e à pressão da responsabilidade por conta do câncer da mãe, por ironia foi a época em que mais o dinheiro aparecia, era como se fosse folha solta no vento que soprava, vinha de todos os lados e sem esperar. A sorte era visível, e Kat então se mudou para Nova York, como sempre quis, para estudar cinema.

Tudo estava perfeito, e a sua relação com Deus havia começado a melhorar, já que o amado era um religioso fervoroso que rezava com ela todos os dias antes de dormir, e usava uma grossa cruz no pescoço, a qual nunca tirava, e ao final da reza fazia sempre o mesmo ritual: beijava a cruz e depois aproximava a cruz dela para que a beijasse também.

Ele a ensinou a se comportar com as pessoas, e também sobre os malefícios da ira, devido à agressividade da menina.

Ele a fez ver quão especial era o seu coração e o seu modo de pensar, e quão diferente ela era das outras pessoas, e que isso era uma coisa boa, e não algo para se isolar ou se sentir estranha. Ao contrário dos outros homens, que estavam sempre preocupados em mostrar o poder que tinham, mesmo que muitas vezes não tivessem nenhum, ele estava focado em lhe mostrar o poder que ela tinha, o grande poder que trazia em si mesma, e assim toda a insegurança de uma vida toda foi quebrada. A menina, que já havia se tornado forte por conta das situações da vida, agora se fazia forte por causa da própria força mental. Havia se juntado sem querer à única pessoa íntegra que existia no mundo, segundo ela.

O homem era responsável por grandes instituições de caridade pelo mundo, as que realmente faziam a diferença, patrocinando cultura e esportes; era respeitado no mundo inteiro por seu trabalho filantrópico. Porém vivia a sua vida com imensa humildade e temor a Deus; "ele era a perfeição em forma de gente", pensava a menina. O problema era que muitos outros e outras pensavam o mesmo, e tinham muita inveja não só do homem, mas agora também do casal, e essa era a maior inimiga do relacionamento. No entanto, apesar das tentativas de todos ao redor para que essa união não fosse possível, depois de três meses de relacionamento o homem a pediu em casamento, e aí o amor estava consolidado. Depois disso, não importava como estava a vida, se ruim ou boa, para Kat a vida era perfeita, com ele até os problemas pareciam perfeitos, com exceção da doença da mãe, o único que tirava o sono de Kat. O câncer se agravava a cada dia.

À noite, ao dormir, Kat sonhou que andava por pastos vastos e florestas virgens, usava um vestido branco de menina, leve, de renda, de um estilo que lembrava algo do século XVIII na Europa. Fazia frio, porém o sol brilhava alto, havia bichos correndo em volta dela, cervos, pássaros e outros animais que compunham a cena, que mais parecia um tipo de dança, em que a menina dançava, corria e cantava ao mesmo tempo.

Então tudo começou a ficar branco, branco, branco, a floresta foi sumindo e aos poucos foi se transformando de novo na sala branca em que tinha as longas conversas com a Voz.

– Estou tão feliz! Tão feliz! – dizia a menina ainda saltitante, agora sozinha dentro de uma sala sem início e sem fim, apenas branca. – Sou tão agradecida, sou a menina mais feliz do mundo! Como pode uma pessoa ser tão boa, tão maravilhosa comigo, sem nunca ter pedido nada em troca? Sem nunca ter havido nenhuma briga, nenhum mal-entendido? Como pode, meu Deus!? É perfeito, perfeito na forma mais absoluta da perfeição. Obrigada, obrigada, obrigada, não me canso de agradecer a Deus a todo segundo, acho que morrerei de alegria e até o meu último suspiro estarei agradecendo e por toda a eternidade agradecerei mais e mais e mais!

– Encontrá-la foi uma graça concedida a ele, você dá muito mais a ele do que ele a você; você significa muito para ele, uma existência inteira, para ser mais exato.

– Como assim?

– O homem ao qual se refere foi seu pai em uma de suas vidas. Nessa vida passada ele também era um homem de muitas posses como agora, porém nada pôde fazer pela filha: você foi roubada ainda bebê de sua casa e foi criada por uma família muito pobre que a fazia trabalhar noite e dia como escrava, e morreu bem jovem, padecendo das moléstias e pragas da época. Esse homem passou o resto de sua vida tentando encontrá-la, e mesmo depois de morto sofreu demais por não ter conseguido achá-la. A falta de convivência com você levou o seu espírito ao total flagelo e miséria, ele passou por muitas existências até voltar ao seu curso normal. Você e ele se mantiveram em graus de evolução diferentes, o que os manteve separados. A conexão com você era forte demais, acima de tudo, e foi interrompida para o bem da evolução dos dois, até que ele entendesse que nos "Planos" haveria de ser assim, como foi naquela época. E que apenas se o seu espírito um dia expressasse o desejo de vê-lo e relacionar-se com ele novamente na mesma vida esse encontro seria concebido.

Quando o espírito dele veio nesta vida, sabendo que você estaria aqui na mesma existência, pediu que pudesse ao menos lhe servir de ajuda, ampará-la em alguma situação difícil de vida, pois o carinho de pai queria poder lhe fazer bem e cuidar de você, mesmo que só por um breve momento, um curto espaço de tempo na existência. E como haveria de ser, o seu espírito, por livre-arbítrio, buscou o dele... Você o chamou, clamou, e até o procurou em outras pessoas sem saber.

Agora tudo fazia sentido na cabeça da menina, que via um filme passar pela sua cabeça e admirava-se a cada palavra dita.

– Você fez uma lista em que descrevia o homem perfeito – continuou a Voz – essa lista descrevia todas as qualidades dele, até mesmo os seus defeitos. A única intenção dele é realmente ajudar e passar todo o tempo possível com aquela filha tão amada, da qual ele nunca pôde ser pai.

A menina escutava calada, estupefata com a verdade do que ouvia. Agora sabia de tudo... e entendia tudo. Cenas desta vida e da outra começaram a vir à cabeça, como se houvesse um projetor em câmera acelerada dentro da mente, e as cenas eram gêmeas, ora apareciam nesta vida, ora como se fosse na outra. Repassou todos aqueles meses com o homem que parecia perfeito, e todas as coisas vividas e o modo como se tratavam, e percebeu que, apesar de ser um relacionamento de homem e mulher, mais parecia mesmo um relacionamento de pai e filha...

Quando acordou, sem se lembrar de nada, e meio sem entender por que, foi correndo até a minúscula gaveta onde guardava o antigo "caderninho dos desejos" que aprendera a fazer como técnica de atração do livro *O Segredo*, e lá estava a lista, com todos os requisitos. Conforme ela passava os olhos pelos itens da lista, cada vez os olhos iam esbugalhando mais; era tanta semelhança que, apavorada, jogou longe o caderno, dando um grito. Ligou para a mãe na mesma hora, contando que devia ser "algum tipo de bruxaria. Eu o descrevi exatamente meses antes de conhecê-lo, e já nem lembrava mais. É como se aquelas palavras tivessem aparecido ali! É como se elas não tivessem sido escritas por mim!".

Nos meses seguintes, depois de aprender técnicas de todo tipo de espiritualidade e de vida com o homem misterioso do passado, que havia conseguido se tornar do presente e agora era a sua projeção de futuro imaculado, Kat aprendeu sobre a generosidade. O homem era extremamente generoso com o mundo e com todos que o habitavam, estava sempre ajudando pessoas na rua e incentivava Kat a fazer o mesmo. Dizia que "quanto mais damos, mais recebemos", que isso era como uma regra para atrair dinheiro, "quanto mais desapegados somos do dinheiro, quanto mais damos, mais ele vem. O dinheiro tem de ser útil e circular, e, quando aprendemos a fazê-lo circular sempre que está em nossas mãos, o Universo detecta a corrente certa e nos envia ainda mais! O dinheiro que temos não é nosso, não nos pertence de verdade, pertence ao Universo e às pessoas que vivem nele, e para ele deve retornar. O fato de eu ter muito dinheiro não significa que deva ser arrogante e me fazer em cima do meu poder, significa que o Universo viu em mim o curso certo, e que eu entendi as leis do dinheiro, que valorizo o trabalho e o valor dos demais, fazendo com que o dinheiro seja dividido e usado da melhor maneira para que toda a humanidade se beneficie dele, e não só eu e os meus descendentes. É só essa a função do dinheiro; sempre que fugir disso ele estará servindo somente ao mal".

Além disso, a menina tinha aprendido a respeitar um pouco mais os homens, como se fossem também pessoas dignas, já que começava a entender que todo mau comportamento e ódio em relação aos homens vinham na verdade da sua falta de apreço pelo pai e do seu relacionamento com ele, porém não era um estado real de todos os homens, talvez não fosse o estado real de homem nenhum... Seria apenas um problema dela consigo mesma. Aquele homem apareceu em uma situação inusitada, e, voltando lá atrás, por culpa da mãe, que ficara extremamente doente, e veio de paraquedas para lhe ensinar a vida. Em poucos meses com ele já havia aprendido mais do que havia aprendido numa vida inteira, e muito mais do que aprenderia para o resto desta vida se ele não estivesse ali, com certeza. Era grata, extremamente grata a tudo. E se maravilhava com o mundo cada dia mais cheio de vida que se abria diante dela.

Ao dormir:

– E a minha mãe, como vamos fazer com ela? Quando ela obterá a cura? – perguntou a menina, já envolvida numa calorosa sessão de perguntas com a Voz.

– A sua mãe na Terra continua com a doença que a ameaça de morte. Porém, apesar de os médicos terem dito que ela pode vir a morrer a qualquer momento, o seu tempo ainda não acabou, e na verdade não precisa acabar agora. A doença veio para que ela se cure, teve de adoecer para curar a alma, ela precisa achar o seu propósito de vida. O medo a tornou uma simples consequência de sua situação, ela parou de agir por si, parou de reagir à vida... tornou-se uma pessoa preguiçosa e sem propósito, sem saber a que veio, e agora joga todo o fardo da sua existência sem propósito em você. Vive para você, a idolatra, e fez isso pelo seu pai também e pela sua irmã. Esqueceu-se de quem era, desviou-se de tudo que era destinado a ela, esqueceu-se de que era um indivíduo e que cada alma tem a sua missão na Terra. Deixou de lado a dela, por medo e comodidade. A doença veio como resultado da sua própria maledicência, ela mesma a atraiu várias vezes, profetizou estar doente somente para que assim tivesse mais peso ainda sobre vocês, pois para ela nem toda a atenção do mundo era suficiente. Se achou amor, que na verdade era egoísmo, quis mais do que todo mundo pode dar, por não ter coragem de fazer a própria vida.

Agora adoece para ver quanto a vida e essa existência são valiosas, adoece para ver se aprende a dar valor ao pouco tempo de existência que lhe resta. Para ver se pelo menos na iminência da morte o corpo reage. A ela foi dado um curto período de tempo para que se descubra, para que descubra onde começou a ir no caminho errado, onde parou de crescer e evoluir, muito tempo atrás. Se nesse tempo o seu propósito for encontrado e ela voltar ao seu caminho, a doença será curada e ela voltará a uma vida saudável, porém agora vivendo o seu propósito. No entanto, se ela não mudar e não encontrar o caminho, então esse corpo sucumbirá e o espírito será chamado a ir para "casa", para que possa ali se tratar e se curar das obsessões da Terra. E a morte acontece "prematuramente", pois se nesse curto tempo concebido para o acerto – essa segunda chance, pode-se dizer assim – o espírito não conseguir voltar ao caminho que deve seguir, causará somente confusões desnecessárias para si e para os outros, principalmente para você...

– Para mim?

– Sim, a maior perdedora aqui, aquela que mais sofre tendo o espírito da sua mãe em vida, é você.

O rosto da menina queimava ao ouvir aquelas palavras, já ditas por vários médiuns quando frequentava as sessões, até mesmo junto da mãe, que sempre levava uma bronca, porém preferia não acreditar.

– Você dedicou a sua existência inteira a ensiná-la, e agora se dedica a viver por ela. Tudo que faz é por ela, e tão "dedicada" assim não se deve ser com ninguém. **O autossacrifício, até mesmo aquele feito pelas boas causas, deve ter limites.** Você tem saído do seu próprio caminho e prejudicado o seu próprio destino para cuidar dela, para que ela tenha uma vida melhor, mais digna, para ajudá-la em tudo, porém não a está ajudando. Você a está atrapalhando assim. Há anos o espírito de sua mãe tem se desrespeitado contentando-se em não aprender nada, a não evoluir nada, pois sabe que você fará o serviço por ela, que seja qual for o problema, você chegará sempre com a solução, então ela já não se esforça para nenhuma existência, não evolui por causa da sua proteção excessiva... Isso não a ajuda, acarreta para ela a falta de evolução e torna você diretamente responsável por isso, o que as deixará ligadas por dívidas espirituais intensas, que a seguirão nessa dimensão e em outras. Você deve parar de ajudá-la tanto, de fazer por ela o trabalho que deveria ser do espírito dela. Você a priva do aprendizado, de um sofrimento que ela vai ter que experimentar de novo em uma próxima vida, só que dessa vez sem você, para que assim realmente aprenda com a situação.

    Naquele dia a menina acordou e teve uma longa conversa com a mãe, explicou-lhe sobre atração, meditação e tudo aquilo que havia aprendido nos últimos meses e que tinha mudado a sua vida, a fim de fazer a mãe caminhar pelas próprias pernas. Decidiu de uma vez por todas que a mãe se curaria, "todos os dias eu vou ligar e ficaremos mais de duas horas ao telefone, até você aprender todas as técnicas de meditação para que se cure!". Nos meses seguintes, por coincidência, começara a ouvir de todo lado sobre as causas do câncer e as suas raízes emocionais e energéticas, e que era possível que fosse curado se o paciente mudasse o modo de ver a vida, para uma visão mais ativa das coisas, sendo mais um protagonista e não a vítima, visto que o comportamento de vítima havia sido atribuído a pessoas que sofriam da doença, e o contrário dele a pessoas que haviam se curado.

    A menina ligava todos os dias e durante horas tentava convencer a mãe de que a cura do câncer viria quando ela encontrasse o seu objetivo de vida. Mostrava a ela onde cometia os erros diários, e aos poucos a mãe foi mudando tudo ao seu redor: primeiro o pai, depois a casa, depois as companhias, tirou de perto dela tudo que não lhe servia. Com isso, pouco a pouco sua personalidade foi mudando, já não era mais aquela vítima da vida, a mulher oprimida e com dó de si mesma. Agora sorria, se sentia forte e poderosa, como uma flor de lótus forte e robusta saindo de dentro do pântano para crescer em esplendor. Tudo ia perfeitamente bem, como o planejado.

Porém a mãe não conseguia encontrar seu propósito neste mundo, ainda passava todos os seus dias e noites sentada na frente da televisão assistindo a novelas, sem nada fazer para a sua evolução ou a dos outros; "ao menos agora não servia de boba pra ninguém", dizia Kat quando lembrava que antes as pessoas tiravam proveito do espírito subserviente da mãe, que só servia a todos e nada fazia para si. "Ao menos agora ela vive em paz." Tentava confortar o próprio coração, e a mãe chorava em agradecimento por Kat ter lhe dado uma vida melhor, agora longe do pai e de tudo que a estressava, agora finalmente tinha paz, coisa que jamais achou que conseguiria ter em vida.

– Agora acordo em paz e vou dormir em paz, é a melhor sensação do mundo, e não sei nem como te agradecer, minha filhinha, meu anjinho da guarda, por proporcionar tal milagre na minha vida. Eu lhe serei eternamente grata. Você me salvou e me salva todos os dias – dizia a mãe, sempre chorosa, em agradecimento.

Por mais que Kat ficasse feliz ao escutar aquilo, uma imensa tristeza tomava conta dela, pois alguma coisa lhe dizia que o seu tempo com a mãe estava se esgotando. E, como todo bom professor, culpava-se pela falta de destreza de seu aluno. Tomava a culpa para si, pois, mesmo depois de vários meses fazendo um trabalho intensivo com a mãe para que esta descobrisse o seu propósito, isso ainda não havia acontecido. E todos os dias pensava que estava bem próximo, mas aí a mãe fazia algo que a levava à estaca zero de novo.

– ... Tá, mas pra que você quer viver? Pra quê!? – um dia Kat perdeu a paciência e gritou com a mãe ao telefone.

– Quero viver pra ver os meus netos, os filhos de vocês crescerem...

– Não! Está errado! Deve querer estar aqui por algum motivo que seja pra você, só seu, que agregue à sua própria existência. Os motivos não podem ser eu e a minha irmã, como foi o meu pai, e principalmente não pode ser nada que esteja no futuro! A cura de todas as doenças está em viver o hoje! A preocupação e a expectativa no futuro são as matérias-primas do câncer. Você deve parar de adotar essa medida de vida se quiser viver. Não adianta somente implorar a Deus pela cura, você deve Lhe dar um motivo para que Ele lhe conceda mais tempo de existência entre nós. Foque o PORQUÊ, por que você ficaria, em que seria relevante! É isso que deve focar, por favor, mãe! Por favor!

A menina implorava à mãe, já sem forças para acreditar no sucesso da cura, já que o câncer avançava ferozmente, enquanto o entendimento espiritual continuava estagnado – havia avançado muito, porém pouco para que uma mudança drástica ocorresse na saúde.

Em contrapartida, pelo menos todos aqueles tratamentos espirituais e meditações com mantras loucos que a menina havia obrigado a mãe a praticar duas vezes ao dia haviam melhorado impressionantemente o seu campo energético e o seu humor. Ela mal parecia estar doente, tinha o rosto corado e agora sempre sorridente. Havia sem dúvida começado a viver somente depois da doença. Esse ano que passara doente havia mudado quase que totalmente a sua personalidade: antes reclamava de tudo o tempo inteiro, agora somente agradecia; antes sentia-se incapaz de tudo e perdia muito tempo com críticas e dramas bobos, agora passava por cima deles como se nada fossem, pois estava sempre ciente de seu pouco tempo de vida, então tentava aproveitar ao máximo com alegria. Algumas vezes se lamentava com a filha por não tê-la ouvido muitos anos antes, quando já lhe falava sobre as mesmas coisas.

– Por que, minha filha?... Por que não te escutei antes? Eu nunca achei que pudesse ser tão feliz em minha vida. Você sempre me falava, desde os seus 10 anos de idade, para eu largar o seu pai e ser feliz, livre, sem ninguém para me ofender e desrespeitar, que aquilo com o tempo não podia me fazer bem... Você tanto me falou, e eu fui fraca e não a ouvi. Como me arrependo agora, pois estou morrendo e ele ficará aí para fazer mal e ofender outras pessoas, pois os meus esforços não fizeram nenhuma diferença. Ele continua o mesmo beberrão sem jeito e sem solução, continua ofendendo e maltratando a todos, e agora eu morro culpada das minhas próprias faltas comigo mesma. Eu lhe agradeço eternamente por ter brigado tanto comigo e ter me obrigado a deixá-lo pra trás, ao menos nesses últimos meses, pois agora tenho paz e sou feliz, pela primeira vez na minha vida, e graças a você, sei que se sacrificou muito por isso. Sei que se dedicou muito para que eu entendesse isso, e como queria que a minha cabeça tivesse mudado há mais tempo...

– Não fale assim! Já lhe disse que é proibido falar que vai morrer! O que se fala se profetiza! E você não morre! Ninguém aqui nesta história morre! Você vive! E todos os meus esforços só valerão a pena se você viver, se você se for eu serei uma tola, uma idiota que perdeu todo esse tempo pra nada. E sem drama, pois os médicos estão dizendo que a cada dia que passa os resultados dos seus exames estão melhores! – mentiu Kat. Ela mentia e obrigava todos a mentirem para a mãe, inclusive os médicos, dizendo que o câncer estava melhorando a cada exame, e não a verdade, que era o oposto. Acreditava que a cura estava na mente, e sabia que se a mãe não se sentisse doente então não estaria doente. E no final os médicos atribuiriam o sucesso de vida da mãe aos tratamentos psicológicos e espirituais intensivos da filha! Pois uma mulher que foi dada como morta assim que chegou ao pronto-socorro, um ano depois, feito um milagre ambulante, ainda caminhava com aparência saudável pelos corredores do hospital, sem perder o sorriso nem sequer um fio de cabelo, enquanto pessoas que chegaram ali na mesma época com câncer bem menos avançado já haviam chegado a óbito.

A mãe fazia cirurgias constantes a mando da filha, cortando todas as partes possíveis em que o câncer crescia, sem a aprovação dos médicos, que achavam um sofrimento desnecessário para a paciente, já que o câncer poderia matá-la a qualquer momento – porém o fato de ainda estar viva foi também atribuído às cirurgias que retiravam os tumores gigantes, feitas uma vez a cada dois meses... Era quase um absurdo que aquela mulher ainda continuasse de pé depois de tudo, diziam os médicos, apavorados. Porém Kat não dava nem uma colher de chá, brigava com a mãe quase que diariamente a qualquer sinal de fraqueza ou de choro, não admitia tristeza ou reclamação, já que acreditava que a tristeza era grande aliada do avanço da doença. E, acima de tudo, ela e a mãe acreditavam na cura, acreditavam e não se permitiam pensar em nada diferente disso.

9

Experimentando o inferno

Além de tudo, um ano atrás Kat havia desenvolvido um problema de saúde no seio esquerdo, uma bactéria terrível que silenciosamente comia a carne do peito. Sem que ninguém soubesse, além da mãe e do noivo, ela levava a doença em silêncio, mas, com um buraco aberto de 3 centímetros de largura e 10 centímetros de profundidade no seio, ficava cada dia mais difícil disfarçar a dor e o mal-estar. A menina, com a ajuda do noivo, já havia visitado todos os médicos especialistas do mundo, e nenhum oferecia a cura do problema; apenas sugeriam que ela fizesse uma cirurgia altamente invasiva, que deixaria cicatrizes profundas, com risco de perda do seio. Ela se recusava a submeter-se ao procedimento, pois, assim como acreditava na cura da mãe, quando tinha tempo para pensar em si mesma acreditava na própria cura, e logo desviava o pensamento para outra coisa, a não ser durante as cinco vezes ao dia em que era necessário trocar o curativo, porque minava um líquido por vezes amarelo, às vezes verde e até marrom-ensanguentado.

E agora, que tinha se apegado a uma escolha religiosa que era um rito de agradecimento desenfreado por tudo, apenas agradecia pela doença: "Obrigada, meu Deus, por esse problema de saúde, sei que com ele trazes um enorme aprendizado, e estou segura de que precisava passar por ele agora", porém os médicos alertavam-na quanto ao grave risco de morte, e não se responsabilizavam pela falta de juízo da menina, que não levava a gravidade do problema nem um pouco a sério: "Pode deixar, nada vai acontecer comigo, doutor", dizia em tom de brincadeira e mentia que a dor havia melhorado um pouco, mas a verdade é que as dores aumentavam muito a cada dia, até que o braço esquerdo ficou inteiro dormente, do ombro até os dedos da mão, e já não o movimentava por causa da dor excessiva. Porém a menina continuava a trabalhar como modelo. Apesar da aparência saudável do rosto, suas forças estavam se exaurindo e a saúde já estava ficando debilitada devido aos fortes antibióticos que mantinham a bactéria controlada.

Numa manhã, após mais uma noite sem dormir por causa da dor, porém feliz e animada com a sua vida perfeita, a menina pensava, inundada pelo sentimento de amor apaixonante que invadia o seu ser, no sublime relacionamento com o noivo, que agora já chegara a quase um ano. Ela se dirigia ao consultório de um médico em Manhattan, eram dez da manhã de um dia lindo, ensolarado e azul, com passarinhos cantando e corvos conversando. Em frente a um dos parques da cidade, ela subia alegremente as escadas do consultório, quando o telefone tocou, para que recebesse um dos telefonemas mais tristes de sua vida.

– Alô? – respondeu, já alegre, reconhecendo no visor o número do tradutor do noivo. Apesar de ter achado estranho que ele estivesse ligando para ela, ficou feliz, achando que fosse alguma surpresa de seu amor, como sempre, "o que mais poderia ser?", pensou.

– Kat, sou eu. Estou ligando a mando do meu patrão... Ele mandou dizer que não poderá vê-la pelos próximos seis meses, mas não se preocupe, porque durante todo esse tempo e até que a veja de novo, ele continuará ajudando-a financeiramente, e nada lhe faltará.

– O quê!? – Kat respondeu, engasgada com a saliva que se prendeu no ar que não saiu.

– Eu sinto muito... é só isso que eu tenho pra dizer, preciso desligar.

– O quê!? Você está brincando! Que brincadeira é essa? Eu falei com ele ontem à noite! POR QUE ele não me disse nada disso? Onde ele está?

Kat então desligou o telefone abruptamente, com medo de que alguma coisa terrível tivesse acontecido ao noivo, e ligou para o celular dele. A ligação caiu na caixa postal. A segunda chamada e nada... Caixa postal pela terceira vez. Ela retornou ao tradutor, agora já muito assustada, porém mantendo a voz forte e de ordem que sempre tivera:

– Diga ao seu patrão que me ligue agora mesmo! – disse a menina com firmeza ao telefone. – Ou que atenda o telefone, avise que sou eu ligando e que me atenda agora!

– Kat, eu sinto muito, isso não será possível... Ele não poderá atender mais aos números que você tem, onde ele está agora não haverá número de telefone para que se comunique.

– Do que você está falando? – Kat ficou em pânico; agora com as feições totalmente inertes, não fazia ideia do que pensar sobre aquilo, do que fazer; a única coisa que queria era falar com aquele que tanto amava e ter certeza de que estaria em segurança.

– Você não tem visto as notícias?... Estão por todo lado. Você deveria lê-las e então entenderá – disse o tradutor, com voz estarrecida.

– Sim, eu vi as notícias, nós falamos ontem sobre isso, e ele me disse para ficar tranquila porque nada disso era verdade e que esse mal-entendido seria resolvido! Que isso tudo era coisa de política, que não tinha nada a ver com ele, e que logo veriam isso e tudo estaria resolvido. Disse até que estava muito bem e se sentia feliz, que aquilo não havia afetado o seu humor, e estava sorridente e calmo ao telefone, como sempre foi!

– Sim, todos nós sabemos que nada disso é verdade, que foi uma armação contra ele, para ferir as suas empresas e seu nome, porém conseguiram. Me desculpe, eu não posso falar mais, já disse muito!

O homem fez uma pausa de um segundo e a garota começou com as perguntas de novo, como se alguém tivesse falado ou feito algum gesto para ele ou algo do tipo.

– Mas não, espere aí, não pode ser, diga a ele que eu me mudo para o seu país com ele, não me importo, faço qualquer coisa para estar ao lado dele, não me importo com nada, ele é tudo pra mim!

– Kat – continuou o homem –, ele disse que não pode mais protegê-la 24 horas por dia, como fazia antes, porque ninguém é confiável; pediu que você não confie em ninguém, que tem medo do que as pessoas possam fazer com você para atingi-lo, disse que você está em grande risco estando com ele, e que a única coisa que pode fazer para protegê-la é cortando completamente a ligação com você. E pediu seis meses para resolver toda essa bagunça; ele disse que em seis meses voltará e tudo estará bem, como se nada tivesse acontecido. Disse que a ama demais... Você sabe quanto ele a ama, todos nós sabemos. E disse que faz isso não porque escolheu assim, mas porque não tem escolha... que, se tivesse escolha, escolheria você. Não se preocupe com nada, ele me deixou incumbido de garantir que todo mês uma quantia em dinheiro chegue até você, e que você fique bem. Tudo vai ficar bem, vocês só não poderão se ver por enquanto.

– Diga-lhe que não quero nada. Que ele poderá me dar tudo pessoalmente quando nos virmos daqui a seis meses – disse ela calmamente, desligando o telefone.

Depois disso, sem nem lembrar por que estava ali, desceu

as escadas da mesma forma que chegara, calma, porém morta por dentro, como se um sopro do inferno lhe tivesse invadido a alma e levado a vida. Estava apática, sem nenhuma emoção, não sentia vontade de chorar, nem de gritar, nem de nada. Podia jurar que o coração nem batia. Caminhava de volta pela mesma rua, pelo mesmo parque que havia atravessado, porém agora não se ouvia barulho nenhum, havia um silêncio fúnebre no ar, como se todos os pássaros do mundo tivessem se calado, e os carros, pensou, em plena Manhattan nem mesmo o barulho dos carros se ouvia; fazia um silêncio total e absoluto, como jamais pensaria "ouvir" em Nova York.

Caminhando alguns metros, avistou um pequeno restaurante italiano com uma porta estreita e resolveu entrar, pensando em sentar-se a uma daquelas mesas escuras e minúsculas que avistava no ambiente pequeno e fechado que já lhe causava claustrofobia. Porém o garçom, também italiano, levou-a para os fundos da casa, onde, para sua surpresa, havia uma espécie de estufa, um jardim grande o suficiente para acomodar oito mesas. O teto era bem alto e de vidro, as mesinhas eram bem esculpidas em estilo francês antigo, de ferro, tudo de aparência bem original, e com uma escadinha de poucos degraus que separava o ambiente do resto do restaurante, com um chafariz de anjo no centro. "Meu Deus! Tropecei em Nova York e caí na França!", disse maravilhada a menina, ao que o jovem e galante garçom respondeu prontamente e com um forte sotaque: "Na Itália, *signorina*, na Itália, o *ristorante* é de especialidade totalmente italiana!". A Itália era a segunda casa da menina; em todos aqueles anos de viagens e profissão, o lugar que ainda mais falava ao seu coração era a Itália.

Sentou-se na cadeira morna por causa do calor que o sol proporcionava ao atravessar o teto de vidro, e com os olhos apertados graças à luz ofuscante do lugar, de uma claridade extremamente branca, mais uma consequência do glamoroso teto de vidro, que a esse ponto já teria se tornado o tipo de teto preferido da menina, que via riqueza de vida no sol.

O garçom voltou poucos minutos depois para pegar o pedido e encontrou Kat com cara de nada, ainda contemplando tudo em volta, e talvez com a mente meio lenta, ainda em choque.

– A senhora já escol...

– Sabe – interrompeu Kat, olhando para o nada, parecendo falar sozinha –, moro nesta cidade há seis meses e nunca gostei daqui, mas estou sentada neste restaurante há cinco minutos e ele já se tornou o meu lugar preferido em Nova York! É impressionante! Onde vocês estavam todo esse tempo?... Ah, sim, o pedido. Vou querer... O que é isso?

– Ah, não, senhora, isso aí é a carta de vinhos – disse o garçom, entregando a ela outro cardápio, de café da manhã.

– Mas sabe, é isso mesmo que quero, não preciso olhar o cardápio, me traga o seu melhor vinho italiano, um *croissant* de chocolate, e... não sei, mais alguma coisa de chocolate, pode ser um chocolate quente!

– É pra já – disse o garçom, com um sorriso no rosto de quem servia alguém feliz, pois, pensava, ninguém poderia estar triste com aquela dieta com altos níveis de chocolate e vinho logo na primeira refeição da manhã.

Quem olhasse de fora não iria imaginar o que acontecia por dentro. A menina, a essa altura, já não tinha contato com nenhum amigo, ou nada similar a isso, pois, entre a doença da mãe, o noivo e o trabalho, já não ouvia a voz de ninguém há mais de um ano. Estava apática, porém já sabia o que acontecia ali, o sistema de Kat reagia assim todas as vezes que ela sofria um baque muito grande. Era uma forma de o próprio sistema controlar a si mesmo. De manter a calma de alguma forma. Mas geralmente essa medida era adotada somente por uns instantes, até que a calma verdadeira fosse restabelecida e a solução fosse encontrada. "Mas como faria para permanecer assim por seis meses?". Não aguentaria, morreria, pensava. Não seria capaz. O vinho chegou à mesa, e Kat, olhando para o copo antes de tomar o primeiro gole, pensou: "Nossa, se esse garçom soubesse há quanto tempo eu não bebo... Se ele soubesse tudo que eu passei em casa por causa de bebida. Se soubesse a vergonha que sinto quando alguém me vê beber..."

A menina havia começado a beber com 12 anos, e parou de uma vez aos 16, depois de perceber que o álcool pouco efeito fazia em seu organismo. Aguentava beber muitos copos, a noite inteira, e nada sentia, nem na hora, nem no dia seguinte. Aos 16 anos começou a notar que quando chegava em casa alcoolizada sentia-se triste e depressiva, então pensou que talvez o fato de seu sangue ser forte para o álcool devia ser algo péssimo, e não bom, pois a náusea, a tontura, o vômito e o mal-estar faziam com que suas amigas não bebessem; era como se fosse uma defesa do corpo para que escolhesse o certo, e, como o corpo dela nada sentia, via o álcool apenas como uma brincadeira doce. Porém, relembrava as palavras da mãe quando a via chegar sob efeito de álcool em casa: "Você tem o exemplo em casa! Tanto odeia o seu pai, e vai ficar igual a ele se continuar bebendo! Não preciso lhe dizer mais nada!". E não precisava mesmo, aquilo era o suficiente para que já estivesse todos esses anos sem beber.

Mas agora não fazia a menor ideia do porquê de estar com um copo de vinho tinto à sua frente. Talvez por ter visto as pessoas se doparem a vida inteira com álcool e por isso ver ali uma ponta de esperança em se manter entorpecida... Naquele momento isso era tudo que queria. Ninguém podia ajudá-la, ela não podia explicar, dividir, nem ao menos relatar aquela dor a alguém... Nem sequer havia um alguém... Se deu conta de que estava só, completamente só, e com a mãe à beira da morte, já à espera de seu telefonema para que lhe desse forças. "Como darei forças a ela agora, se não tenho nenhuma fibra de força dentro do meu corpo? Como farei para dar a ela o que não tenho?".

Ainda eram pouco mais de 10 horas da manhã, e a menina já chegava à quarta taça, e em pouco tempo veio a quinta, e a sexta... Pensava ser o momento perfeito; tomar o vinho não estava adiantando, mas de certa forma sentia algum prazer toda vez que um gole seco descia cortando a sua garganta, isso parecia abrir a glote, que desde o telefonema ela tinha a impressão de que estava fechada. Estava ali sozinha, era a única cliente no restaurante naquela manhã. Pensou então que não haveria nem mesmo de se preocupar com a vergonha de que alguém pudesse vê-la e julgá-la, porém, ao pedido da sétima taça, o garçom interferiu:

– Senhora, perdoe a minha intromissão, mas devo lhe perguntar... A senhora está bem? Está tudo bem?

– Sim, estou ótima, por que a pergunta?

– Não me leve a mal, senhora, é que ainda nem passou das 11h30 da manhã e a senhora já tomou quase uma garrafa e meia de vinho em menos de uma hora. Eu nunca vi uma pessoa beber tão rápido assim, principalmente a essa hora da manhã... A senhora tem certeza de que está tudo bem?

– Ah, isso – disse ela, rindo, como se não fosse nada. – Não é nada, querido, e acredite, eu nunca bebo assim, é que hoje é um dia muito especial, uma manhã um tanto atípica, pode-se dizer. Acabei de receber um telefonema bem maluco (risos), com uma notícia ainda mais maluca, e ainda estou tentando digeri-la, então decidi que o vinho me ajudaria. Mas tudo bem, já está mesmo na minha hora de ir – disse, tentando disfarçar o constrangimento, ainda se dando conta de quantas taças já havia tomado. – Agora que vi a hora, devo ir, me traga a conta, por favor.

Era mentira, não havia lugar algum aonde precisasse ir depois, não se lembrava nem mesmo do próprio nome... Estava derrotada, em pedaços. Finalmente chegou em casa, onde assim que abriu a porta se pôs a chorar copiosamente, horas a fio, até que os olhos quase saltassem das órbitas de tão inchados. Quando percebeu já era noite, e foi em busca das pílulas para dormir que deveriam estar por ali em algum lugar, ainda resquícios da última longa crise de depressão que datava de antes de conhecer o noivo.

Kat sempre foi contra as drogas e as bebidas alcoólicas, porém as pílulas para dormir eram um elemento necessário, já que a insônia era cruel e a fazia ficar de três a cinco noites sem dormir, o que resultava em picos de mau humor severos. Porém, procurando as pílulas, lembrava-se com tristeza de que já havia quase um ano que não colocava nenhuma na boca, e "estava tão feliz assim", pensou, agora com os olhos cegos de lágrimas. Tomou a primeira, não resolveu. Então engoliu a segunda e, como acontecia quando morava em Paris, dormiu.

– Oi, meu amor, venha comigo! Estou aqui para salvá-lo!

Acordou em um sonho que parecia mais real do que a própria realidade. Em uma cidade de casas baixas e telhados de telha, assim como nas cidades de interior do Brasil, Kat vinha pulando muros e telhados, saltando de casa em casa, como se fosse ninja.

O noivo na vida real tinha treinamento ninja e praticava todas as manhãs, sempre meia hora depois de acordar, porém Kat só observava estarrecida e achava graça da flexibilidade e força daquele homem, que já beirava os 60. Apesar da destreza e das tentativas de repassar a ela as manobras, Kat nunca havia se interessado, sem contar que havia o problema do seio – e esse era um dos motivos pelos quais só podia observar as sessões matinais de treinamento ninja do amado.

No entanto, no sonho, a história era outra: ela corria e saltava feito um ninja com alto nível de adestramento em lutas marciais, com os olhos cerrados de raiva e com o único objetivo de resgatar o noivo das mãos de possíveis raptores.

Chegando a uma das casas, em um quarto de aparência

pobre, bem diferente daqueles em que estava acostumada a encontrar o noivo antes, viu homens que conversavam em uma língua que ela não conseguia identificar. O noivo, perto da cama, nada dizia. Quando os homens deixaram o quarto, ela rapidamente entrou e trancou a porta, pensando em levá-lo pela janela, mas ele começou a gritar, pedindo ajuda aos possíveis bandidos. Ela tentava desamarrá-lo, ao mesmo tempo mandando que ficasse quieto e perguntando, surpresa, por que estava pedindo ajuda aos sequestradores. Ficou confusa, mas continuou com o plano de tirá-lo dali.

No sonho, tinha plena certeza de que aqueles homens queriam lhe fazer mal, e ela apenas tentava salvá-lo, porém o noivo estava certo do contrário, a via como uma impostora, alguém que devesse ser eliminado, mas por algum motivo estranho não se defendia dela; com todo o treinamento que tinha, pensava a menina, "por que grita por ajuda? Por que não se defende ele mesmo de mim?". E, como se tivesse uma força de gigante, carregou-o para fora pela janela e saiu pulando pelas casas, correndo e fugindo, tentando se desviar dos tiros com que agora os capangas tentavam atingi-la. Enquanto corria, dizia: "Sou eu! O que aconteceu com você? Não confia mais em mim? Eu vim salvá-lo! Essas pessoas querem o seu mal, não são quem dizem ser, você deve vir comigo!". No entanto, ele a olhava assustado, com olhos de quem não sabia quem ela era. "O que aconteceu com você? Fizeram lavagem cerebral? Não se lembra de mim? Não importa... O que importa é que eu o tenho nas mãos e ficaremos em segurança agora." Chegando pelo telhado a uma casa vazia e com a luz acesa, assim que adentrou a janela, depois de mais de meia hora de fuga, colocou o noivo, ainda com as mãos amarradas, no chão. Os capangas, então, surgiram de toda parte, até do sótão da casa, com armas apontadas para ela. Puxaram seu noivo rapidamente e o desamarraram, e nesse momento ela fugiu pela janela. De longe pôde vê-lo falando com os capangas, como se não a conhecesse e como quem se sentia a salvo.

– Eu sei que está bem confusa.

– Ahn? – respondeu a menina à Voz, que vinha de lugar nenhum.

– Sei que se sente muito mal... E, por favor, eu lhe peço compreensão.

Então o céu estrelado da noite de calor tropical no sonho se fez manhã, e a menina olhava assustada, de cima de uma laje onde estava escondida, o céu que mudava de cor sem sentido.

– Não se preocupe, eles não estão mais atrás de você, isso é um sonho. E isso também não é o que está verdadeiramente acontecendo, é somente o seu subconsciente preocupado lhe pregando peças, ele sabe quem você é... Sabe bem quem é, e pensa em você em quase todos os momentos do dia. Ele mentiu ao dizer que estava tudo bem. Há muitos meses vem tentando resolver esse problema, que nada tem a ver com ele, porém o sistema altamente capitalista na Terra funciona assim, quanto mais você tem, mais lhe querem o mal. E ele está sendo vítima do mal do mundo. Mas não se engane, essa situação não lhe caiu totalmente injusta; nessa situação, ele merecia essa prova e esse ensinamento, no momento que veio. Tudo que acontece tem um motivo.

– Quem é você?! Você é Deus? Deus, faça-o voltar, por favor! Traga-o de volta à minha vida!

– Eu não tenho como trazê-lo de volta, porque ele não saiu dela. Ele permanece com você, acredite, como vai permanecer até o seu último dia. Ele tomou a decisão certa de estar longe de você ao meu próprio aconselhamento...

– Então aconselhe-o de novo! Sem ele eu não quero viver! Prefiro morrer a estar sem ele! Por favor, diga-lhe que volte e que as coisas voltarão a ser como antes – suplicou a menina, agora chorando.

– Filha, nós já tivemos essa conversa antes... Você se

lembra do taurino? Quando tinha 12 anos, você me disse exatamente a mesma coisa. Durante todas as noites! Com a mesma súplica, com o mesmo pesar nas palavras e a mesma dor no coração, agora me entende? Se eu lhe tivesse concedido naquela época o que me pedia, jamais teria conhecido esse homem que tanto ama agora. Acredite, eu sei o que é melhor pra você!

– Não! Não, não, não, por favor, agora é diferente, não se compara ao que eu sentia quando era adolescente... Por favor, traga-o de volta! Eu faço qualquer coisa!

– Como já disse, não tenho como trazê-lo de volta, pois ele nunca "foi", apenas tomou uma medida de segurança para protegê-la. Não há nada que ele possa fazer quanto a isso agora, não depende dele, e também não depende de mim, nada disso tem a ver comigo. É uma confusão dos homens, como muitas outras, por causa do dinheiro e do poder, duas coisas que nem sequer existem... A cabeça dos homens é um labirinto muitas vezes sem respostas, pois as suas ações e ideais já nascem de coisas que não existem... Então como posso consertar essa confusão, como posso responder a perguntas que já partem de um lugar sem existência? Porém não se preocupe, como tantas outras, essa também cessará. Mas o tempo e as consequências dela vão depender de como cada envolvido vai tomar as suas decisões... E, quanto ao seu amado, é o seu bom coração que o condena ali, ele é fiel demais a pessoas que não têm boas intenções como ele. Confia demais em corações que não são puros como o dele, e isso lhe causará grande dor, mas estamos trabalhando com ele em relação a isso. E também será curado. Mas, para que isso seja possível, ele precisará de tempo agora; o seu espírito sofre, a sua alma está doente de tristeza e de dor causadas pela confusão... Ele não é mais o mesmo e não conseguirá ser mais o mesmo para você, e porque se conhece e sabe disso decidiu se afastar; foi uma decisão sábia e corajosa. Ele pediu a mim que lhe dissesse quanto a ama e quanto lhe quer bem, e para vir lhe falar que fez isso somente para protegê-la.

– É sério? – a menina, debulhando-se em lágrimas, falou entre um soluço e outro. – Ele pediu-lhe que me dissesse isso?

– Pediu, sim, ele fala bastante comigo... Fala de você comigo todas as noites, me pede com fervor que a proteja e cuide de você. Ele fala sobre muitas coisas, mas infelizmente me ouve pouco.

– Ouve pouco?

– Sim, quase nada. Toma as suas decisões sozinho, como se eu nem estivesse aqui. Para você ter ideia de quão pouco ele me ouve, ele me escuta menos do que você. E olha que você me escuta muito pouco! – disse a Voz em tom de brincadeira.

– Meu Deus... diga-lhe então que esperarei por ele pelo tempo que for preciso...

– Diga você, não precisa de mim como intermediário. O intermediário é necessário somente quando uma alma está contrária a outra, quando dois espíritos têm mágoa e estão fechados para receber "mensagens" um do outro, o que não é o seu caso; entre vocês a comunicação é livre e se faz com clareza, sem que nenhum meio de comunicação intermediário terreno ou extraterreno precise ser utilizado.

– Mas como assim? – perguntou a menina, que pôs-se a chorar copiosamente de novo.

– Do mesmo jeito que ele lhe ensinou a fazer. Agora mesmo, por exemplo, ele dorme e sente as suas vibrações; podemos até dizer que ele está aqui, de certa forma, porque parte de sua mente está aqui. Refiro-me não à mente terrena, de humano, mas àquela universal. Ele se lembrará desta cena vagamente amanhã, como se tivesse sonhado com você.

– Eu não quero que sonhe comigo, quero que esteja comigo – resmungou a menina baixinho.

– Toda vez que quiser falar com ele, da maneira como ele lhe ensinou, basta firmar bastante o pensamento e pensar na mensagem, que, se ele quiser recebê-la, se seu espírito lhe der a permissão de passar, a sua mensagem chegará até ele. Ele é um homem muito sábio, seu espírito tem muita vivência no cosmos, e já esteve em outras vidas com você, portanto, sabe melhor do que você a decisão a ser tomada agora. Acredite, ele tomou a decisão certa, e nada o fará mudar de ideia. Portanto, não espere por ele, lembre-se de que esta vida é muito valiosa, que você tem muitas tarefas de grande importância para realizar aqui, e tudo que acontece em sua vida é apenas para servir ao seu propósito, esse que você já tem vivo dentro de si.

– Mas o que é? O que é o meu propósito?

Naquele momento a Voz parecia ter desaparecido – pelo menos não se sentia mais a sua vibração no ar –, e um grande clarão se abriu no céu, como se fosse uma porta para outra dimensão. Em meio ao clarão, como numa tela de TV, estava a imagem do noivo dormindo em uma cama bem confortável, e tinha um semblante tranquilo, de paz. A menina tentou desesperadamente acordá-lo, gritando o mais alto que podia, porém mais parecia uma formiguinha pulando e gritando em direção ao céu, fazendo de tudo para chegar até ele. Estava ali bem diante dos seus olhos e não conseguia alcançá-lo... Porém esqueceu-se do principal: de imaginar... No mundo dos sonhos não havia sido sempre assim? Era só imaginar que se fazia. Pois é, eu queria ter visto no que daria se ela tivesse se lembrado disso e imaginado duas asas gigantes e voado em direção ao amado, ou simplesmente se não tivesse imaginado asa nenhuma e apenas tivesse se imaginado voando até lá... Será que ela cairia aqui no mundo da Terra, no quarto do noivo? E se tivesse caído? O que aconteceria depois?

Nós nunca saberemos, porque ela não confiava na Voz, nem nas coisas mais bobas e simples, como voar num sonho, nem nas questões mais sérias, como a de deixar em paz o noivo, que já tinha sido corajoso o suficiente por ter tomado a decisão mais difícil de sua vida... Não, ela preferia não escutar ninguém, e sofrer, sofrer muito o sofrimento daquele que é sozinho, órfão de Voz, que acha saber melhor e acaba metendo os pés pelas mãos. Essa era a nossa Kat... E, quanto às asas, talvez elas não sejam para os que querem voar, e sim para os que acreditam que podem voar.

As semanas seguintes foram marcadas por dias e noites que começavam e terminavam sempre os mesmos, como se a menina tivesse caído num imenso caldeirão de dor. A sua mente permanecia numa impenetrável inércia, em que a única ação possível parecia ser o choro ou no máximo um resmungo, quando os remédios para dormir começavam a perder o efeito e a garrafa de vinho não estava ao alcance das mãos. O vinho e os remédios para dormir eram tomados como se fossem necessários para respirar; não era possível abrir os olhos e não correr para um deles, ou até para os dois ao mesmo tempo.

Quando a terceira semana já ia chegando ao fim, ia também chegando a data de uma viagem que Kat prometera fazer com a mãe. Esta, que já se recuperava havia quase dois meses da última cirurgia, esperava ansiosa o momento da viagem, que seria a sua primeira com as duas filhas, e também a primeira fora do Brasil. Kat havia preparado um roteiro digno de princesa – antes de ser atingida pela grande tragédia do telefonema –, dez dias pelos hotéis mais lindos da Europa, com direito a dias de spa, além de um passeio pelo Vaticano, destino mais esperado pela mãe, por ser "a católica mais fervorosa que já conheci". A mãe de Kat rezava sempre pelo menos três horas por dia, e, mesmo com a doença e tudo pelo que passava, a sua fé e adoração a Deus só aumentavam. "Fala muito comigo, porém me escuta pouco", pensava Kat agora, quando via a mãe rezar, e "mesmo assim faz tudo errado", julgava, sem saber que ela fazia o mesmo. A menina, que sempre fora muito boa para dar conselhos e guiar os outros, fazia pouco daquilo que lhe aconselhava a

Voz, e também confiava muito pouco nela, o que a impedia de segui-la e ser feliz.

A menina, que antes estava superempolgada com a viagem, agora pensava em como faria isso, já que não tinha forças nem mesmo para se erguer da cama. Já havia até contado à mãe – e brigado com ela – sobre o seu novo hábito de beber vinho diariamente, "não posso aguentar sóbria", disse, confessando o sofrimento à mãe, sem admitir que não era somente por causa do noivo, mas sim porque talvez dali a algum tempo a mãe também não estivesse ali. A menina tinha ânsia de vômito cada vez que pensava nessa realidade, e preferia negá-la até o fim.

O que acontecia é que dessa vez a menina estava revoltada com o mundo, não entendia o porquê, não fazia sentido em sua cabeça. Por que depois de tudo, depois de tanta coisa, depois de tanto sofrer na vida, aquilo deveria acontecer? Sobre a doença da mãe, ela entendia, pois a mãe havia atraído aquilo para si, mas em relação ao noivo não compreendia, "era injustiça demais", pensava, "por que Deus foi fazer isso logo com ele, logo comigo? Eu era tão feliz e tão agradecida, a nossa união beneficiava tanta gente, e ele com o seu trabalho beneficiava o mundo! Por que, então, meu Deus, por que o mundo teve de nos separar e acabar com tudo?". A revolta da menina era geral, por ter sido um problema político, que não tinha raiz em nada do que era bom, ou, como havia dito a Voz, não tinha raiz em "nada que existia".

Era como se o mundo todo estivesse contra a sua felicidade. Caminhando pela rua, via pessoas felizes e imaginava:

– Por que não pode ser eu, por que não pode ser comigo? Por que comigo tem que ser tudo sempre dor, sempre tragédia, sempre...

Um carro entrou rápido à direita, onde ela estava prestes a atravessar, e quase a atropelou, interrompendo o seu resmungo mental. O coração acelerou, e a menina se deu conta de que estava com os fones de ouvido, ouvindo música em volume alto, e que devia ter caminhado assim por muitas quadras sem perceber e sem prestar atenção aos sinais de trânsito, quanto mais aos carros.

– Melhor voltar pra casa e não sair nunca mais de lá! – constatou, com ódio.

E nessas semanas de puro ódio e revolta, a Voz ficava ainda mais próximo dela.

Ao dormir:

– Você deve ter cuidado; tudo que pensa fortemente você atrai. A tristeza é como um ímã para mais tristeza: quanto mais se sente, mais se chama, e você não precisa de mais tragédias, como você mesma disse. O fato aconteceu, tinha de ser, você deve confiar e deixar ir... A sua mente, em especial, é muito poderosa, se fez assim devido a fragmentos poderosos de vida, portanto, tudo que pensa, atrai.

– Eu não quero saber! Não quero ouvir nada! Eu era feliz, era feliz e agradecida, e o mundo veio e me tirou tudo! O que mais eles querem me tirar? Que me tirem a vida logo de uma vez, que assim ao menos terei paz; já não posso mais com esta vida, pois não importa o que eu faça, nunca consigo ser feliz. Quando não é culpa minha, é culpa da pessoa, quando não é culpa de ninguém, é culpa da vida, e agora, que não foi nem um nem nada, foi o próprio mundo! A merda do mundo inteiro está contra mim! Parece que todas essas merdas de pessoas acordam pela manhã e o maior objetivo de cada uma delas é me fazer mal!

E quanto mais ela repetia isso, mais essas coisas aconteciam. Ela entrava na padaria e o padeiro a tratava mal sem motivo, ela ia à escola de cinema, e os amigos se juntavam para falar mal dela; de repente estavam todos contra ela.

– Isso acontece por causa da energia que você gera. O que diz não é mentira, eu a entendo e acredito, não estou aqui para ser contra você, ou contestar o que diz, estou aqui para lhe dizer que está certa e lhe dar a solução para que isso pare – disse a Voz, enfática. – Você deve me ouvir. É você que está atraindo todos esses pequenos acontecimentos ruins desnecessários, e, se não mudar seu comportamento, eles se tornarão grandes. Você poderá atrair grandes tragédias, que não estão no seu caminho e que não precisam acontecer. Por que está tão revoltada com tudo?

– Por quê? Pois você não viu o que aconteceu comigo?

– Vi, sim, é claro, estou sempre aqui, vejo tudo, ao contrário de você, que parece ver somente aquilo que lhe convém no dia. Eu não, eu vejo realmente tudo. Agora você se revolta contra o próprio mundo e contra o próprio céu, que lhe trouxe o seu amado.

A menina ficou sem reação.

– Sim! Isso mesmo! Esse mundo, Deus, seja lá com o que for que você se revolta, foi o mesmo que lhe trouxe também toda a felicidade, alegria e plena paz de outrora! Então somente quando lhe traz "coisas boas" e lhe serve é bom, e nas horas em que é preciso ir contra a sua vontade é ruim? Lembre-se de que ruim ou bom é você quem faz, a vida apenas segue o curso que tem que seguir, e o sofrer fica a seu critério. Toda a dor e o sofrimento podem ser evitados, é uma escolha, e não um fardo. A tristeza é absolutamente opcional, e acaba sendo o castigo daqueles que não confiam.

Os humanos temem a Deus por achar que esse Deus castiga, mas não existe castigo, a punição é a própria culpa, tristeza, solidão, orgulho, que nascem das ações de cada um. Você, porém, vive e vive e não aprende a viver! Continua a falar de morrer, de morte, de não poder continuar. Não vê que esse problema, ou qualquer outro problema que possa vir a passar, é muito pequeno perto do imenso propósito da existência? Não vê quanto o seu espírito imerge na ignorância cada vez que pensa nisso, cada vez que vê a morte como solução para qualquer coisa que esteja passando, para qualquer dor que tenha criado a si mesma?

– Mas como você me diz que eu criei a dor? Eu não quis a dor! Eu não quis o término, ele aconteceu!

– Para todo término existir deve haver primeiro um início. Você quis o início? Você quis começar? Você escolheu esse homem para amar? Então você também escolheu essa dor que sente agora. Você é um ser humano muito corajoso, e é por isso que evolui tão rápido, porém tem tendência a nos culpar pelos resultados de suas aventuras. É a sua própria existência, sua própria escolha. Você poderia ter escolhido amar outro homem, e o desfecho seria outro, mas quis esse. Assim como todo relacionamento que tem lugar na Terra, as almas se atraem e se escolhem muito antes de se conhecerem. Às vezes, os encontros são selados até mesmo em vidas passadas.

– Cada relacionamento sabe bem que quer acontecer e escolhe assim... – continuou a Voz. – O problema é que depois tem fraqueza e não aguenta o sofrimento. O problema é que as pessoas se esquecem do que são feitas; o que são; deixam o ego falar mais alto do que a razão e seguem a "grande verdade", em que tudo que esperam para si tem de acontecer exatamente como sua mente de visão pequena idealizou, e se não acontece assim, se recusam a viver, se recusam a seguir o curso. Não entendem que por causa dessa visão distorcida enxergam somente 10% do mapa, que sua atitude está totalmente equivocada. O ser humano sofre por querer sofrer, por servir ao seu ego e escolher não nos ouvir. Na Terra tudo é uma escolha.

Kat acordou se sentindo lenta e grogue como sempre. Achou então que seria o efeito retardado das pílulas, mas pensou: "Como farei para deixar de tomá-las? Sem elas não consigo". Achou melhor fazer o que a mãe tinha pedido na noite anterior e ligar para o médico dela, para falar a respeito da viagem. A mãe acreditava piamente que sua cura estava próxima, graças à filha, que mentia e a convencia de que as dores eram somente resultado das fortes sessões de quimioterapia a que tinha de se submeter uma vez a cada 15 dias. Então a mãe disse que só viajaria se fosse no intervalo entre uma sessão e outra, para não prejudicar o tratamento. Ao comunicar ao médico que iria viajar, ele pediu que a filha mais nova entrasse em contato com ele.

Ao telefone:

– Sim, doutor, sou a filha da Claudia, estou ligando para falar sobre a viagem. Ela me disse que o doutor pediu que eu ligasse.

– Kat? Você é a filha que mora fora? Ela sempre fala de você, mas nunca te vi por aqui, sempre vejo somente a sua irmã.

– Sim, é porque eu trabalho, e nunca posso ir – respondeu, se perguntando se esse era realmente o motivo, ou porque não queria estar lá e ver a mãe naquela situação. Ir uma vez por mês já lhe consumia energia suficiente, pensou.

– Quero lhe dizer que, se deseja fazer qualquer coisa com a sua mãe, que faça o mais rápido possível, pois ela não viverá muito... Eu estou suspendendo a químio dela, já faz quase dois meses que ela não faz devido à última cirurgia e...

– Sim, ela me disse que a químio tinha sido suspensa por causa do pós-operatório.

– Sim, ela precisava de 60 dias para se recuperar, e amanhã se completam os 60 dias. A partir de amanhã ela está liberada para fazer o que quiser e comer o que quiser. As químios também serão suspensas, porque foi decidido pelos médicos que tomam conta dela, inclusive eu, que as sessões estão apenas lhe fazendo mal e debilitando-a ainda mais; o tratamento não está mais fazendo nenhum efeito no câncer.

Aquelas palavras foram como uma faca afiada entrando nos tímpanos.

– Não, doutor! Como assim? Vocês não podem desistir

dela! Quando ela chegou aí vocês disseram que ela não sobreviveria nem uma semana e já se passou um ano e meio e ela continua viva! E feliz! Eu creio por tudo que há de mais sagrado que ela será curada!

– Eu sei bem do diagnóstico que demos e devo admitir que ela é o que as pessoas chamam de milagre. Eu, que não acredito em Deus, olho para ela abismado e posso apenas dizer que não existe explicação na ciência para o caso dela. Porém eu lhe digo, como médico, que não há chance de ela viver por muito tempo... Não há. Eu sinto muito. E como médico dela tenho a responsabilidade de lhe dizer duas coisas. Ela me disse que você está comprando um remédio extremamente caro, entre outros muitos caros, mas há um específico, que eu não receitei, e ela está atribuindo o sucesso de seu tratamento a ele. Eu não receitei esse remédio exatamente pelo fato de ser tão caro e, no caso dela, não fazer absolutamente nenhum efeito. Eu sei que você quer salvar a sua mãe e está fazendo de tudo para isso, mas vai se arrepender, pois em breve ficará sem mãe e sem dinheiro.

A menina escutava o médico em silêncio, e o coração, que já estava duro, ia se transformando em pó e se esfarelando a cada palavra.

– E quanto à viagem – continuou o médico –, a sua mãe está com muito medo de viajar, mas, como amigo, já lhe disse e repito: se você tem muita vontade de fazer algo com ela, faça agora! Vá agora, agora mesmo! Porém a sua mãe me disse que é uma viagem para a Europa, com muitas horas de voo, e eu devo alertá-la de que ela não está apta a isso, a realidade é que ela pode morrer a qualquer momento, inclusive durante o voo, ou durante a viagem, portanto vá sabendo que essa responsabilidade, que não é pequena, será totalmente sua. As implicações ao viajar com um paciente nesse estágio de câncer, com ciência total da família sobre o seu quadro, podem até ser de ordem criminal, caso haja prejuízos para empresas internacionais e afins... O risco é grande, eu só espero que você esteja pronta para arcar com as consequências que isso possa gerar.

Ainda muda do outro lado da linha, Kat olhava fixamente para um lindo pôr do sol que se aproximava, vermelho, apresentando-se diante da enorme janela de vidro do apartamento, que ficava no 29º andar. Era a sua hora preferida do dia, e agora imaginava se haveria horas preferidas de qualquer dia depois dessa ligação.

– Eu entendi, doutor. E queria lhe pedir que, por favor, continue com a químio, a minha mãe acredita muito na necessidade do tratamento, e já me disse várias vezes que já entendeu que quando os médicos liberam os pacientes da químio é porque já não têm mais jeito e estão prestes a morrer... E eu não posso admitir que ela desista agora... Por mais que eu entenda a situação, e que até mesmo as minhas próprias esperanças tenham sido completamente varridas depois dessa ligação, eu lhe peço, por favor, que continue como antes, sem dizer nada a ela. Não posso imaginar quão duro deve ser para alguém saber que vai morrer, e não deixarei que a minha mãe saiba, até o momento em que a morte realmente chegar.

– Tudo bem... é uma escolha sua. Eu farei assim, então. E quanto à viagem?

Kat não queria parecer arrogante para o médico, dizer que ele não fazia ideia de seu nível de loucura e que nada do que ele dissesse a faria cogitar a desistência da viagem. Já havia prometido à sua mãe, e se o mais difícil seria levantar a própria carcaça arrasada da cama para poder levá-la, já estava disposta a fazer o resto, seriam apenas detalhes.

– Sim, quanto à viagem, pensarei em tudo que o senhor disse e o avisarei na semana que vem sobre a decisão, mas fique tranquilo, eu sou uma pessoa muito responsável, de qualquer modo estará tudo sob controle.

Ao desligar o telefone, ficou ali, sem ter nenhum pensamento e sem mover um músculo por horas. Viu de relance o sol morrer e a escuridão tomar conta da sala. Quando se deu conta de quem era novamente, quando o primeiro pensamento lhe voltou à mente, já era noite alta, e foi correndo ligar primeiro para a irmã e contar sobre a conversa com o médico, sobre a decisão de fazer a viagem e se certificar de que a irmã não diria nada à mãe, pois quanto a isso ela era contrária.

Logo em seguida ligou para a mãe, colocando em prática seus dotes de atriz – como era de costume na vida –, dizendo-lhe que a conversa com o médico havia sido muito revigorante, que ele estava feliz por ela ir viajar, e ainda a aconselhou a ficar mais tempo, pois a alegria causada pela viagem valeria mais para a cura do que uma sessão de químio. Ela estranhou:

– Como assim? Ele disse que eu não preciso de químio? Pode me falar a verdade! Ele disse isso, não foi?

– Não, mãe! Claro que não, estou lhe dizendo a verdade! – disse ela, brava, para não dar espaço para perguntas, e começou a embromar. – Ele disse que os pacientes que viajam e que saem um pouco desse ambiente de hospital às vezes voltam melhor, só isso.

– O doutor não diria isso assim sem motivo! Eles me disseram no início do tratamento que a minha única salvação seria a químio, que ela mataria o câncer antes de o câncer me matar, e que eu não poderia faltar jamais a uma única sessão!

A mãe começara a descobrir a mentira e Kat não podia permitir que aquilo acontecesse, porém também não conseguia mentir mais. Com exceção das mentiras bobas na adolescência, nunca havia mentido para a mãe, e aquela situação já se tornava insustentável.

– Mãe, tenho que ir, já estou atrasada aqui, te liguei bem rapidinho só mesmo para lhe falar isso, é uma notícia muito boa! É para ficar feliz, e não triste! Por favor, pare de ser tão pessimista!

– Eu não sou pessimista!
– Pois então não seja! Está tudo bem, tudo ótimo! Fique bem! Eu tenho que correr, amanhã te ligo!

Mas a ligação no dia seguinte não aconteceu. Kat permaneceu no sofá, sabe-se lá por quantas horas, com o olhar fixo no nada, sem pensar em nada e com nenhum objetivo de vida, como se fosse um vaso vazio. Não comeu, não bebeu, não se mexeu... Era como se todas as funções do corpo houvessem parado junto com a mente. De novo, quando o primeiro pensamento invadiu a mente e ela se deu conta de quantas horas, quantos dias e quantas semanas já estava inerte, pensou que era por causa dos remédios para dormir: "Parece que as pílulas estão consumindo a minha mente, algo está errado!".

Então, pelo celular, que ainda estava na mesma posição na mão, começou a buscar na internet se havia algum malefício desse tipo como efeito colateral das pílulas. Logo de cara encontrou as respostas para todas as dúvidas sobre o assunto. Soube que estudos comprovavam a letargia mental como efeito colateral de uso prolongado das pílulas, os quais também diziam que a substância presente nas pílulas é cumulativa, ou seja, elas continuavam fazendo mal mesmo depois de seu uso ter sido descontinuado por muito tempo, e matavam células cerebrais, podendo causar danos irreversíveis à atividade mental do paciente. Havia ainda o testemunho de pessoas que se sentiam exatamente como Kat, com o pensamento letárgico, incapazes de realizar tarefas que exigiam rápida ação mental, tendo atribuído esses danos às pílulas. Então, apavorada, Kat começou a pesquisar métodos de cura para insônia, e de novo no primeiro clique achou vídeos em que tratamentos envolvendo hipnose eram usados em pacientes com graves problemas de sono e insônia que já duravam a vida inteira e que não eram resolvidos nem com medicação.

"Sou eu, sou eu!", pensou, e daquele dia em diante começou a acompanhar os muitos áudios de hipnose encontrados gratuitamente na internet, e então, quase como por milagre, dormiu, agora sem precisar de pílulas, apenas os doces sons e vozes dos áudios, e tinha sonhos muito loucos, felizes e engraçados. Apesar de a vida real ser um verdadeiro inferno, como ela mesma a descrevia, depois de ouvir os áudios, nos sonhos era o contrário, tudo era mágico e trazia prazer. E foi assim, sem querer, explorando os muitos áudios de hipnose que havia encontrado, que alguns dias mais tarde chegou ao conhecimento de um áudio em inglês, intitulado *Conversations with God* (Conversando com Deus). Ouvindo aquele áudio, e meio sem entender por que, algo começou a mexer com ela. Seria possível? A menina revoltada, que já não conversava com Deus havia dias, que havia sido abandonada por Deus – ou pelo menos assim pensava ela –, começou a chorar, sem explicação, sem saber o motivo. "É como se eu já tivesse escutado essas palavras antes", pensou. Extremamente interessada, queria saber de onde vinha aquele áudio, e descobriu ser um livro.

– Um livro em áudio! Que maravilha!

Kat, que jamais lia e havia se recusado a ler qualquer livro durante toda a vida, a não ser os livros espíritas e de Allan Kardec que a mãe a havia obrigado a ler – dos quais ela lia uma página, e depois pulava cinco, dez, e assim por diante –, nunca tinha conseguido concluir livro algum, nem ao menos um!, por mais interessante que fosse o assunto... Nem *O pequeno príncipe* e *Harry Potter*, que a mãe tanto havia insistido que lesse. Quanto a *Harry Potter*, havia assistido aos primeiros cinco minutos de um dos filmes e decidiu que não tinha gostado. Tamanha era a sua aversão por ler, que a mãe, por mais general que fosse, havia desistido; depois de longos anos tentando, havia se conformado de que a filha era assim, e faria de tudo, porém jamais leria um livro. Era assim, e nada poderia fazer para mudar esse fato. Mas esse era um livro em áudio!

– É possível fazer outras coisas e escutar ao mesmo tempo, posso escutar deitada e não preciso estar em uma posição desconfortável para absorver o conhecimento, é maravilhoso!

O livro era *Conversando com Deus*, de Neale Donald Walsch, e falava sobre um homem que, derrotado e em um momento muito difícil da vida, um dia se sentou e começou a ouvir uma voz falando com ele – a voz de Deus. A menina, sem entender nada, como se o dedo estivesse sendo guiado por algo que não era ela, comprou o livro e o escutou sem parar durante dias, como se fosse um vício. Porém, ainda sem explicação, tudo que ela ouvia, no segundo seguinte ela esquecia, como se estivesse sofrendo de amnésia momentânea; então repetia os mesmos dez minutos do livro três, quatro, cinco vezes, e quantas vezes fosse, até que parou de tentar lembrar. Era como se uma força maior não quisesse que ela lembrasse aquelas palavras, apenas se concentrasse em ouvi-las. Conforme as palavras iam saindo do celular, as lágrimas iam descendo, e a menina se perguntava: "Por que eu choro? Não sei por que choro!".

A menina de coração de pedra, que não chorava quase nunca, agora era só lágrimas, e aquela pergunta se manteve sem resposta. Nunca entendia por que chorava, apenas escutava o livro e chorava. Tentou passar para a mãe o aprendizado, porém não conseguia se lembrar das palavras, mesmo logo depois de tê-las escutado. A mãe não entendia inglês, e Kat contratou um professor particular de inglês para ir à casa da mãe só para que assim ela pudesse entender o livro!

– Mãe, eu não sei por que, mas você precisa escutar esse livro!

A mãe, como sempre muito religiosa e muito cética quanto a essas coisas "místicas", como dizia ela, não deu muita importância. Havia dias em que a menina ficava horas ao telefone ouvindo frase por frase e tentando traduzi-las, mas sem sucesso... A mãe, já tão debilitada por causa das sessões de quimio, às vezes dormia no meio da tradução. A essa altura também já estava tão cansada que mal conseguia se concentrar, e muitas aulas de inglês eram canceladas por esse motivo. Os médicos e todos ao redor brigavam com a filha por estar forçando demais a mãe. Enquanto as pessoas diziam que ela devia descansar, que já não aguentava mais tanta tarefa que a filha havia imposto, Kat estava certa de que quanto mais tarefas ela tivesse, menos ela pensaria na tristeza e na doença. E não dava nenhuma colher de chá, sempre reclamando e fingindo estar furiosa com a mãe a cada aula de natação e inglês que ela perdia; assim, acabava atendendo ao que pensava serem caprichos da filha.

Pois nada fez a mãe conseguir escutar as mensagens do livro, e nada fez a menina parar de ouvir o livro. Já havia escutado três vezes e continuava a escutar, e o mais surpreendente era que cada vez que ela escutava ela aprendia uma coisa nova e tinha a sensação de estar ouvindo aquilo pela primeira vez. "Como é possível? Se eu já escutei esse livro tantas vezes, indo e voltando em todos os parágrafos, praticamente, como ainda ouço coisas que não tinha ouvido antes?". Achava ser algo sobrenatural, já que mantinha a atenção 100% focada nas palavras todas as vezes que escutava o livro, e o ouvia também para dormir, e o dia inteiro, durante todas as suas atividades, pois tinha aprendido com os áudios de hipnose que a mente computa melhor certos aprendizados quando dormimos, e por meio de repetição.

Durante o sono:

– Eu achei um livro! Achei um livro e ele é incrível! – disse a menina, animada, dirigindo-se a coisa alguma.

– Ué, eu achei que você não gostasse de ler – respondeu a Voz em tom de brincadeira.

– Então, não gosto – a menina riu sem graça –, é um livro em áudio!

– Eu sei, fui eu que a fiz encontrar esse livro.

– Você? Como assim? – respondeu a menina, rindo. –

Quem é você? Eu estava sozinha na minha cama, em casa, ninguém estava lá, e, sem querer, pimba! Caí com o dedo em cima desse livro!

– Eu sei, eu estava lá com você. Eu me lembro.

A cabeça da menina começou a dar nó, e, tentando entender o que a Voz dizia, ficou enjoada.

– Eu sei como se sente. Está muito difícil agora para você, são muitas coisas, muitas provas, e você tem se sentido fraca. Porém não está!

E na mesma hora a náusea se foi.

– Como fez isso? E quem é você? De onde você vem?

– Então, já vamos de novo começar com as perguntas sem respostas... Por que não nos atentamos à pergunta que realmente lhe importa, que é: "Quem é você?".

– Ei! Que coincidência! Um peguete meu, digo, um ex-namorado meu me deu um livro que tinha esse título, *Quem é você?* – disse a menina, rindo. – Eu nunca abri aquele livro, ele disse que era muito importante eu ler e que ia me valer muito...

– Sim, eu sei, foi a mando meu que esse livro chegou até você, não só o livro, mas o "peguete" também (risos). Ambos lhe seriam muito úteis na vida, me lembro das valiosas mensagens que lhe passei através dele, ele é um grande ouvinte... Mas você não deu a importância devida a nenhum dos dois. Então, já que você tem essa tendência de não confiar nas pessoas, ou em nada, a não ser em você mesma, imaginei que se a fizesse achar o livro sozinha, e em áudio – disse a Voz ressaltando as últimas palavras –, a mensagem chegaria até você!

– Pois chegou... eu fiquei, aliás, fico abismada ao perceber como aquelas palavras me tocam e como eu nunca tinha pensado naquelas coisas antes, porém pouco depois que ouço me esqueço de tudo, não é estranho?

– Bem, para lhe dizer a verdade, não, isso me soa bastante familiar.

– Olha, eu não sei quem é você, mas muito obrigada, então... Já que diz que foi você quem me ajudou a achar o livro, eu lhe agradeço! Tenho de ir agora.

– É mesmo? – disse a Voz, em tom de riso. – E aonde você vai?

E antes que ela respondesse, como se a paisagem fosse se criando enquanto a Voz terminava a pergunta, uma extensa paisagem se fez diante da menina, que parecia realmente saber aonde estava indo, e do alto, por cima das nuvens, estava visivelmente sozinha, mas conversando com a Voz.

– Essa é uma boa pergunta, não sei bem aonde vou, mas sei que tenho de ir... – disse isso e saiu voando. Assim, sem esforço, como se fosse o seu meio natural de se locomover, tão natural quanto é para um pássaro. Saiu voando no que parecia ser o céu de uma cidade grande, e depois de alguns minutos sobrevoou muitos vales verdes, que lhe transmitiram uma sensação ótima, e a placa onde se lia "Hollywood".

Acordou e decidiu mandar um e-mail para o ex-peguete citado no sonho:

"Sonhei com você, não me lembro o que, mas me lembro que sonhei, espero que esteja tudo bem."

Ao que ele, de pronto, respondeu:

"Estou muito bem, sempre penso em você e sinto sua falta. Outro dia estava aqui pensando, você leu aquele livro que lhe dei?".

Kat, com vergonha e sem se lembrar absolutamente de nada sobre a Voz ou o sonho, ficou pensando, sem saber o que responder. Tentou se lembrar ao menos onde estava o livro, em que país, em que casa, e se estaria ainda entre seus pertences espalhados pelos quatro cantos do globo, ou se já havia se perdido para sempre e ficado para trás em uma de suas viagens pela vida, já que era jogado de mala para mala, na ilusão de que um dia seria lido, o que ela sabia que nunca aconteceria...

"Nossa, quanto tempo", respondeu a menina. "Pois é, eu acabei deixando o livro na casa de minha mãe, no Brasil, e depois acabei não lendo, sinto muito."

E depois ficou pensando: "Quem sou eu, quem é você... sei lá!". E lembrou-se de que assim que recebera o livro do rapaz, quando ainda estavam juntos, julgou o título e se chateou, por achar que já sabia bem quem era. "Eu sou a última pessoa que precisa ler um livro com esse título", pensou, achando um tanto audaciosa a atitude do namorado ao lhe dar aquilo. "O que será que ele quer dizer com isso?". Imaginou que ele quisesse lhe dizer algo ruim, lhe fazer uma crítica, e ficou roxa de raiva pensando no fato de que ele a considerava uma perdida, uma "sem noção de si", sem juízo, e de propósito acabou livrando-se do livro, depois que terminaram. Doou-o para alguma instituição de caridade, pensando não haver mais nenhuma obrigação em relação àquilo, já que nem juntos estavam mais, porém Kat havia deixado passar mais um aprendizado valioso – as pessoas se vão de nossas vidas, mas os aprendizados que vêm com elas não deveriam ir.

Logo depois de responder a esse impertinente e-mail, levantou-se meio tonta e foi até o banheiro.

– Meu Deus! – exclamou ao ver seu reflexo no espelho.

Ficou parada ali, olhando para o rosto, como quem procurava palavras para continuar a sentença.

– Estou verde!

Essa era a coisa mais óbvia a se dizer... Seu rosto estava magro, com olheiras fundas, que nunca havia visto em si mesma antes. A cor da pele estava realmente com um tom de verde, ou talvez fosse a visão que estava turva e não distinguia bem a cor. Não parecia nem ela mesma, e se perguntou quanto tempo havia passado ali naquele apartamento, há quanto tempo havia parado de viver.

– Eu pareço um defunto. Meu Deus, eu acho que sou um!

Colocou a mão no seio e se certificou de que o curativo estava vazando.

– Ah, não, não estou morta, estou viva... Pois esta merda continua vazando!

E depois de fazer essa piada de gosto duvidoso consigo mesma, enquanto sentava-se no vaso sanitário, pensou:

– Eu não posso terminar os meus dias assim, sozinha em um apartamento em Nova York, falando comigo mesma... Fazendo piadas pra mim mesma... É clichê demais. E por que continuo a falar sozinha!? Que loucura! Pare! Pare agora mesmo de enlouquecer!

Então, voltando-se para o espelho, desarrumou os cabelos, até então meio presos por um elástico já lasseado, ainda do tempo em que fazia ioga e tinha uma vida na academia – o que ficou para trás, proibido pelos médicos por causa do problema no seio.

Depois de olhar dentro dos próprios olhos, se encarando e procurando uma resposta para seu infortúnio, disse a primeira coisa que lhe veio à mente, meio sem pensar:

– É essa cidade, é Nova York! É essa merda de cidade! Todo mundo aqui é verde, todo mundo aqui é raivoso! Todo mundo aqui tem raiva de tudo! Todo mundo aqui me trata com hostilidade! Não era assim em Paris, não era assim, não é assim na Europa! É... não sou eu! E não venha me dizer que o problema sou eu! Porque eu estava muito feliz antes de chegar a essa merda de cidade, que só me deu decepção! Sim, eu sei, tem a escola de cinema, que é a minha vida... Mas eu tenho certeza de que acharei escolas de cinema tão especiais quanto essa em outro lugar. É isso, já é hora, eu larguei tudo em Paris para me tornar atriz, e aqui como atriz não consegui nada. Eles estão me enganando de novo! (risos) Óbvio, como eu não vi isso antes, estão me enganando! – dizia referindo-se à agência de modelos. – Eu vim pra cá pra ser atriz e de novo estou apenas perdendo mais um pouco do meu curto tempo de vida, que sabe-se lá quando vai acabar, me soa bem próximo... enquanto deveria estar em Los Angeles tentando o meu objetivo. Sim! OB – JE – TI – VO! Eu não digo sonho. Não, essa palavra é para perdedores. É sonhadora demais, alta demais, longe demais; eu não tenho sonhos, tenho objetivos, e eles estão sempre a um passo de serem concluídos!

Então, lembrou-se dos ensinamentos de um dos livros de Osho, um parágrafo em especial de um livro em especial que havia mudado toda a sua vida, sua maneira de agir e ver a vida, quando tinha 18 anos, e que tinha levado bem ao pé da letra até ali.

– Como eu não pensei nisso antes? – exclamou, e, como quem recitava o parágrafo em voz alta, foi andando pelo apartamento ensolarado no 29º andar, de onde avistava Manhattan, agora a odiada Manhattan:

– Pergunte-se todos os dias se você está feliz. Você quer um meio de descobrir se está no caminho certo ou não!? Pergunte-se se você está feliz; se a resposta for sim, você está no caminho certo, se a resposta for não, você está no caminho errado, simples assim! E se a resposta for não, então mude tudo! De situação, de casa, de marido, de país! Tudo! Até que a resposta seja sim!

Então parou em frente à janela com o celular na mão e ligou para a agência de modelos:

– Oi, Shirley, tudo bem?... Eu vou me mudar para Los Angeles.

– Como assim? – a *booker* respondeu, colocando o telefone em viva voz sobre a mesa.

– Sim, eu decidi que me mudarei o mais rápido possível.

Então uma segunda *booker* respondeu:

– Ahn?! Como assim? Você está louca? Perdeu o juízo?

– Ah, oi, Michelle – disse a menina, surpresa com o fato de o telefone estar em viva voz. – Decidi que é o melhor para mim.

– Kat – as duas começaram a falar ao mesmo tempo –, você não pode fazer isso, não é assim, temos de avisar a sua

agência em Nova York que você se mudará, isso tem de ser feito com pelo menos dois meses de antecedência! Quando você está pensando em se mudar?
– No sábado.
– Sábado quando?
– Neste sábado.
– Sábado que vem, daqui a dois dias?
– Sim...
– Mas, espere aí, e quando foi que você tomou essa decisão?
– Praticamente 30 segundos antes de pegar no telefone para ligar para vocês. Eu sei que vocês gostam de saber das coisas o mais rápido possível...

O pior é que as *bookers* sabiam que ela não mentia, já trabalhavam com a menina havia três anos e sabiam que ela já tinha feito coisas daquele tipo várias vezes antes, inclusive havia se mudado de Paris para Nova York da mesma maneira precipitada. Acontece que aquela decisão anterior favorecia a agência, e essa, não.

– Kat, você já foi a Los Angeles, já esteve lá alguma vez?
– Não, ainda não.
– Como assim? Como é que você pode se mudar para um lugar de vez, sem nunca ter pisado lá antes? Você tem carro?
– Não, eu não dirijo. Tenho fobia de carro, nunca poderei dirigir.
– Em Los Angeles não tem metrô! Não tem transporte público, como vai fazer?
– Eu já não ando de metrô, também tenho fobia de transporte público. Então lá não será diferente.
– Você vai se arrepender, estou lhe dizendo... Você não vai gostar de LA... Bem, você é quem sabe, já está decidido, então, né? Ligaremos para a sua agência em Nova York agora mesmo e pediremos que suspenda toda a sua agenda aí. Se tiver algum trabalho já agendado, avisaremos ainda hoje para que você se programe... E avise-nos então quando

estiver instalada em LA para que possamos agendar visitas a agências lá.

– Ok, ok – a essa altura a cabeça da garota já começava a girar de novo. – Talvez você tenha razão, talvez precise ir primeiro para ver como é, pelo menos sentir a energia... e depois me mudo de vez. Mas não tenho muita escolha, como atriz tenho que escolher entre Nova York e Los Angeles. Se pudesse, seria atriz em Paris, minha cidade dos sonhos, mas só quem faz sucesso lá como atriz são as nascidas francesas, então eu jamais terei chance...

– Sim, sim – disse a *booker*, já sem nem ouvir o que ela dizia.

– Fazemos assim, então, vou para lá neste sábado e passarei uma semana na cidade. Visitarei todas as agências e na semana seguinte me mudo.

10

O anjo que apareceu para salvar a menina do inferno

"A vida sabe o que faz e quando fazer. Sabe o que tira, sabe o que traz. Infeliz é só uma palavra para definir aquele que acha que sabe mais do que a vida. Ninguém é mais sábio que a vida. Aceitar isso é sinal de inteligência, de confiança, e promessa de felicidade."

Conforme o combinado, Kat foi para Los Angeles, tentou ficar o mais feliz que pôde, e uma semana depois voltou pra Nova York, segura de que havia feito a escolha dela. Los Angeles era tudo que ela sonhava e muito mais; o clima, as pessoas, a energia do lugar, havia amado absolutamente tudo lá. Porém, de volta a NY, de novo fria, de novo sem amigos, de novo solitária com as lembranças do ex, que não saíam de sua cabeça nem por um só segundo, desde o terrível telefonema...

A fim de se distrair, resolveu entrar no Facebook e responder a umas mensagens antigas. Havia muito tempo que não respondia aos conhecidos, aliás, havia quase um ano que não falava com ninguém, então tomou coragem e um a um foi retomando contato, ligando e explicando que estava sumida porque havia ficado noiva, mas que agora tudo tinha acabado e que não podia dar muitos detalhes, porém não via a hora de sair e encontrar todo mundo de novo.

De certa forma era doloroso repetir aquela história, mas ao mesmo tempo foi muito bom relembrar momentos felizes antes do relacionamento. Com isso ela pôde se lembrar de que não havia sido feliz só naqueles últimos doze meses, que também havia uma Kat ali que já estava viva mais de vinte anos antes de aquela pessoa chegar e que foi feliz muitas vezes sem ele – quando nem sequer a lembrança dele existia, quando nem o seu nome era presente ainda, o nome dela já existia e já fazia a sua história, muito antes de ele chegar. E isso era muito importante para ela, porque do jeito que estava sentia como se não houvesse história, não houvesse vida, nem Kat, nem pessoa antes dele, e não era bem assim.

Passando pelas mensagens antigas, chegou a uma de um conhecido.

"Marco?", leu, tentando se lembrar de quem se tratava. "Aaah, Marco! Caramba, quantas mensagens sem responder!".

Era um conhecido que morava em NY e que vira e mexe lhe mandava mensagem convidando-a para sair. Se não se recordava mal, era um europeu que havia conhecido na festa de aniversário de um dos rapazes com quem havia ficado num passado que já nem lembrava mais que existia, quando ainda morava na Europa.

Então resolveu responder:

"Oi, desculpe, não vi todas essas mensagens... Estou aqui, sim, porém..."

Quando estava enviando a segunda frase, Marco entrou no chat feito um foguete:

"Kat! Temos que nos ver! Onde você esteve todo esse tempo?"

"Então, estava noiva e..."

"Noiva!?! Hahaha, você é louca! Temos que nos ver!"

"...Sim... Pois é..."

"Onde você está agora!? Estamos fazendo uma festa aqui em casa! Vem pra cá!"

"Não, então, como eu ia dizendo..."

Marco ligou para que a conversa fosse por voz, então Kat se deu conta do sotaque e se lembrou de que ele era italiano.

– Oi – atendeu a ligação ainda no chat do Facebook.

– Oi! Quanto tempo! Como assim, você estava noiva? Que loucura é essa? Você é muito jovem pra casar!

– Ah, sim, na verdade já era o meu terceiro noivado...

– Ahn? Kat, você deve parar! Deve parar de casar com as pessoas! Hahaha! Vem aqui pra casa, tá todo mundo aqui!

– Não, então, eu sinto muito, mas não vou...

A essa altura, já estava se arrependendo de ter começado a responder às mensagens antigas, e se lembrou do motivo de ter parado. Era exatamente por isso, por causa da insistência das pessoas em Nova York para sair – viviam na noite, na farra e em tudo que não trazia nenhum crescimento, pelo menos não para ela; já tinha ficado farta dessa realidade tempos atrás.

– Eu fiquei em depressão depois do término do meu noivado e mal voltei a comer... Ainda estou muito mal – falou a menina, olhando para o enorme anel de diamante ainda no dedo médio, em que ela gostava de usar, e que agora não fazia sentido nenhum... Simplesmente era uma pedra sem sentido, vazia de toda a tradição que representava.

– O quê!? Nem pensar! Não posso te deixar assim! Você não pode ficar em depressão por causa disso – disse o menino de 25 anos, que, morando em Nova York havia uns cinco, nunca havia tido nenhum relacionamento que tivesse durado mais de três meses, portanto, pensava Kat, ele não fazia a menor ideia do que ela estava passando e por isso seria inútil explicar, mesmo que fosse só o início da história...

Kat também tinha essa teoria de que em Nova York ninguém

casava, ninguém namorava e ninguém se respeitava. Eram opções demais para que o amor sobrevivesse, gente demais, sendo fácil demais, para que qualquer desentendimento fosse resolvido. Para que perder tempo resolvendo qualquer coisa com uma pessoa específica, se havia dez na fila esperando para começar algo novinho em folha, que ainda não precisa de conserto? Era o que deviam pensar os nova-iorquinos... Festas demais, com tentações demais para que as pessoas passassem um minuto se aprimorando, para que assim pudesse existir qualquer conversa mais profunda do que "Oi, como vai você?". Ela nunca havia conseguido passar daquilo com nenhum nova-iorquino, mas também nunca havia tentado. Não precisava, pensava. Esperta como era, apenas observava e já entendia tudo. Era mais uma das teorias de Kat: "Errados são aqueles que acham que precisam passar pelas coisas para aprender, eu nunca precisei passar por muitos erros para aprender, aprendi apenas observando", repetia sempre.

– Não, não, Marco, de verdade! Eu não posso ir, eu tenho algo na quinta já programado...

– Não! Nada disso! Eu não aceito "não" como resposta, nós vamos! Eu passo aí pra te buscar às 7!

– Não, não, sério... por favor, não insista, numa outra ocasião prometo que nos veremos, que não sumirei por mais um ano, prometo! – mentira, na verdade ela tinha planos de nunca mais atender o telefone nem responder a nenhuma mensagem de Marco.

– Não, olha, fazemos assim, vou te mandar o convite agora por mensagem e você pesquisa no Google! Só pesquisa. Você vai ver, é uma festa incrível, você não pode faltar! Vai ter muitas pessoas importantes e gente de revistas famosas! Olha, você não é atriz? Então, muitos diretores de filme estarão lá nessa noite.

Kat desligou o telefone como quem se livra de um fardo.

Meu Deus! – pensou, tentando retomar o ar.

Sentia falta de ar e claustrofobia, parecia ser o início de uma crise de ansiedade, mais uma coisa que nunca tinha experimentado antes. E mais uma vez se pôs a falar sozinha. "Meu Deus... Era isso, então... Foi disso que eu me livrei todo esse tempo! Era por isso que eu nunca respondia às mensagens e me afastei de todo mundo... Porque havia descoberto que eles não são meus amigos, apenas me usam, apenas falam sem escutar, apenas querem uma modelo para passar a noite ou para se mostrar para os amigos e fingir que passou a noite..." Ficou pensando por alguns minutos, falou com a mãe por algumas horas e caiu no sono com o seu maravilhoso livro, que a fazia chorar todas as vezes, porém lhe trazia paz.

No dia seguinte, sem fazer a menor ideia do que havia sonhado ou do que havia acontecido durante aquelas oito horas em que havia dormido, agora tranquila e com tempo livre, pois para a sua agência ela nem morava mais lá, já estava fora do sistema, então nem com trabalho havia agora de se preocupar. Estava se arrumando para ir para a tão amada escola na Broadway – os metros quadrados preferidos de Kat no mundo todo –, então, pensou na festa... Sem motivo nenhum, estava com a cabeça completamente mudada sobre a bendita festa. Olhou no guarda-roupa e bem na frente, por coincidência (ou não), estava uma fantasia de cubana que Kat havia comprado para um dos seus vídeos de personagens que o noivo, agora ex-noivo, a incentivava a fazer. Olhou para a fantasia, que se constituía de uma saia longa azul-cintilante, bordada à mão com pedrarias de cristais vermelhos e roxos, brancos e amarelos, com desenhos tradicionais, e um bustiê que só cobria os seios, uma espécie de sutiã acolchoado todo de lantejoulas vermelhas que havia trazido da última viagem à Tailândia com o noivo.

Olhou para a fantasia e pensou com desejo: "Talvez fosse bom ir a uma festa e me sentir linda de novo, ultimamente só me sinto como um zumbi".

Sem se ater muito a isso, foi para a aula e esqueceu. No táxi, porém, ouviu músicas cubanas e riu da coincidência (ou não). Ao final da aula, quando todos conversavam, uma das alunas – a única que também era modelo – comentou sobre a festa, Kat soube que era a mesma pelo endereço... Eles falavam sobre como queriam um convite e sobre o nível dos convidados. Então Kat pensou: "Talvez eu devesse dar o meu convite para um deles, que aproveitaria mais".

Nos dias seguintes, Marco inundou a caixa de mensagens da menina com vários vídeos e fotos loucas do que parecia ser a última edição da festa. "Até que parece bem divertida." Mas já era quinta-feira e nada de a menina se animar para ir à festa... Quando chegou a hora, Marco disse que estava indo buscá-la, e assim ela foi, sem nem ao menos lavar a cara, sem um pingo de maquiagem e sem nem pentear o cabelo. Fora literalmente obrigada a ir, e assim foi à festa. Apenas passou a mão na roupa, vestiu o bustiê – que agora não parecia ser tão desejável assim, com o incômodo que causava – e desceu para a rua, no que mais parecia o Polo Sul, de tão frio que fazia, ainda mais com aquela barriga de fora, apesar do grosso sobretudo.

Chegando lá, logo à porta, ainda antes de sair do elevador, um rapaz de aparência muito jovem parou Marco, cumprimentando-o, e comeu a menina com os olhos. Esta, distraída, quase nem percebeu o rapaz. Dois minutos dentro da festa e Kat já estava entediada, querendo ir embora, e, quando se deu conta, esse rapaz a olhava fixamente, como se estivesse hipnotizado. Vinha até ela o tempo todo e ficava puxando assunto, e ela ia se esquivando... Estava no sofá comendo com um pratinho na mão, sozinha, e o rapaz chegou, sentando-se quase em cima dela.

– Oi!

– Meu Deus, menino, você tá maluco!? – disse ela se levantando e se sentando no sofá ao lado.

– Calma, vem cá! Senta aqui, só quero conversar, saber

quem você é – disse o rapaz, rindo, levantando-se e sentando perto dela de novo.

Nesse momento, Marco ia passando por perto, então Kat se esticou para puxá-lo pela calça, levantando-se e falando em seu ouvido:

– Marco, tira esse moleque de perto de mim! Ele está maluco, tô te falando! Olha o jeito como ele me olha!

Então os dois olharam para trás e viram o menino com olhos enormes e castanhos, sobrancelhas fartas, um rosto bem delicado e olhar fixo, como se pedisse algo e como quem estava disposto a conseguir. Então Marco caiu na gargalhada, e nem a mal-humorada menina aguentou. A cara do rapaz era tão sincera que desfez até o mau humor. Marco foi saindo de fininho, já convencido de que não conseguiria nada com Kat, em busca das muitas outras meninas bonitas que estavam por ali. Kat então correu, feito um gato assustado, e se escondeu em um sofá ainda mais longe, e permaneceu por lá. Mais tarde as músicas começaram a esquentar, e aquelas músicas cubanas maravilhosas começaram a parecer convidativas. Então Marco aparece do nada e a puxa para dançar. Entre todos os meninos ali, e havia muitos, ela pensava por que o único que havia tido coragem de ir até ela havia sido aquele menino de olhos grandes com cara de quem pede alguma coisa... Mas dançava agora, e só pensava na dança. A festa, muito bem decorada, com várias luzes no teto, e todo mundo vestido a caráter – os meninos com chapéu e terno brancos e as meninas com flores no cabelo e vestido rodado –, fazia o coração mais feliz, ela tinha de admitir. E nem parecia que ela estava na congelada Nova York, em que fazia um frio glacial, como sempre...

De repente, a pequena bolsa *clutch* de metal se abriu, espalhando todos os pertences pelo salão. "Meu Deus! Foi a minha!", pensou Kat, assustada, e abaixando-se para catar tudo. No mesmo segundo, o rapaz levantou-se da cadeira diante dela.

"Como assim?", pensou, "ele colocou uma cadeira no meio do salão na minha frente para ficar me vendo dançar!". Pois parecia ter sido isso mesmo, o menino estava sentado na única cadeira próxima da pista de dança, e a ajudou a recolher as coisas que haviam caído da bolsa. Quando se levantou, já havia outra cadeira ao lado da dele, que ela não fazia ideia de onde tinha saído.

"Como essa cadeira apareceu aqui? Uma coisa tenho que admitir, esse menino age depressa", e riu internamente, sem que ele percebesse.

O menino tomava alguma bebida, parecia ser uísque, e ela, por mais que tivesse evitado a noite inteira, havia bebido uns copos de vinho às escondidas, pois ainda tinha vergonha de beber na frente das pessoas. "Bebida é para perdedores", dissera a vida toda, e agora se sentia um deles cada vez que tomava um gole... A cada gole que entrava, uma porcentagem de amor-próprio saía.

– O Marco disse que você é produtor de cinema e que está fazendo um filme agora! Que legal! – disse ela, agora desesperadamente feliz por ter encontrado uma pessoa que falasse qualquer coisa que a interessasse.

– Sim, é verdade, mas me fale de você... O que você faz aqui, quem é você, e onde esteve todo esse tempo!

– Desculpe, quantos anos você tem? – perguntou ela, já triste, prestes a julgar o menino.

– Vinte e um – o que ele não disse é que acabara de fazer 21, naquela mesma semana, e sim, isso para Kat contava. Ela tinha uma regra de nunca falar com homens com menos de 40, odiava meninos novos.

– Vinte e um! Meu Deus! Você é uma criança, um menino! – disse, olhando para o outro lado e tentando retomar o ar, já pensando mal de si mesma por estar conversando com um menino tão jovem.

– Mas eu tenho a mesma idade que você.

– Sim... mas você não entende. Olha, sinto muito, eu não gosto de meninos jovens... Não podemos conversar...
– Como assim?!
– Sim, eu sei, é péssimo... Eu sou uma pessoa muito louca, sabe, cheia de problemas psicológicos... Só consigo gostar de homens bem mais velhos, e nem sei o que estou fazendo aqui. Bem, tá aí, você queria que eu respondesse à sua pergunta, o que faço aqui e quem sou, pronto.

O rapaz, que olhava para ela totalmente atordoado, tentava prestar atenção ao que ela dizia, mas na verdade só conseguia admirar a beleza do rosto da menina... e sua boca... Sim, os olhos pareciam ter um tipo de cola, não conseguiam sair dali, porém o menino fingia muito bem!
– Sim, sim... Mas...
– Não, assim, mais nada... Entendeu?... Estou aqui e não sei o que faço aqui...

Uma imensa onda de tristeza tomou conta dela ao dar corda ao primeiro pensamento sobre o noivo.
– Você está triste. Por que está triste?
– Estou triste, sim... muito triste... – e um silêncio se fez. Ela pensando no noivo, e o menino olhando para ela, pensando somente se era possível alguém ser assim tão linda. – Eu era noiva – continuou –, noiva e feliz... Era para eu estar viajando com ele exatamente agora... A viagem já estava marcada.
– Mas o que aconteceu com ele, digo, por que não estão mais juntos?

De repente a menina viu naquele rapaz a única chance de falar da sua tristeza. "Por que não?", pensou, "nunca mais o verei e não vai mudar nada, melhor pra mim será mesmo colocar tudo isso pra fora". Então uma coisa mágica e impressionante aconteceu: ela confiou em alguém, não para contar tudo, todos os detalhes, porém confiou em alguém o suficiente para lhe contar qualquer coisa. Sem perceber, já era quase manhã, e as luzes da casa se acenderam. "Ainda estamos numa festa", disse a menina, sorrindo, pois, naquelas duas horas que haviam passado conversando, a festa inteira havia se resumido àquelas duas cadeiras e às suas vozes, como se a música alta fosse o maior obstáculo da vida.

Sentiu-se leve, como se tivesse conversado com um amigo que não via fazia muito tempo. Porém depressa as pessoas começaram a sair da festa, e a vontade era de continuar a conversa.

– Bem, acho que é hora de ir embora... – disse o menino, olhando para as pessoas que saíam apressadas, como se nem quisessem estar ali.

– Sim, é verdade. Por que não vamos para algum lugar quente, onde possamos continuar conversando?

– A essa hora? Não acharemos nenhum lugar aberto agora. Vamos nos encontrar durante o fim de semana?

– Este fim de semana?

– Sim.

– Não... acho melhor não... – disse a menina, lembrando-se de que tinha planos de se mudar. – Eu estou indo embora nesta semana.

– Indo embora? Mas como assim!? Não pode ir embora, acabei de conhecê-la.

– Sim, mas irei, já está tudo certo. Vou me mudar pra Los Angeles.

– Então não pode ir antes de nos vermos de novo. Quando você vai?

– Acredito que no próximo sábado à noite ou domingo de manhã.

– Então tomamos um café da manhã no sábado, às 11 horas! Pode ser?

– Não... Você deve entender, eu estou sempre muito ocupada, não tenho tempo nem para comer, às vezes – disse uma verdade, como se tivesse sido atingida por um raio de realidade. Acabara de se lembrar de tudo que não havia feito nas últimas semanas e agora estava atolada de coisas até o último fio de cabelo, sem falar na escola, que ocupava praticamente as 24 horas, e queria aproveitar o máximo possível antes de mudar de estado. – Não, é sério, não vai dar – disse, agora se recompondo, como se estivesse em transe nas últimas horas, e pensou: "É só um menino, o que você está fazendo conversando com ele? Deixe-o em paz e poupe-o de um fora ainda maior mais tarde".

– Não. Não poderei. Tchau, foi ótimo conversar, obrigada pela conversa agradável – disse, já saindo com o táxi.

Dentro do carro, pensou: "Deve ter sido o vinho!", sem entender por que havia ficado tentada a ir para casa ou para qualquer lugar que fosse com aquele menino, tão distante de tudo que podia imaginar. "Tão do nada!", riu sozinha no táxi, referindo-se ao menino, "é por isso que você não pode sair de casa, dona Kat... Meu Deus, estou falando sozinha de novo, devo estar louca..." E, voltando o pensamento para a razão de novo, pensou: "Ainda bem que estou em segurança no táxi e nada pior aconteceu", referindo-se ao menino de novo.

Naquela noite sonhou outra vez com o ex, num ritual que já se tornava corriqueiro: sonhava, acordava, olhava o celular, como de costume esperando ver uma mensagem dele, chorava ao não encontrar nada e depois voltava a dormir, até o meio-dia. Naquela manhã, no entanto, quando acordou havia um e-mail da agência dizendo que ela teria um grande trabalho em Nova York no dia seguinte, e que se o cliente gostasse dela o trabalho se repetiria nas duas semanas seguintes. Ao mesmo tempo, um e-mail do corretor de imóveis de Los Angeles dizia que o apartamento que ela queria não estava mais em negociação; inesperadamente o dono do imóvel decidiu não alugar mais.

– Então será Nova York... pelo menos pelas próximas duas semanas, e depois nunca mais – disse em voz alta, conformando-se perante os fatos matinais que haviam mais uma vez mudado todos os planos, sabendo que não adiantava discutir com a vida... A essa altura da existência, ao menos uma coisa já tinha aprendido: que a única maneira de viver era fazendo-se de folha e se deixando levar pelo vento do curso da vida; bem, ou pelo menos era isso que achava. Mas será que realmente praticava essa teoria?

– Tudo bem, vou ficar – disse à agência pelo telefone. – Sim, sim, também estou muito feliz...

Os dias foram passando, o cliente a contratou para trabalhar de novo vários dias e, sem perceber, sábado de manhã havia chegado. Assim que se deu conta do dia, admirou-se de não ter recebido nenhuma mensagem do menino – apesar de ela não ter se negado a dar o telefone, trocaram Facebook.

Foi quando, às 9 horas, a primeira mensagem veio:

– Bom dia! E então, vamos tomar café?

Por algum motivo estranho, foi como se ela já esperasse aquela mensagem na última hora, como se tivesse adivinhado o comportamento do menino. Mas não deu muita importância.

– Você vai mesmo querer levar isso à frente, não é? – respondeu Kat.

O menino apenas respondeu com um *emoticon* de sorriso.

– Eu não acho uma boa ideia...

– Mas por quê? Qual é o problema em um inocente café da manhã?

– Olha – então, respirando fundo, resolveu dizer toda a verdade. – Eu vou te falar uma coisa – começou a disparar. – Vou ser bem clara: você não faz o meu tipo, nunca fará, portanto, nada nunca acontecerá entre nós, a não ser jogar papo fora.

– Tudo bem para mim, senhorita Torres, eu não espero nada. Mas em algum momento você terá de comer, não é mesmo?

O menino tinha razão. Kat não comia bem havia semanas, a despensa em casa estava vazia e ela estava morta de fome. Teria de descer de qualquer modo e achar algum lugar para comer.

– Tudo bem, você tem razão, preciso mesmo comer. Qual é o melhor lugar para se comer em um sábado de manhã nesta cidade?

Levantou-se da cama, olhou no espelho, para o rosto com a maquiagem ainda do trabalho fotográfico do dia anterior, e para o cabelo, agora com cachos grandes e vigorosos, também por causa do trabalho, bem diferente do natural liso e lambido, sem nenhuma ondinha sequer, que o menino tinha visto na festa. "Ele nem vai me reconhecer", pensou, fazendo um coque rápido e sem nem consertar o delineador borrado no olho; apenas escovou os dentes e saiu.

No restaurante, o rapaz já estava à espera, e Kat, como sempre perdida, o chamou no chat para que fosse buscá-la na porta do estabelecimento.

– Oi! Nossa, aí está você! – disse a menina, toda desconcertada, descabelada e atrasada. Com o cabelo ainda preso em um coque, tentava controlar os fios laterais que voavam com o vento gelado, porém fazia uma linda manhã de sol.

– Oi... – respondeu o menino, embasbacado.

Foi amor à primeira vista – ou melhor, à segunda. Pelo menos por parte do menino, que não sabia para onde olhar, o que fazer, como sentar, apenas tentava controlar o desejo incontrolável de olhar para a boca da menina. Do seu lado do mundo, onde havia nascido, não era comum um homem mostrar emoções, não se sentia bem fazendo isso, não era adequado. Homens que demonstravam emoção eram vistos como fracos.

– Você tem sotaque! Só agora me dei conta! Você é britânico?

– Sim, sou brit..

– Nãããooo! Eu odeio britânicos! São as piores pessoas do mundo! – disse Kat, lembrando-se das poucas experiências já tidas com britânicos na vida, que, por incrível que pareça, haviam sido todas muito desagradáveis.

– Ah, sim... mas eu moro em Nova York há muitos anos, por isso o sotaque diminuiu e os costumes também – ele mentiu, somente para amenizar as coisas perante o ódio declarado da menina aos seus conterrâneos.

Os dois prometeram ficar ali apenas por uma hora, pois Kat tinha outros compromissos, e ele também. Porém não foi bem assim que aconteceu. A conversa foi rendendo tanto que já passava do meio-dia e o menino havia cancelado todos os seus compromissos de trabalho. Então tentou convencer Kat a faltar à aula e ir até o Central Park.

– Vamos lá! Vai ser divertido!

– Humm, não sei, não... Acho melhor não, eu tenho aula e você tem que ir também...

– Não, não, eu posso ficar, já cancelei! Vamos lá! Você passou a manhã inteira falando que só trabalha e que nunca teve tempo de curtir a vida! Morou um ano em Paris e nunca foi à Torre Eiffel, no Rio quase a vida toda e nunca foi ao Cristo Redentor. E agora vai embora de Nova York sem nunca ter ido ao Central Park? Você disse que a sua cor preferida é rosa e que adora flores; nessa época do ano o parque fica inundado de flores por todos os lados, vai estar lindo!

Mais uma vez o rapaz tinha razão. E mais uma vez um bom argumento. Ela nunca havia feito nada de que se lembrasse além de trabalhar. A única época em que tinha aproveitado um pouco a vida havia sido com o ex-noivo, talvez fosse por isso que sentia tanto a falta dele, quem sabe...

– Vamos! Prometo que vai ser bem rápido! Quinze minutos e vamos embora. Não é longe daqui!

– Tá! Mas – parou, mais uma vez alertando o rapaz – que fique claro...

– Sim, só amizade!

– Exatamente! Que você não vá criando esperanças! Não acontecerá nada aqui! A não ser...

– ... amizade. Sim, eu sei, e fico feliz, estou feliz em ser seu amigo, não me parece ser algo ruim – disse ele em tom de brincadeira, visando acalmar as coisas.

O parque era lindo, muito mais lindo ainda do que Kat imaginava pelos filmes. Era primavera e os dois se sentaram debaixo de uma cerejeira, carregada de flores rosa.

– Isso é flor de cerejeira? Está por toda parte! – disse ela, maravilhada com a beleza do cenário, apontando para as flores que estavam em toda parte. Cobriam todo o chão, e quando o vento batia, no ar, dezenas de flores dançavam, no ar, voando lentamente em todas as direções.

E assim a tarde foi passando, numa conversa em que se falava sobre tudo e ao mesmo tempo sobre nada. Nada ao certo e tão certo...

Os dois riam e falavam sobre as pessoas que passavam distraídas por ali, quando de repente o céu foi nublando e escurecendo, e, antes mesmo que percebessem, já estava chovendo.

– Meu Deus! E agora, o que faremos? Estamos ilhados – disse a menina, percebendo o grande temporal que começava a cair e se certificando de que estavam muito longe de qualquer abrigo. Aquela árvore era a única coisa que poderia servir de abrigo em um raio de dezenas de metros. – Como faremos?

– Vamos ficar aqui, não deve durar muito – disse o rapaz, que a essa altura era só sorrisos, afinal, havia conseguido o que queria. Horas haviam se passado e o sol já tinha se posto. Tinham ficado o dia inteiro conversando no parque.

– Eu acho melhor irmos! A árvore já não está mais segurando os pingos, e está começando a ficar muito escuro aqui, olhe em volta! Não tem ninguém, acho que somos os únicos remanescentes no parque inteiro!

A multidão que havia pouco tempo estava ali aproveitando o sol, crianças brincando, namorados namorando, todos já haviam deixado o lugar às pressas. Os trovões e relâmpagos também eram assustadores.

Os dois então decidiram correr em direção à rua, Kat com o casaco do rapaz na cabeça, ainda com o coque que havia permanecido firme ali todo o dia sem se soltar, e o menino apenas de blusa e congelando, aliás, os dois congelavam; o clima da cidade não dava trégua, e assim que o sol parava de brilhar o frio era de cortar os ossos.

– Minha nossa, espere um pouco! Acho que vou morrer de frio – disse a menina, batendo o queixo e com o corpo todo tremendo, completamente ensopada e com a maquiagem toda escorrida. – Espere, vou soltar o meu cabelo, esse coque já deve estar horrível, aliás, tudo já deve estar horrível! Meu Deus, que loucura, essa chuva! – disse isso e soltou o cabelo, ainda segurando o casaco do menino sobre a cabeça.

– Nossa! – exclamou ele. – Nossa!

– O que é?

– O seu cabelo! É lindo!

– Ah, fala sério, o meu cabelo está horrível agora! Eu não o lavo há dois dias, e está todo pregado do laquê de ontem. O meu rosto também, eu não tirei a maquiagem... Eu nunca ando com maquiagem, é porque realmente não tive tempo pra lavar o... O que você está fazendo!? – enquanto explicava sua maquiagem borrada e o cabelo sem lavar, foi surpreendida pelo menino que se aproximava para...

– Nada, nada! Eu estava apenas tentando me abrigar dos pingos debaixo do casaco – respondeu, constrangido com as acusações que já estavam por vir.

– Olha lá, hein! Eu lhe disse! Nada de beijo! Só amizade! Eu não quero esse tipo de comportamento comigo!

– Sim, sim. Me desculpe, eu juro que só me aproximei pra me proteger dos pingos, estou com muito frio. Vamos?

– E vamos pra onde? Pra onde estamos indo? Sabemos pra onde estamos correndo? Agora é horário de *rush*, nem sequer um táxi conseguiremos!

– Sim, eu morava aqui perto... Conheço um restaurante, um lugar a que podemos ir.

Correndo mais umas dezenas de metros e rindo muito debaixo de uma chuva torrencial que varria a capital, enfrentando o vento que até bem pouco tempo parecia envolvido em uma romântica dança a dois com as flores de cerejeira, e agora soprava tão furioso que quase carregava os dois, chegaram a um hotel que Kat conhecia pelo nome, bem luxuoso, com portas enormes.

– O que você está fazendo?

– É aqui o lugar. Vamos.

– Claro que não! Você perdeu o juízo? Olha pra mim, olha como estamos vestidos! Não nos deixarão entrar aí!

Ele tentou explicar, meio que sem palavras, e foi entrando. Kat, porém, parou do lado de fora, diante da porta.

– Venha! Está tudo bem!

– Não! Está maluco? Volte aqui! Eu não vou passar essa...

– Senhora, por favor, não fique no frio – disse um dos seguranças, supergentil e atencioso.

– Moleque, volte aqui! – ela disse, fazendo sinal ao menino, que lá de dentro ria, conversando com o recepcionista.

Conforme foi adentrando o hotel, passou por um salão enorme, luxuoso, cheio de pessoas muito bem vestidas, e todos olhavam para ela, que vestia uma bota de camurça de cano longo e salto alto, um vestido de lã cor de caramelo, da mesma cor da bota – bem curto, na altura da coxa, como era de costume –, e um casaco de couro falso verde; para completar, o cabelo estupidamente cheio e cacheado. No meio do salão de mármore branco e com pé-direito muito alto, que fazia um eco tremendo, um barulho seco altíssimo saía dos pés cada vez que ela pisava com a bota no chão. Olhando as pessoas que a observavam como se ela fosse um ET, Kat, com a cara roxa de frio e de vergonha, teve um ataque de riso.

– Meu Deus! Olha pra mim, eu estou igual à Julia Roberts no filme *Uma linda mulher*, na cena em que ela entra em um hotel luxuoso vestida como prostituta e todo mundo fica olhando pra ela horrorizado! Sério, a cena está igual! – disse, chegando perto do menino ensopado de novo, entreolhando as pessoas que jantavam no restaurante, ainda mais arrumado, um pouco à frente da recepção, com mesas largas e uma lareira enorme e bem cuidada no meio. – Vamos embora daqui, ficou maluco? – disse ela, sussurrando, sem graça.

– Por favor, pegue uma camisa pra mim, eu vou sentar ali no restaurante – dizia o menino ao recepcionista.

– Ah, sim, senhor, eu já consegui uma mesa ótima para o senhor, bem em frente à lareira, como o senhor queria – respondeu o recepcionista, muito gentil.

– Ah! Que ótimo! – disse o menino.

A menina olhava para os dois sem saber o que estava acontecendo, ainda preocupada em se esconder por trás do cabelo.

– Você pediu uma camisa ao recepcionista?

– Sim, eu morava aqui antigamente.

– Você morava...? Neste hotel?

Ao adentrar o restaurante, todos os senhores e senhoras bem arrumados olharam aterrorizados para o casal molambento que vinha chegando.

– Meu Deus do céu, eu não acredito que estou passando essa vergonha! Socorro!

– Querida, vem cá, deixa eu pegar o seu casaco – disse o menino, retirando o casaco ensopado dela e esticando os dois casacos na divisória decorativa que se erguia entre uma mesa e outra.

– Não! Mas o que é isso, o que você está fazendo? – perguntava a menina, apavorada, vendo o rapaz pendurar as roupas molhadas como se estivesse sozinho estendendo as roupas num varal em um quintal espaçoso, mas estava esbarrando em todo mundo e encostando as roupas encharcadas nas pessoas que comiam na mesa ao lado.

– Opa! Me desculpe, senhora...

A essa altura o restaurante inteiro já olhava sem disfarçar e ria do casal.

– O que é, nunca viram um casal encharcado pendurando suas roupas para secar?

– Minha nossa! – exclamava a menina, e todo mundo ria, olhando para os dois.

– Aqui está, senhor, a sua camisa – disse o garçom, entregando uma camisa branca ao rapaz.

– Argh, me parece horrível! Não tinha uma melhorzinha?

– Não, senhor, infelizmente essa era a única que tínhamos, sinto muito.

– Me dê licença um segundo, querida, vou ao toalete dos meninos trocar de camisa.

– Eu vou com você! "Ao toalete das meninas" – disse ela, fazendo graça do sotaque dele e do seu jeito galanteador de falar, tradicional da cultura inglesa. – Pois vou "ao toalete das meninas" ver se consigo dar um jeito nessa cara, pois não sei o que me mata mais de vergonha aqui, ela ou você.

Esse tempo no banheiro a fez pensar. Já se fazia noite lá fora, e ela por algum motivo tinha passado o dia inteiro com aquele rapaz. Havia até se esquecido da tristeza pela doença da mãe por um instante, pela primeira vez em mais de um ano, mas jamais do ex-noivo... Olhou para o anel ainda no dedo e se deu conta de que não havia falado do noivo naquele dia, diferente da primeira vez em que havia conversado com o menino, na festa, e falado somente dele.

– Nossa! Você demorou lá! Achei até que tivesse ido embora. E uau! Você está ainda mais linda agora! Como fez isso? – disse ele, olhando encantado para o rosto da menina, que brilhava, agora refletindo a luz das velas e do fogo da sofisticada lareira que ardia à direita.

Kat tinha voltado com o cabelo e o rosto completamente bagunçados, não conseguira nenhuma melhora no banheiro.

– Que bobo! Pois não tem jeito, o cabelo está completamente impossível e recusa-se a cooperar, e, quanto ao rosto, bem, não trouxe nada na bolsa que pudesse consertá-lo...

– Então você não fez nada? Mas me parece linda! Ainda mais linda do que uma hora atrás, quando saiu daqui em direção ao banheiro – disse o menino, entre as risadas de Kat. – Eu não estou brincando, todo mundo me olhava aqui comentando: "Esse pobre bastardo foi deixado pra trás, ele e as suas roupas no varal" – brincou.

A menina apenas ria.

Uma senhora de meia-idade chegou para pegar os pedidos.

– De qual vinho você mais gosta? – perguntou ele, vibrante, olhando a carta de vinhos.

– Vinho? Ah, não... eu não bebo... – mentiu a menina, olhando para baixo envergonhada, ao se lembrar das muitas garrafas de vinho que havia esvaziado sozinha naquelas dolorosas últimas semanas.

– Não bebe? Mas como...? Não bebe nada?

– Não, não, nadinha! Nunca bebo.

– Mas naquele dia da festa pensei tê-la visto bebendo vinho tinto...

– Viu errado... – disse Kat rindo, olhando para a moça que esperava o pedido, com o sangue fervendo de vergonha com a possibilidade de estar sendo julgada pela garçonete. "Por favor, cale a boca, eu não quero que ela saiba, não quero que ninguém saiba!", gritou em silêncio dentro da própria mente.

– Que perfume é esse que você está usando? É maravilhoso! – disse Kat à garçonete.

– Eu ia lhe perguntar o mesmo do seu – responderam o menino e a moça juntos.

– Que cheiro delicioso! – a garçonete disse, concordando com o menino.

– Sim... eu pensei nesse cheiro o dia inteiro. Me parece jasmim... deve ter algo de jasmim nesse perfume, é o meu cheiro favorito... Não sei por que, me remete à minha infância, me faz lembrar e sentir coisas boas.

Alguns minutos depois estavam o menino tomando vinho e Kat, água. De repente o mesmo senso julgador presente no espelho do banheiro voltou à cabeça de novo.

– Você ainda o ama? – perguntou o menino, olhando para o anel de diamante que brilhava, puro como uma fagulha de qualquer coisa mágica.

– Se o amo? Eu o amo mais do que as palavras podem dizer... Eu o amo mais do que tudo... Sabe de uma coisa? Preciso lhe falar a verdade, eu não estou me sentindo bem, acho melhor ir pra casa agora mesmo.

– Mas pra casa, por quê? O que foi que aconteceu?

– Aconteceu que de verdade não era para eu estar aqui. Eu lhe disse isso o dia inteiro e você foi insistindo em que eu ficasse! Mas você não vê? Faz mal para si mesmo assim! Eu tento protegê-lo de mim, não quero lhe fazer mal, você não me parece um menino que mereça... Você me parece ser um bom menino e não tem ideia do que está fazendo agora. Eu vou ter que ir. Eu agradeço o dia e tudo o mais, mas tenho que ir agora! – disse a menina, levantando-se da cadeira.

– Mas, querida, espere, você deve estar com fome! Vamos pelo menos comer alguma coisa e aí prometo que te levo pra casa e depois nunca mais precisamos nos ver. Eu não a deixaria ir sozinha pra casa, ao menos acompanhá-la você precisa me permitir – disse o menino, já fazendo sinal e pedindo a conta à simpática garçonete. – Mas, realmente, acho que você deveria comer... você deve estar faminta.

– Ok – concordou Kat, olhando para o vendaval lá fora e se sentindo extremamente confusa. A cabeça dizia fortemente "vá" e a carência dizia "fique"... Mas, sabendo quem era e do que era capaz, resolveu abrir o jogo com o menino, quando, sem entender por que, uma onda de compaixão passou pelo seu coração.

– Preciso lhe dizer uma coisa.

– O que é?

– Ok... Lá vai, e você precisa prestar bem atenção e ter certeza de que vai me ouvir muito bem e de que não vai duvidar do que eu disser!

– Tudo bem... – respondeu o rapaz, com um ar bem sério.

– Eu não gosto de homem.

– Você não gosta? Como assim? – respondeu o menino, rindo sem querer.

– Não, é sério, não ache graça, me dói muito admitir isso, mas é verdade... Eu descobri com o tempo que sou uma péssima pessoa, eu apenas uso os homens. Para ser sincera, eu acho que apenas uso as pessoas em geral. Eu sou uma pessoa extremamente solitária, e uso os homens pra me sentir melhor quando preciso, brinco com eles, me divirto, e isso só serve mesmo como um jogo de poder... O problema é que pareço me importar, sou simpática, tenho um sorriso sincero... e é sincero, porém não dura muito; uma semana, um dia, um minuto se passa e aquele sentimento enorme já não existe mais pra mim. O problema é que ele continua existindo dentro das pessoas, e depois elas ficam com muito ódio de mim, pois me acusam de tê-las usado. No início eu não sentia que fazia isso, mas hoje em dia, procurando entender os meus próprios sentimentos, vejo que sim. Eu sou uma pessoa terrível, e agora, já no ato eu consigo perceber e parar... Eu nunca fiquei com rapazes "legais", por exemplo, porque sempre procurei homens que eu achava que deveriam sofrer. Eu os usei pra cumprir a minha própria vingança contra o meu pai, que eu odeio. Escolhia sempre o mais cafajeste, o mais popular, e o que eu mais sentia que queria me fazer mal, e ficava com ele, pois sabia que sofreria intensamente com o meu jeito de ser. E depois enjoava e o largava, me sentindo bem por ter dado uma lição numa pessoa que merecia... Eu não sei se fazia isso intencionalmente, não sei dizer, porém hoje entendo que fazia, e esse é um dos motivos por que não posso nunca ficar com bons rapazes, que entendem o bem somente, porque usar alguém assim seria contribuir para um mundo pior... O meu coração foi partido, usado uma vez por uma pessoa bem mais velha, que sabia exatamente o que estava fazendo, e isso me tornou uma pessoa mais amarga pra sempre, portanto, eu jamais faria isso com outra pessoa inocente e de coração bom... Eu não quero estragar você.

– Mas, querida, isso é só um jantar...

– Sim, sim... E é sempre assim que começa! Isso é só um jantar, e aí, quando eu vou ver, as coisas estão completamente fora de controle e estou procurando meios de me livrar da pessoa. Em todo caso, você não deve permitir que eu faça isso com você.

– Isso?

– Sim! O que faço aqui hoje... Eu uso você, apenas... Eu amo o meu ex, e tudo o que eu mais queria era estar com ele agora. Estou apenas usando você para passar o tempo... Estou aqui com você todo esse tempo, pois não quero voltar pra casa e ficar sozinha pensando nele. É melhor pensar nele estando aqui com você... Mas você é um ser humano. Preciso entender isso de uma vez por todas e parar de usar as pessoas assim, pelo menos aquelas que não merecem. Agora você deveria me deixar ir... É pro seu próprio bem, acredite.

– Pois eu não me importo, pode me usar à vontade, não me sinto mal.

– O quê? Você só pode estar fora de si... Como alguém pode não se sentir mal com isso?

– É verdade, não me sinto... Depois de tudo que falamos hoje e olhando pra você, você me parece uma ótima pessoa, e muito interessante. Como eu lhe disse, me sinto feliz por estar aqui.

– Não, não... Você não entende... Eu não sinto nada, não vou sentir nada. Isso tudo que lhe passei é apenas algo estranho, não é verdadeiro. Eu estou aqui agora e estou assim, amanhã viajo e nem sequer me lembrarei do seu nome... Aliás, meu Deus, me desculpe, não me lembro do seu nome agora! Aliás, não cheguei nem a lhe perguntar o seu signo! – disse a menina, se dando conta de que realmente não se importava com aquela pessoa sentada ali todas aquelas horas diante dela, já que perguntava o signo sempre de todo mundo, antes mesmo de saber o nome. Impressionada com a sua falta de interesse pelo menino, se manteve em silêncio, como se não houvesse mais ninguém ali além dela mesma. Nisso, o menino disse o seu nome, e mais uma vez o pensamento estava longe e ela não prestou atenção.

– ... e o meu signo é Touro – disse o menino, gentil como sempre, mantendo um meio sorriso no rosto, sem parecer ter sido ofendido, pelo menos por fora.

– Touro, você disse? Odeio esse signo! – disse a menina, remetendo-se a um passado distante, em que aquele signo havia lhe causado grande estrago, porém depois foi alvo de uma grande falta de admiração.

– De qual signo você gosta? Serei desse que você gostar, então – disse ele, rindo.

– Não funciona assim! O meu signo preferido no momento é Sagitário... mas muda dependendo da época.

– E por que não gosta do signo de Touro?

– Não... Na verdade, não me leve a mal, é um bom signo, mas não consigo gostar de taurinos em relação a sentir desejo... Eles são chatos demais!

– Chatos?

– Sim. Sem emoção, sabe? São o oposto de mim. Em tudo eu arrisco, eu também sou aberta a tudo, sempre quero descobrir mais... Enquanto os taurinos estão sempre medrosos, sempre cautelosos, não mostram os sentimentos e são muito orgulhosos. Acabam perdendo grandes coisas na vida por se segurarem a orgulhos bobos... O engraçado é que esse já foi o meu signo favorito! Eu fui apaixonada... bem, foi o meu primeiro grande amor da vida, podemos dizer assim, um rapaz de Touro, quando eu tinha 12 anos de idade – disse ela, rindo do amor adolescente, que agora já nem parecia aquele que havia lhe causado tanta dor por tanto tempo.

– Bem... – disse o taurino, recapitulando os fatos. – Acho que eu não estou sendo exatamente um taurino com você, então... Isso que você descreveu não se parece com o meu comportamento em relação a você até agora, não é verdade?

– Nossa! É verdade! Você se comportou mais como um ariano até agora! Eu diria até que você é ariano. Mas você pode estar somente fingindo, e no fundo estar tremendo de medo, já anotando os meus delitos pra depois, por orgulho, ficar décadas sem falar comigo, e bem no fundo querer sair correndo!

– Hahaha! Sim, com certeza é isso que estou fazendo!

Sem perceber, os dois já tinham voltado às gargalhadas e à longa conversa gostosa sobre coisa alguma, que havia prendido Kat ali o dia todo sem ver as horas passarem. Dizem que não existe máquina do tempo, mas isso é porque nunca experimentaram um encontro como esse, em que um menino de Touro era tão agradável que as horas se tornavam impossíveis de serem percebidas, e simplesmente não faziam mais sentido.

– Que horas são? A última vez que vi, antes de o meu celular descarregar, eram 4 da tarde. Caramba, já faz horas que estamos sem celular, as pessoas devem estar loucas atrás de nós – disse Kat.

– Sim, o meu também descarregou. Ah, devem ser umas 7 horas.

– Você tem um relógio de pulso, por que não olha nele? – disse ela, rindo.

– Eu prefiro não olhar...

– Vamos, me diga! Que horas são?

– São... quase 9.

– Nove?! Meu Deus! Estamos juntos o dia todo! O dia todo!

– Sim, me parece que sim! – respondeu o menino, rindo.
– Eu acho que nunca suportei ficar tanto tempo assim junto com alguém!
– Hahaha!
– Não, de verdade, não lembro quando foi a última vez que passei um dia inteiro assim, só conversando com alguém... acho que nunca... E ainda mais assim... Não me leve a mal, mas eu nunca conversei com meninos da sua idade! Todos os meus namorados foram sempre muito mais velhos. Por isso eu lhe digo, pela primeira vez eu passo tanto tempo assim com alguém. Isso me surpreende, especialmente por ser uma pessoa com quem eu nem tenho planos de ir pra cama! Eu espero que você tenha entendido isso, que é jovem demais pra ir pra cama comigo... Eu não faria isso com um garoto da sua idade...
– Sim, eu entendo... Só acho que você está muito presa à sua cabeça... Deveria beber. Eu lhe digo, lhe faria bem! Por que você não bebe?
– Não bebo porque acredito que a bebida é pros fracos... Acho que finalmente tenho que admitir que oficialmente me tornei um deles. Eu não queria dizer isso, era um segredo só meu, mas tenho bebido muito ultimamente. O vinho me faz dormir mais rápido e sentir menos...
– Eu concordo com você em tudo. Mas, se tem bebido muito, por que não beber agora comigo?... Vai se sentir melhor! Beba pelo menos um copo comigo.
– É... – disse a menina, já convencida, e sem querer admitir que não bebia porque sentia vergonha, pois beber seria se autoproclamar uma perdedora. – Talvez eu devesse beber uma taça ou duas, só pra dormir mais fácil. – "Não vai ser fácil voltar para aquele apartamento sozinha e sóbria", pensou.
Ainda não sabia por que havia confiado em beber na frente daquele cara... Talvez porque não se importasse com ele, talvez por ele ser jovem demais e não fazer parte de nenhum

grupo de conhecidos, não teria para quem fofocar – fofoca era um dos grandes medos de Kat, tinha verdadeiro pavor e asco de fofocas e de pessoas falando da sua vida, trauma que trazia da infância por causa das inusitadas situações com as tias e também de situações recentes. Parece que quanto mais tentava se esconder das fofocas, mais elas a perseguiam.

Já chegava perto da meia-noite, e a menina pensava em duas coisas: em como faria quando chegasse em casa para chorar até dormir mais uma noite, e em como faria depois para se livrar do menino sentado à frente dela, pois tinha planos de nunca mais vê-lo de novo. Ele não fazia por nada o tipo dela, pensava, era jovem demais para qualquer coisa, não tinha por que vê-lo de novo. Admitia que havia sido um dia agradável, porém não havia futuro, o melhor então seria pará-lo ali. Ela não gostava de perder tempo com coisas que não tinham futuro.

– Você falava com a garçonete sobre o perfume dela, eu queria cheirar o seu, é um cheiro quase mágico...

– Ah, sim, aqui – disse ela, estendendo a mão para que o menino a cheirasse, sem ter ideia do que aconteceria no exato momento do toque.

Quando os dedos do menino a tocaram, era como se todo o seu corpo estivesse ali nas pontas dos dedos, e então houve um grande choque. Mas não um choque daqueles a que estamos acostumados quando há muita eletricidade no ar e duas pessoas se tocam, por exemplo. Não! Era um choque de verdade, como de uma corrente elétrica, que começava nos dedos e andava em dourado na corrente sanguínea, como se tivesse cor. O choque correu rápido da ponta dos dedos, subindo pelo braço, até chegar ao ombro, quando Kat conseguiu puxar a mão, dando um grito.

– Meu Deus! O que foi isso? – perguntou, com os olhos arregalados e assustada. Alguma coisa realmente sobrenatural havia acontecido entre aqueles dedos, e ela se recostou na cadeira olhando para os dedos do rapaz, bem longe de tocá-lo, tentando descobrir se havia feito alguma coisa, pregado alguma peça nela.

– O que foi isso? O que foi que você fez?

– Do que você está falando? – dizia o rapaz, rindo muito, quase às gargalhadas agora, o que dava realmente a entender que ele tinha feito algo, ou ao menos deixava Kat superconfusa.

– Meu Deus! Sério! Você sentiu isso? Você sentiu? Um choque muito forte! O que foi isso?

Agora Kat olhava assustada para o menino, sem saber se ele só ria por estar assustado com ela, ou porque de fato havia feito algo. Ele não respondia nada... Talvez porque não soubesse o que responder, talvez por estar pensando no que seria melhor responder se houvesse sentido algo, se não houvesse, ou não quisesse admitir que estava sentindo um tipo de "choque" similar desde cedo, quando os seus olhos bateram na menina, ainda à porta do café. Kat agora voltava a mente ao segundo do choque, para tentar entender o que havia acontecido. Tudo foi muito rápido... Ela não sabia quantos segundos haviam passado enquanto estava envolta pelo choque, mas quando voltou do que parecia um transe dava a impressão de seu dedo haver apenas encostado no menino, então concluiu que era como se muitos segundos tivessem passado em uma fração de segundo... E a cada minuto mais impressionada ficava.

O rapaz ria às gargalhadas, talvez agora já influenciado pelo vinho, porém Kat estava bem sóbria. Se havia alguma influência de álcool em seu comportamento, havia evaporado completamente de todo o organismo depois do choque.

Recordou-se de que, ao sentir o choque, imediatamente o seu coração pulou acelerado. E, por um segundo, ou sabe-se lá por quanto tempo e em que contagem de tempo estaria se baseando agora, viu todas as veias em dourado, como se ela fosse o próprio choque a percorrer o caminho dentro do corpo, mais precisamente dentro do braço direito.

De repente Kat olhou para o menino, e lá estava ele sorrindo, com os olhos grandes e interessado no que estaria acontecendo dentro da cabeça da menina. E então se deu conta de que a visão havia mudado também.

– O seu rosto – disse agora, como quem olhava para algo extraordinário e não como quem tinha visto aquele mesmo rapaz sentado o dia inteiro diante dela. – O seu rosto está... O que está acontecendo? O que é isso?... – dizia a menina, tentando se acalmar.

O rosto do menino agora estava rodeado por uma aura dourada, brilhava como ouro, e o menino comum e desinteressante de antes agora parecia algo mágico.

– O seu sorriso... Ele...

O sorriso parecia algo de outro mundo, que trazia agora uma espécie de sentimento parecido com amor. Parecia o sorriso mais lindo e mais perfeito que a menina tinha visto.

– O quê? – dizia o menino aos risos, como se estivesse entendendo o que estava acontecendo, e a menina pensava, confusa: "Será que ele está sentindo o mesmo que eu? Será que ele sabe que eu sinto no fundo do meu ser que esse sorriso é o mais lindo e iluminado do mundo, e isso pulsa em mim tão certo como a própria vida?"...

– Você... você não está vendo?... Tem uma luz, essa luz, bem aqui... – dizia ela tocando no ar a densa luz amarela com bordas douradas que cobria o rosto do menino. – "Será que é a vela?", pensou, tirando a vela de perto do rosto dele, mas a luz de nada influenciou na aura, como se a vela estivesse apagada.

– Meu Deus... é lindo...

– O quê? O que é lindo? – o menino perguntou, porém com os mesmos olhos puros de amor, olhando fixamente para a menina, como se estivesse sentindo e vendo a mesma coisa.

Kat caiu na gargalhada, e o menino a acompanhou, sabendo – ou não – por que ela ria tão naturalmente.

Ela olhava para ele agora com os olhos cheios de lágrimas, como se estivesse numa espécie de transe e como se o tempo em volta do rosto dele tivesse parado. Era como se uma força maior, fora desse mundo, a puxasse para ele, uma força desconhecida, não era possível pensar, muito menos defini-la ou denominá-la... Era inexplicável, apenas se podia senti-la pulsando dentro do ser, como se fosse tudo que existisse neste e em todos os mundos.

– Eu acho que... eu acho que não olhei para os seus olhos o dia inteiro... Acho que agora foi a primeira vez... – Não haviam se tocado ainda antes daquilo. Apesar de o dia todo juntos, o choque foi o primeiro toque que havia se dado entre eles nesta vida. Porém, o que Kat dizia agora sobre o olhar fazia sentido... Ela havia, sim, olhado para ele antes, mas não assim, não com os olhos da alma. Agora as duas almas se olhavam, e a força fazia com que, quando ela olhava para o menino, a sua mente parava de funcionar, como se não tivesse controle de mais nenhum pensamento nem emoção, apenas olhava maravilhada para o rosto do menino, com os olhos iluminados pelos raios da luz dourada que vinha do seu rosto.

– Vamos pra sua casa... – disse ela.

Foram as primeiras palavras que saíram de sua boca, totalmente sem pensar.

– Pra minha casa? – disse o menino, sem acreditar que ouvira aquelas palavras tão incríveis e tão inesperadas. – Ah, sim, vamos!

– Digo... tem como ir pra sua casa?... Nem sei, se não puder, então vamos pra minha.

– Está bem! Deixa eu pedir a conta... Vamos para a minha, como queira.

Depois daquela noite, foram os dois hipnotizados um pelo outro, completamente abduzidos por uma energia que não tinha explicação. Os dias começavam e terminavam completamente sem combinar, juntos. Era como se o caminho de um, mesmo pela gigante Nova York, desse sempre no caminho onde o outro estava. Kat, sem perceber, havia parado de chorar pelo ex-noivo. Na verdade, não tinha mais tempo, agora enfrentava longas noites sem dormir e longos dias sem pensar... somente amando. A cidade de repente não parecia mais fria, nem feia, nem ruim... Até as grandes pilhas de lixo nas calçadas da cidade, que eram motivo de rabugice matinal, agora passavam despercebidas, o sol estranhamente brilhava com mais frequência, e tudo estava brilhando; era como se as ruas da cidade inteira tivessem se tornado palco do amor dos dois. Os carros não batiam mais, as crianças não choravam, os moradores de rua não brigavam, os pombos não entravam no caminho na calçada. Não. Agora o colorido tinha tomado o lugar do cinza, da cidade e do coração da menina, que logo na segunda noite de amor continuou a consertar um doloroso erro do passado, mantendo a promessa de não repeti-lo no presente.

Na cama, como de costume, os dois conversavam com o rosto bem perto e com os olhos fixos nos olhos do outro, como era a maneira preferida de passar as horas entre uma sessão de amor e outra.

– Eu sou viciada em olhar nos seus olhos – disse Kat, hipnotizada pela íris de cor caramelo-dourado, quase um tom de amarelo, dos olhos do menino.

– Eu sei! Eu sinto o mesmo! – disse o menino, eufórico. – Quando olho nos seus olhos, tenho a sensação de pertencer a eles – disse, olhando fixamente dentro de cada íris, como se visse a imagem do próprio reflexo. – Quando estou olhando pra eles, tenho a sensação de que não existe mundo lá fora... e de que nada mais importa, o mundo se resume a você.

E, sem medo de revelar o amor dessa vez, um diálogo corajoso tomou lugar dois dias depois que haviam ficado pela primeira vez.

– O que foi? – perguntou o menino.

– Nada... na verdade, eu queria lhe dizer algo – admitiu Kat entre um beijo e outro, debaixo do menino, deitada na mesma cama que, não sabia ela ainda, seria o seu destino de muitas noites futuras.

– O que é? Diga – respondeu o menino, lendo os pensamentos dela, e não só sabendo exatamente o que ela ia dizer, mas compartilhando também do desejo de dizer exatamente a mesma frase.

– Eu te amo.

– Querida... – suspirou o menino, sem conseguir dizer mais nada, abraçando-a em êxtase e ao mesmo tempo com medo. Você sabe, pessoas hoje em dia têm mais medo de amor do que de qualquer outra coisa.

– Eu sei que você é do tipo orgulhoso, e respeito isso. Já entendi que sofreu por amor, e agora prefere não admitir que ama – disse Kat, como sempre corajosa, no que ainda era a segunda noite. – Nós não admitimos o que sentimos para que assim tenhamos uma falsa sensação de controle, e uma satisfação que vem de não estar "descoberto". E tudo bem pra mim você ser assim, o que importa é que se permite sentir e viver o amor, só isso já o torna muito corajoso. Eu já prefiro dizer, porque bem cedo aprendi uma lição na vida: "É melhor ser chamada de louca pelo amor dito, do que perder quem eu amo pelo amor não dito". Depois disso, não importa o que aconteça, sempre que eu sinto amor, eu o expresso em palavras também. Pois tenho paz numa certeza: eu posso nunca mais vê-lo, e posso perder pessoas amadas por outros motivos, mas nunca mais será por covardia de amar.

O garoto ouviu hipnotizado, sem acreditar na honestidade daquelas palavras com as quais se identificou tanto, pois ele mesmo era um que agia com covardia de amar. Resolveu então, num ato de pura coragem e rara impulsividade, colocar em palavras o que sentia.

– Querida, eu te amo. Eu estou completamente, totalmente, loucamente apaixonado por você. Eu não sei mais o que será uma vida fora dessa cama... ou quando você não estiver mais aqui. E isso me assusta muito...

Aquelas palavras assustavam ainda mais a menina, que via o amor como algo trivial e corriqueiro, e que agora estava decidida a fazer o menino entender que na cabeça dela amor nada tinha a ver com monogamia ou exclusividade. Já havia sido comprometida demais, presa demais, e agora só queria a sua liberdade, porém o amor havia acontecido, e não pensava em ter de escolher entre uma coisa e outra.

– Sim, mas você tem de entender, eu não confio em homem... Não acredito em monogamia e lhe digo logo: amo, sim, porém sou dona de mim, e não espere que eu vá ficar só com você, não aceito cobranças e quero deixar claro que eu não pertenço a homem nenhum... E que fique claro também que agora eu não estou em nenhuma condição de ter um relacionamento, ou de atender a cobranças. Virei aqui no dia que puder, quando puder, não falarei ao telefone, odeio telefone... e não vou esperar nada de você também. E não pense que isso mudará em mim, não mudará, acredite. Eu não vou perguntar o que você faz na sua vida pessoal, e também não quero que você me pergunte o que eu faço na minha... Eu viajo muito e no momento a minha alma só almeja liberdade.

E assim foi, a menina mantendo o que havia combinado logo no início, mas o rapaz escolhendo ver só aquilo que lhe era conveniente, e pouco a pouco, silenciosamente, cobrando uma coisa que a menina não estava nem perto de estar pronta para dar. Talvez só se achasse muito corajosa, mas no fundo tinha medo... Não do amor em si, que dava e recebia livremente, sem queixas, mas do compromisso. Não confiava em ninguém, e alguém que não confia não é capaz de se comprometer, então, talvez o que parecia ser liberdade de alma que ia com o vento, feito pipa a voar, nada mais fosse do que uma alma com a asa quebrada pelos maus-tratos da vida e, fragilizada, preferia caminhar por aí ao léu, com uma asa só, a pousar e confiar em que alguém a consertaria.

Os dois pouco conversavam ou saíam, passavam todos os dias em cima da cama na tentativa de assistir a filmes que nunca passavam das primeiras cenas, e depois ficavam indo e vindo no DVD... Na verdade, na tentativa mesmo de entrar um no outro, e com um desejo irrefutável de viver lá para sempre. Kat, por sua vez, usou todas as suas artimanhas de mulher poderosa com um rapaz que era, no fundo, apesar de tudo, apenas um menino, porém não jovem demais para entender o poder da energia e se unir a ela. Então os dois, sem escolha, se renderam. Até que, claro, como é na vida, um dos dois tinha de pisar fora do campo mágico por um segundo, colocar à frente a rasa racionalidade humana e estragar tudo...

O amor é para ser vivido apenas. Não julgado, definido, estudado. Ter motivos ou a falta deles. O amor apenas é. E se algo tão inexplicável e tão divino se fez verdade o suficiente para existir em você, de que vale a dúvida e o estudo humano quando só a Divindade Superior poderia explicar algo tão divino? E explica; a maneira de Deus explicar o amor é fazendo você sentir, já que para os humanos o único jeito de entender Deus muitas vezes é sentindo... Não falamos a mesma língua, por isso palavras são tão mal interpretadas, se tornam muitas vezes pouco usadas nesse relacionamento. Se quer se aproximar de Deus e escutá-lo, preste cada vez mais atenção àquilo que você sente. O sentimento é a linguagem mais pura de Deus.

Quase dois meses depois, em sonho:

Kat se encontra no alto de uma montanha, onde o barulho do vento soa bem forte, porém não se sente nada na pele; faz sol, e a quentura dele também não se sente. No horizonte se veem alpes cobertos de verde, e bem ao longe se veem alguns cobertos de neve. A visão era tão do alto que os desfiladeiros em que Kat se encontrava mais pareciam estar no céu, porém fazia parte de um todo, como se flutuasse e ao mesmo tempo estivesse conectada ao chão.

– Vou ter que deixá-lo – disse para si mesma, virando-se de costas para o horizonte, com os cabelos que voavam em câmera lenta, sem que sentisse o vento na pele.

– Por que fará isso? Pense bem! Você o ama! – respondeu uma segunda Kat, surgindo diante dela, caminhando também em direção ao topo, vestida com a mesma roupa, exatamente com os mesmos acessórios e o cabelo esvoaçante, como se fosse um clone da primeira.

– Sei que o amo, mas não posso! – disse uma terceira Kat, vinda agora de lugar nenhum, apenas surgindo atrás da primeira, como se fosse feita somente de ar e de dúvida, porém parecia de energia pesada.

– Você sabe, não sou confiável! E ele me ama... vê um amor convencional, e eu não sou capaz de amar assim agora. Eu o amo, mas ainda amo o meu ex-noivo também! E se ele voltar? – disse uma quarta Kat.

– E se ele reaparecer!? Com quem ficará? Com ele, com o outro? – indagou uma quinta.

– Com os dois? – a sexta surgiu na discussão.

– Não posso! Partirei o coração dele! – disse a primeira, já chorando.

– Sim! Partirá o coração dele como o seu ex fez com você, e como você fez com todos os outros! É isso que você quer?

– Ele não merece isso! Apenas lhe fez o bem, apenas lhe deu amor até hoje! Não merece ter o coração partido por você!

– Sua mãe está morrendo. Você não está pronta pra isso agora! Precisa de amor, sim, porém de alguém que lhe traga segurança!

– Sim... isso é verdade. Ele é só um menino! Não lhe dará aquilo que precisa!

– Vocês têm razão! Mas e o amor? Eu o amo mais do que

tudo, e agora, como farei? – indagou a primeira no meio das outras, que falavam todas ao mesmo tempo.

– Você não conseguirá ser fiel – disse uma sétima Kat, afirmando a mais polêmica verdade.

– Sim! Não será fiel, pois acaba de se mudar de cidade... E com a iminência da morte de sua mãe, se sentirá sozinha e carente... Procurará por abrigo, por alguém que lhe dê segurança, ou simplesmente um abraço, e quem sabe fisicamente até mais que isso... E os braços dele não estarão aqui para confortá-la. E você fará aquilo que nunca fez antes: mentir, trair e enganar! – disse uma oitava Kat, com uma entonação de voz que fazia com que parecesse mais velha que as outras.

– Não, não! Isso não posso fazer! Não posso mentir! Não conseguiria viver comigo! – respondeu a primeira, em desespero.

– É verdade, não podemos fazer isso! Não podemos! Isso seria a pior coisa, a pior vida! E o pior fim! – diziam todas ao mesmo tempo, com a mão na cabeça, como se estivessem tendo um tipo de surto. – Sim! Seria o pior fim!

Nisso, a montanha começou a tremer fortemente, estava tudo desmoronando. Como prédios em demolição, todas as montanhas no horizonte começaram a implodir, inclusive aquela em que estava. E, com um tremendo susto, Kat acordou.

– Meu Deus!

Suava frio, e agora estava em sua cama em Los Angeles, em uma vida bem diferente em tudo daquela que tinha em Nova York. Até agora o menino já havia resistido a todos os sumiços dela nas mídias sociais, e ela se recusava a fornecer seu número de celular. E durante todos os dias, enquanto ela estava na viagem pela Europa com a mãe e a irmã, e também nos dias em que esteve no Brasil, ele se manteve ao lado do telefone, à espera de uma resposta dela, que quando vinha era seca e malcriada, em razão do estresse por ter de lidar com toda a situação do câncer. Agora ela tentava se desligar de tudo que lhe trazia preocupação, tentava viver uma vida nova, a vida de atriz que tanto sonhara. Ia três vezes por semana à nova escola de cinema em Los Angeles, que não era nem um pouco incrível como era a antiga em Nova York. Depois de alguns dias na cidade, no primeiro teste como atriz, já se deparou com o primeiro dilema envolvendo a vida amorosa.

Um *casting* de atores precisava de meninas bonitas para um comercial de TV que pagaria muito bem. Chegando lá, Kat se deparou com muitas moças e rapazes e uma lista que já passava do número 300. Um rapaz, que devia ser o diretor de *casting,* começava, pela lista, a fazer os pares. Entre as dezenas de meninos havia somente um, um só que era muito bonito e tinha alguma coisa a mais que havia chamado a atenção de Kat.

"Aquele ali, espero que eu caia com aquele ali!", pensou e riu sozinha, sabendo que no meio de tantos meninos as chances seriam mínimas. O rapaz olhou para ela e sorriu, provavelmente pensando a mesma coisa.

– Para os que chegaram agora, é uma improvisação; um casal que se ama muito está completamente apaixonado e conversa no sofá de casa. A primeira cena é de uma briga de casal, a segunda é a reconciliação. O texto está aqui, e os pares são estes: você com você, você com você – e foi olhando os nomes e apontando os pares. – Você com Kat, quem é Kat?

– Sou eu – disse a menina, se aproximando da mesa.

– Você é com este rapaz aqui – disse o homem, apontando exatamente para o rapaz que havia atraído sua atenção.

"Minha nossa!", pensou, e se esforçou para ficar séria. "Tenho de ficar séria e me comportar... Isso é um trabalho, não é a minha vida pessoal!". O rapaz tinha pele e cabelos cor de mel, olhos verde-água e um corpo esculturak, bronzeado, uma beleza de tirar o fôlego.

Os dois foram para um quarto separado e Kat tomava as rédeas da situação para ensaiar a cena, já que o menino era apenas modelo, e não ator. Enquanto ensaiava a cena, que continha beijos, abraços e tensão sexual, ficava nervosa, por estar sentindo a tensão na vida real. E o menino, ao perceber o que acontecia, ria, deixando Kat furiosa.

– O que é? Do que você está rindo? Concentre-se!

Então, entraram na sala, e o diretor adorou a cena. Perguntou se eram namorados na vida real, e disse que parecia que os dois realmente sentiam aquilo que se passava.

– Não – disse Kat de pronto –, é porque eu sou uma boa atriz, e ele ensaiou comigo ali fora. Também estou surpresa e orgulhosa da atuação dele, acho que tem grandes chances de se tornar um bom ator!

Findo o teste, Kat, feliz por ter acabado, foi se dirigindo rapidamente para a porta.

– Ei! Espera! – chamou o menino, correndo na direção dela, colocando a mochila nas costas.

– Oi...

– Você não está com fome? Não vai almoçar?

– Ah, eu... não sei... eu...

– Você tem algum outro teste agora?

– Ah... não... eu... na verdade eu estava indo procurar um lugar pra comer.

– Então vamos juntos! – sugeriu ele. – Eu estou de carro aqui, você tem carro?

– Ah... não... Não tenho, não...

– Então depois te levo em casa, tudo bem? Assim você não gasta dinheiro com transporte.

– Ah, sim... Tudo bem, eu acho.

Em dez minutos no almoço havia percebido que aquele rapaz era tão chato e imaturo quanto era bonito e atraente. Então, resolveu comer rápido, pagar a conta e ir embora. Mas dentro do carro ficou pensando... "e se?".

"E se ele não fosse esnobe e totalmente imaturo? O que eu teria feito, e o que teria acontecido? Meu Deus... Eu não posso fazer isso com o outro. Ele não está pronto para entender tal coisa... É jovem demais, e por mais que eu minta pra mim mesma que ele aceitaria isso numa boa, essa conversa foi acertada há dois meses..." Falando sozinha no caminho de volta para casa, resolveu então ligar para ele e contar o ocorrido, ou melhor, metade dele...

– Alô? Oi, amor! Que saudade de você! – disse Kat, pronta para fazer um teste.

– Ah... oi!

– Então, eu acabei de fazer um teste em que eu tive que beijar um menino...

– O quê? Beijar um menino?

– Sim! Não é uma loucura? E o menino era muito bonito...

– Não me conte isso – interrompeu o menino, já dolorido, do outro lado da linha. – Eu não quero saber... – disse ele, se acalmando.

– Como assim, "não me conte"? É a minha profissão! Você sabe que foi pra isso que vim pra cá. E, por falar nisso, que direito você acha que tem de sentir ciúme? Nós não havíamos combinado que não seríamos exclusivos?

– Sim, mas isso foi dois meses atrás, e eu achei que você já tivesse mudado de ideia... Por quê? Você ficou com alguém aí? Com certeza eu não iria ficar feliz de saber que você está ficando com mais alguém além de mim – disse o menino, já com voz de tristeza.

– Não! Não fiquei – era verdade, até então não tinha ficado, porém estava furiosa por se deparar com a situação mais temida dos últimos meses... Deparar-se com a sua própria verdade, a mais difícil de todas. – Não fiquei, mas não quero me sentir presa! Já havia lhe dito isso antes e não mudei de ideia, não!

Nos dias seguintes, assim como o sonho que havia tido na montanha, sonhos similares aconteciam e aquele mesmo diálogo se passava na vida real. Agora o assunto era discutido também com a mãe:

– Eu terei de ir, mãe, terei de largá-lo. Não consigo lidar com tudo isso sozinha... Não estou pronta, e tenho medo de acabar acontecendo o pior.

– Mas você não o ama?

– Sim... Mas e se isso for só uma artimanha da minha cabeça de jovem? E se nada disso for realmente o que é? E se eu estiver vendo coisas? E tem a questão também de ele ser jovem demais... Não quero me iludir e perder tempo com algo sem futuro... Não... É melhor largá-lo antes que se torne mais sério e eu acabe me tornando uma pessoa que eu não me orgulhe de ser.

– Bem, faça o que achar melhor, então.

Em sonho:

Kat aparecia deitada na própria cama, como se estivesse acordada.

– Ela diz: "Faça o que achar melhor, então". Será que ela sabe que tudo que faço é por ela? Por causa dela? – disse Kat, com raiva.

– Já conversamos sobre isso várias vezes – respondeu a Voz, que vinha de lugar nenhum, pois não se ouvia com os ouvidos, apenas se sentia dentro de si. – Se faz por ela, então não faça.

– Mas como, "não faça"? E o que farei? Deixarei que morra sem assistência e irei viver um romance? Não posso fazer isso!

– E por que não pode?

– Porque não seria certo!

– Mas quem a repreenderá se você não fizer ou fizer isso?

– Ninguém! Ninguém me repreenderá! Não é uma questão de repreender ou não. É uma questão de não me sentir bem. Eu não me sentiria bem fazendo isso!

– Então não faça por ela, faça por você.

– ...

– Tudo que faz nesta vida, faça por você. É pelo seu próprio julgamento que faz, é pelo seu próprio "se sentir bem", e isso nesse caso a beneficia. Mas você jamais pode pensar que se machuca por fazer algo por alguém. Que se prejudicou por fazer algo por alguém. Não, porque você fez por si mesma, fez uma escolha, e essa escolha requer uma renúncia, que nesse caso é o elemento amado... No entanto, até a renúncia você escolheu sozinha. E todo o resto, a renúncia, o menino, o amor por ele, foi e é tudo uma escolha somente sua. Não pode culpá-la. A culpa, aliás, é um sentimento oco.

– Oco?

– Sim. Não evolui para lugar nenhum. Não se desenvolve, é oco. Por isso não deve culpar-se nem a si mesma. Se você não gosta de como se sente, MUDE. Mude tudo, até que a sua realidade lhe agrade. Pois se não gosta dessa situação, deve voltar ao início de tudo, ao que começou tudo isso. Ao âmago do que iniciou a confusão.

– E onde é isso? E como faço isso?

– Você. É você. E como é você o início de tudo de que gosta e não gosta na sua situação de vida sempre, é muito fácil ter êxito. Aliás, só é possível ter êxito em todas as questões da vida porque a resposta, o caminho e a maneira de mudar é e sempre será VOCÊ.

A menina se pôs em silêncio a escutar a Voz, pois aquela conversa muito a interessava. Agora, sentada na cama, só ouvia.

– Você não gosta de onde está agora em sua vida. Se vê desesperada, e, como é costume dos humanos, agora culpa os outros. Culpa a sua mãe por estar doente e precisar de assistência integral, culpa o menino que ama por sentir ciúme e fazê-la sentir-se desconcertada por não se adequar à realidade dele, porém sentiria o mesmo que ele se fosse o contrário... Encontra-se agora perdida na sua própria confusão, de valores e vontades, pois os dois se chocam, porém nenhum serve à sua realidade.

– Sim! Mas essa questão havia sido conversada no início do relacionamento. Nossa, *relacionamento*, não, que nem é, nem nunca foi! Na verdade, não existe nenhum. Foi ele que me fez pensar assim! Eu disse desde o início que não queria nenhum relacionamento.

– As pessoas não deixam de sentir só porque você impõe que não sintam. Ele sente, e da mesma forma que você pensa que não tem "culpa de sentir", porém até o sentimento só acontece porque permitido, e tudo na vida tem um motivo de ser, mas tudo que é também é escolha do humano, consegue entender?

– Espera... acho que não... É tão confuso tudo isso.

– O menino, por sua vez, também a ama, porque por um conjunto de decisões e caminhos tomados nesta vida e em outras ele é atraído por você e vê em você algo que o completa, não em ser, porque o ser já é completo, mas na sensação terrena de sentir-se completo. E era previsto mesmo que isso acontecesse nesse momento, exatamente como aconteceu, como assim é para tudo, mas não significa que a escolha não tenha sido dele, e sua também...

Você o faz ver coisas que ele não via enquanto estava sozinho, porém essas coisas estavam lá. Por isso os dois não têm a necessidade de permanecer juntos, mas sentem que têm, pois escolheram assim, escolheram ver coisas bonitas quando um apareceu para o outro... Essa visão também foi uma questão de escolha, como também poderiam ter feito a mesma escolha e ver as mesmas coisas bonitas mesmo um sem estar na vida do outro. No momento, a escolha de estarem juntos tornou a situação mais conveniente para os dois, até que a situação não seja mais conveniente e um dos dois escolha ver, sentir e pensar outras coisas. É assim que os ditos "relacionamentos" começam e terminam na Terra. Porém as almas continuam a se relacionar para sempre...

A menina estava confusa. A Voz dizia muitas coisas sobre muitos assuntos e era difícil acompanhar tudo. Falava rápido, como se falasse com algo mais capaz do que uma mente humana, talvez um computador ou um dispositivo eletrônico que computasse e gravasse tudo na velocidade da luz, diferentemente das outras vezes em que havia lhe falado. A Voz, como de costume, sentia-se que era de homem, e a sua entonação mudava, assim como o timbre, que ora parecia ser de uma pessoa mais jovem, ora de alguém mais maduro, e às vezes não era possível sentir absolutamente nada além das MENSAGENS, que simplesmente brotavam na mente, sem som.

– Espera... então – disse a menina, tentando diminuir a velocidade da Voz e colocar em ordem os próprios pensamentos antes de continuar, porém ela agora atropelava as perguntas.

– ... Então, se não gosta da situação em que vive hoje – disse a Voz, voltando ao primeiro pensamento da menina, como se acompanhasse aquilo que lhe vinha à mente antes mesmo de o pensamento ser formado –, deve mudar aquilo que é. Apaixonou-se por esse menino específico, por você ser de uma maneira específica. Se não gosta do fato de agora estar em dúvida, se não consegue ver vantagem nem na renúncia, nem na escolha, então deve mudar a maneira de pensar e de ser, tudo do início...

– Mas como posso fazer isso? Não posso voltar no tempo e fazer tudo do início!

– O tempo é só mais uma ilusão. Não existe tempo. O início vai ser onde você escolher que seja. Hoje, agora mesmo, se você decidir que é o início e decidir mudar tudo, assim será, e tudo se fará e se reescreverá de acordo com as novas escolhas. Ao ser humano foi dada a condição de Deus, em que cada um cria a própria vida e tem a capacidade de controlar espaço e tempo. Não o faz porque não acredita, no âmago do ser, que pode fazer. E, se acredita, sente medo da responsabilidade enquanto na condição imensa de Deus. Se você pudesse mudar todo o dito destino, o caminho, para que agora fosse tudo diferente, abriria mão também das maravilhas vividas no último mês? Estaria disposta a abrir mão de viver a felicidade a fim de apagar do caminho agora essa dúvida e essa angústia de decidir? Decidir é um poder tamanho, que todo ser humano gostaria de ter, mas não tem por causa do medo, pois ao mesmo tempo é imensa a responsabilidade, então prefere atribuir essa tarefa a Deus – que, na concepção do humano, é algo acima dele, algo de competência e posição inatingíveis.

Kat acordou mais confusa ainda. Não se lembrava de nada do que tinha sonhado, porém naquele dia inteiro não conseguiu fazer algo simples, que antes fazia com tanta facilidade, que era tomar decisões. Percebeu que algo estava errado, se dando conta de que já fazia tempo que estava com esse problema: não sabia o que decidir. Devia ser porque a vida toda havia decidido coisas se baseando em culpar as pessoas. Dizendo para si mesma que haveria de decidir daquele jeito porque tal pessoa e tal coisa a obrigavam indiretamente a tomar aquela decisão, nada era culpa dela – e, se fosse, rapidamente dava um jeito de mudar o culpado, pois não sabia lidar com a culpa. Agora, no entanto, algo dizia dentro de sua cabeça que não podia mais ser assim; as situações cotidianas, os áudios, os letreiros e estranhamente as vozes das pessoas com as quais cruzava durante o dia diziam o mesmo... Era como se fosse uma sinfonia independente da vontade dos ouvidos, tocava sem parar, e, por mais que tentasse, o inconsciente não conseguia mais silenciar.

"A verdade, quando vem ao conhecimento, não pode mais ser ignorada."

Nos dias seguintes, as ações e o comportamento amoroso do rapaz ficaram ainda mais intensos. E com isso a decisão de acabar tudo com ele foi se tornando cada vez mais iminente. Na verdade, essa decisão já havia sido tomada lá atrás, antes mesmo de tudo ter começado, mas havia sido mascarada por uma necessidade momentânea de amor por causa da carência causada pela ida do noivo e pela constante ideia da perda da mãe. Por isso agora, a cada ligação, a cada mensagem do menino, a cada gesto de amor, a irritação dentro de Kat crescia. Ela já não via mais nada de mágico nem de sobrenatural naquele menino, havia já se esquecido de tudo que tinha sentido no primeiro dia, e em todos os outros que haviam passado juntos. Havia até se esquecido de ser ao menos grata, vendo que sem o menino aquele momento de perda teria sido muito mais doloroso e insuportável, que ele na verdade veio como um anjo para levar embora toda a dor – não, ela não via nada, estava agora totalmente determinada na arrogância de sua decisão, que foi seguida da decisão de mudar de estado. "Cidade nova, tudo novo", era um pensamento antigo que rondava a cabeça da menina desde muito antes de toda aquela história de amor acontecer, ainda vinha da questão do medo de não querer se apegar a ninguém e a nada... Pois na cabeça a certeza de que apego e dor eram a mesma coisa era a única que conhecia.

Tentou então terminar com o menino por telefone várias vezes, e por várias vezes ele não a deixou terminar a frase... Dizia que não queria ouvir aquilo e que ela estava equivocada. Tentou, sim... Tentou terminar, e não terminou de vez porque, nós já sabemos, ultimamente estava com a mania de esperar que as outras pessoas decidissem por ela, a fim de não assumir a responsabilidade. O medo da responsabilidade da decisão já era tanto que ela começava a atender o telefone com rispidez e a dizer coisas que o menino odiava só para ver se ele perdia a admiração e o amor por ela. Pensava: "Se eu consegui fazê-lo se apaixonar por mim, então consigo fazê-lo deixar de gostar de mim também", porém esquecia que a primeira parte da frase havia sido possível justamente por ter acontecido naturalmente, sem forçar... Não era como agora, que desejava algo à força e manipulava outra pessoa para que a ajudasse no seu intento. Havia até mesmo tentado usar a verdade contra ela no meio dessa loucura toda; certo dia, quando o menino estava em Los Angeles, na tentativa de terminar com ele, disse que sentia a necessidade de se casar, de constituir família, pois se a mãe morresse não haveria mais ninguém. Inconscientemente ou não, ela dizia a verdade, porém o resultado não foi o esperado:

– Eu preciso me casar com alguém, ficar noiva, para ter um senso de compromisso como antes. Talvez seja isso que esteja faltando na minha vida agora, para me sentir mais segura e mais feliz – disse a menina, deitada na cama, abraçada ao menino, na expectativa de que ele fosse entender que ali, naquela vida e naqueles planos, não havia mais espaço para ele, por ser jovem demais e conhecê-la havia tão pouco tempo para que fosse possível ser a pessoa a quem ela se referia na hipótese.

– Bem... eu poderia me casar com você – retrucou o menino, sem entender absolutamente nada do que a menina queria dizer com aquela conversa, ou então entendendo bem demais...

– Ahn? Não! Não me referia a você! Digo... Você é jovem demais pra casar. E nos conhecemos há muito pouco tempo! Você só me conhece há dois meses, como pode querer casar comigo?

– Tudo bem, então não casaria... Você tem razão, ainda somos muito jovens e nos conhecemos há muito pouco tempo, mas eu noivaria com você agora, faríamos uma cerimônia e você usaria um anel, você se sentiria mais segura assim?

A menina agora não podia acreditar no que ouvia. O amor dele estava realmente cego. Surpreendia-se com a cegueira dele por não conseguir nem ao menos discernir o que ela tinha acabado de dizer, como também ter proposto casamento. Estava atônita, impressionada, mas ao mesmo tempo também incumbida de achar uma nova desculpa.

– Não! Imagine... você não pode casar comigo... Sejamos realistas, as nossas famílias são diferentes demais! Eu sou modelo e você... bem, você é rico! A sua família pagou colégio interno de príncipe pra você em Londres a vida inteira, imagine você entrando numa sala agora, cheia de lustres de cristal, em que sentados em um sofá de tecido francês estarão seus pais e sua irmã brilhante, e anunciar: "Mãe, pai, estou noivo, e ela é uma modelo de *lingerie*"! Imagine essa cena!

Os dois se puseram a rir.

– Os meus pais não se surpreenderiam. Não comigo! Eu sempre fui rebelde e do contra em tudo. Eles dariam graças a Deus por eu ter arrumado uma mulher tão espetacular quanto você. Ficariam aliviados de verdade, tenho certeza de que eles esperam coisa bem pior do que uma modelo. Porém não importa o que você seja, você é uma pessoa muito digna e extremamente inteligente...

Inteligente, sim, mas não conseguia arrumar uma fórmula para terminar com ele.

– Sim... mas não é só isso! – disse Kat, interrompendo-o. – Você nasceu muito rico, e eu cresci numa favela, não tenho conceito de família ou de cotidiano como o seu. Não teria como dar certo... Na pior das hipóteses, se fosse para me casar com algum rico, eu teria de estar com alguém que cresceu pobre e se tornou rico depois. Só esse tipo de gente sabe dar valor à vida e a tudo que tem, e só esse tipo de gente vai dar certo comigo... Como foi até agora.

Agora ela tinha partido de meias-verdades para verdades inteiras; aquilo era o que ela realmente pensava. Por mais que o amasse, essa era uma das coisas que a levavam a tomar a decisão de não estar mais com ele. Depois de sair da fase hipnótica do amor, durante o dia observava comportamentos dele que julgava arrogantes e pouco solidários, e atribuiu aquilo à sua infância opulenta e a desejos realizados sem luta. E então o comparava ao ex-noivo, que, apesar do sucesso financeiro mundialmente conhecido, havia nascido pobre e enfrentado todas as dificuldades e preconceitos similares àqueles que Kat sofrera, e portanto ele e qualquer outra pessoa com a mesma realidade se tornava automaticamente mais elegível a se casar com ela do que o menino deitado na cama ao seu lado.

E assim continuou diariamente no seu plano de *desapaixonamento*, por meio de esforços para que o menino perdesse a admiração por ela, julgando que assim seria mais fácil decidir e seguir em frente sem ele: "Se ele não me quiser, então não terei escolha, e, sem escolha, sem decisão para tomar". Baseava-se em seus relacionamentos que haviam sido terminados pelos namorados, sofridos por alguns dias e depois seguidos de dias felizes, com a motivação de que a decisão não tinha sido dela. Mesmo que depois de uma semana o namorado voltasse arrependido e com o coração sangrando, não importava, o importante era que a decisão não tivesse sido dela, e por isso poderia ser jogada na cara e usada para causar dor e arrependimento quantas vezes fosse requisitada, para seu próprio prazer sem sentido.

Por isso agora sentia tanto medo, medo de que fizessem com ela o que fez com os outros a vida toda. Na verdade, não era uma questão de carma; não se atinha ao carma quando sentia medo, mas sim à questão de que só sentia medo porque havia feito o mesmo com os outros. Só sabia porque já havia praticado, e agora, inconscientemente, se via no lugar do vilão em vez de injustiçada. E esse novo lugar que ocupava agora não era uma posição nada fácil. Na última tentativa desesperada já fizera um jogo sujo, porém pouco egoísta. Rebaixava-se a tudo que o menino não gostava. Lembrava-se vagamente de que ele tinha problema quando ela dizia que só gostava de homens mais velhos, então se pôs a dizer isso diariamente ao telefone, que precisava de um homem mais velho, porque ele não teria a maturidade da qual ela precisava agora.

Fazia coisas desse tipo, sem pensar nem um pouco no dano que aquilo poderia causar ao menino. Dizia meias-verdades misturadas com coisas absurdas, como quando afirmou que não podia ir visitá-lo porque não teria dinheiro para comprar um bilhete aéreo de primeira classe, no que ele se ofereceu para pagar; ela então retrucou que só iria se fosse com a passagem mais cara, querendo que ele pensasse que ela era algum tipo de mercenária; "assim talvez pare de me amar e me deixe em paz".

    Mas em paz pra viver o quê? Não era bem do caos que ela fugia, e sim da responsabilidade de ser o objeto de amor de alguém. Estava acostumada a controlar tudo, até o amor, sentido sempre que conveniente, depois era dado livremente e então tomado, como se nunca tivesse existido. Estava acostumada a ser odiada por quase todo mundo; ninguém entendia o seu jeito, e só a amavam enquanto estavam usufruindo dos encantos da energia de amor que possuía, e, quando era tomado, o amor se transformava em ódio – então ela se lamentava por não ser verdadeiramente amada por ninguém. No entanto, o que não sabia era que, no fundo, ser odiada era mais conveniente do que ser amada. Ser odiada era confortável, era fácil lutar com alguém que a odiava, mas o amor era difícil; no amor não havia hierarquia nem jogo de poder, então como poderia se sentir confortável em meio a tal coisa? Dizia que o amor era tudo que queria, que era viciada em sentir amor, mas a verdade é que o amor puro e verdadeiro ia contra a sua natureza da época. E agora, pela primeira vez em que amava e era amada com sucesso, não sabia lidar com aquilo, não sabia lidar com a cumplicidade, com a simplicidade do amor, e procurava defeito em tudo, motivo em tudo para que acabasse. O sentimento era grande demais, forte demais, incontrolável demais para ser permitido, por isso decidiu que deveria ser aniquilado, já que desde menina era acostumada a viver na ausência dele e assim tinha aprendido a viver, a se sustentar sobre as duas pernas.

    Não aceitava, mesmo que inconscientemente, a ideia de um menino de 22 anos de idade vir e acabar com tudo, vir e desconstruir tudo em que ela acreditava, vir e quebrar todas as paredes que ela tinha construído com esmero até ali... Daria trabalho demais construir tudo de novo – só que dessa vez no amor –, não estava pronta. Reclamava de uma vida sem amor desde sempre, porém não estava pronta para ter uma baseada nele e não entendia isso. Sabotava tudo, fazia de tudo, manipulava tudo que fosse preciso para que aquela sua realidade de maldição reconfortante não fosse abalada. Queixava-se do choro, porém ele era familiar. Sofria com as dificuldades, porém elas já eram conhecidas; havia uma certa conveniência em não ter o que queria, uma certa "paz", uma certa segurança. Ao menos no fim do dia saberia por que choraria, e quando os problemas aflorassem saberia em que colocaria a culpa – "na falta de amor", é claro. Mas se agora tivesse amor, como seria? Em que colocaria a culpa, de que choraria, então?

Isso tudo era o que acontecia, mas a menina não sabia que todos aqueles fragmentos de profundas verdades de vida exclusivas daquele ser se traduziam num grande mosaico de dúvidas no oráculo da mente. Na verdade, dúvida não existia, nunca existiu; o que ela via como dúvida era só o entendimento dela, que não conseguia interpretar a verdade ou não queria vê-la...

Semanas depois, agora já havia tentado terminar com o menino ao vivo e por telefone inúmeras vezes. Meio sem pensar, ligou para marcar uma viagem com ele.

– Eu tenho pensado... Por que não nos vemos em algum lugar que não seja aí nem aqui? Algum lugar intermediário – disse ao telefone, atendo-se ao fato de que os dois estavam separados por seis horas de voo.

– No meio do caminho, você diz?

– Sim... olhe no mapa e veja onde fica o meio do caminho entre Nova York e Los Angeles.

– Querida, no meio do caminho haverá um deserto, provavelmente...

Entre os dois havia o mesmo, um deserto de desigualdade de sentimentos e desejos, que no início já tinham estado totalmente equiparados entre um e outro; agora a comparação era impossível. O menino agia por amor, já a menina agia por impulso. Sentia-se sozinha e queria alguém para passar o fim de semana, "que fosse ele, então", pensou. Precisava se desligar um pouco de tudo.

– No meio não tem nenhum lugar legal que valha a pena ir... – disse o menino do outro lado da linha, olhando o mapa. – Espere, tem Chicago! Chicago é uma cidade incrível, com várias coisas pra fazer, podemos ir pra lá.

– Chicago não é bem mais perto de Nova York do que daqui? Aí não vale! Isso não é meio! Eu disse no meio!

– Não... dá três horas de voo pra cada um – mentiu ele. – Além do mais, no meio não há mais nenhum lugar legal! Vamos pra Chicago!

– Humm, bem, tudo bem. Chicago, então.

Em Chicago tudo era perfeito. O único problema estava no amor do rapaz, que insistia em ser demais, e não deixava que a menina seguisse com o seu plano de "usá-lo somente em horas convenientes" sem se sentir culpada. Durante o primeiro dia dos dois que passaria lá, ela se divertiu com ele, fazendo tudo que queria. Diversão total ao gosto de Kat: foram ao parque e andaram na famosa roda-gigante de Chicago; ao minigolfe; ao fliperama; jogaram todos os tipos de jogos possíveis e, como de costume quando estavam juntos, beberam muito, até que o amor e o sono tomaram conta. No dia seguinte, mais do mesmo, com a diferença de que a convivência agora já começava a se tornar um pouco cansativa, por causa da divergência de intenções. A menina já começava a reclamar de tanta demonstração de afeto e a se sentir sufocada e pressionada. Foi quando, finalmente, na segunda noite, lá pelas dez horas, depois de terminar a primeira garrafa de vinho, o menino fez o primeiro comentário contrário à opinião dela em todo aquele tempo de convivência.

No meio de uma conversa sobre vida social, o rapaz soltou a frase "você não tem amigos". Perante os fatos, aquela frase tinha alto poder ofensivo; mesmo que a intenção não tivesse sido essa, a menina não queria saber, e começou uma briga com direito a ofensas pesadíssimas.

Como havia ido decidida a terminar o namoro, e a intenção continuava a mesma, o menino servia de válvula de escape para tudo; se quisesse sentir amor, era amor, e agora que queria sentir raiva, ele foi alvo de toda a sua raiva. Até que soltou:

– Sabe, precisamos mesmo terminar, eu já não posso mais com a sua imaturidade!

É certo que achava o rapaz imaturo, mas não era a verdade daquele momento.

Quando ela disse isso, ele calmamente começou a se defender, e a defender o amor, como havia feito outras vezes, mas a menina estava agora decidida a terminar o que havia começado.

– Não! – gritou ela. – Você não entende, não entende tudo que está acontecendo dentro de mim!

– Querida, por favor, não fale assim. Eu vou consertar tudo, eu vou resolver tudo! O que aflige você? Por favor, me diga, e eu a ajudarei.

Kat não tinha nada a dizer, porque não havia nada naquele mundo que ele já não tivesse feito de maravilhoso para ela e para tornar os dias dela mais felizes. Ele não entendia que era ele em si, o amor dele, e que isso gerava dúvidas, perguntas e desejos nela antes jamais sentidos, enquanto do outro lado a sua mãe morria. Ela não podia se permitir toda aquela felicidade justamente agora, toda aquela alegria, se pelo fato de a mãe estar morrendo tudo que ela mais queria era odiar o mundo! E ele não entendia, não a deixava odiar o mundo; não era possível com ele sempre amoroso, sempre gentil e bondoso, fazendo tudo que lhe agradava.

E ainda havia essa questão, "por que ele, então?". Já que

era para alguém amá-la tão profundamente assim, por que ele e não o noivo, aquele que ela julgava ser a pessoa certa para estar com ela para o resto da vida, aquele que realmente era o seu destino, pensava, por que não ele? Todo aquele amor com a pessoa errada a deixava furiosa! Não era para ser assim, pensava. Estava tudo errado, tudo errado! Para ela estava. Não havia nem tido tempo de odiar a si mesma sem o taurino ao seu lado. A sua certeza de que era a mulher mais feia e mais indesejável do mundo, que tinha vindo com o término do noivado, começava a se fazer dúvida dentro da cabeça com tantos paparicos do taurino, porque, se ela fosse a mulher mais feia e indesejável, por que ele a desejava tão loucamente? E, se não fosse, essa hipótese seria ainda mais assustadora, pois não poderia atribuir a isso o fim do noivado, e o ex a teria largado sem motivo.

Ela não podia deixar que todas essas dúvidas tomassem conta de sua cabeça e permitir o amor do taurino. Engajar-se em um relacionamento com ele seria desistir para sempre da esperança de que haveria volta com o ex-noivo. E esse pensamento, por mais improvável que fosse, ainda era a única coisa que a mantinha em pé. Então, por esse e por todos os outros fantasmas que a rondavam, a mente dizia não, não a esse relacionamento que estava proibido de existir. Teria de matá-lo antes que ela admitisse que ele existia, antes que ela se pusesse a pensar no presente. Ele agora ficara real demais e a trazia para o presente, enquanto tudo que ela almejava estava no passado. Não aceitava aquele presente, por mais mágico que fosse; simplesmente escolhia não ver, pois a sua mente mimada de menina não via que o que lhe estava sendo dado era tão ou mais maravilhoso do que aquilo que queria.

– Não! Eu sinto muito, não posso ficar com você!

Já eram quase 5 da manhã e o menino havia caído em prantos, de pé ao lado da janela do quarto. Ela, exausta de tanta briga e zonza de tanto pensar, também começara a chorar.

– Meu amor – disse o rapaz, se aproximando da cama novamente e sentando-se diante da menina. – Não chore. Por que você está chorando?

– Meu Deus, o seu rosto – disse a menina, só então se dando conta de que ele havia passado muito tempo chorando. – Eu não sei o que dizer, apenas quero dizer que te amo demais, e peço que um dia me perdoe pela minha decisão de agora.

Dito isso, os dois caíram num choro tão doído que nenhuma palavra podia ser dita. Os dois choravam, olhando um para o outro e com a mão no rosto um do outro, até que o menino, entre soluços, conseguiu formular algumas frases:

– Tudo que você disse, meu amor, é verdade. Eu nunca lhe disse e nunca ia lhe dizer, mas desde que a conheci uma coisa estranha tomou conta de mim, como se fosse um tipo de hipnose, uma obsessão por você; não consigo fazer mais nada na minha vida desde que a conheci a não ser pensar em você. Por isso, tudo que eu tinha, a minha empresa, os meus negócios, que eu tanto lutei para conseguir, estava indo por água abaixo.

Enquanto ele dizia isso, a dor dentro de Kat crescia, pois, finalmente, tanto ela fez, que a sua manipulação havia de certa forma dado certo – ela havia convencido o menino de que o amor era algo a se escolher entre conveniência e não conveniência, e, baseada nisso, demonstrou ser inconveniente, convencendo o rapaz de que era melhor para ele estar sem ela.

– Eu sei disso... – continuou o menino. – Eu me pus a pensar e tudo que você disse é verdade, e eu sei que a decisão certa é terminarmos, mas... – ao dizer isso, o peito do menino foi tomado por um sentimento de puro sofrimento e a mente não conseguia expor nada além das palavras mais verdadeiras que já tinham saído de sua boca. – Mas... quando olho pra você... – dizia entre um soluço e outro – ... não consigo nem cogitar uma vida sem você. Não me sinto capaz de forma alguma de me imaginar sem você. Todo o resto perde o sentido...

– Eu sei, meu amor, eu sei, e eu sinto tanto! – interrompeu a menina, chorando muito, acariciando o rosto do rapaz e enxugando as lágrimas dele, como se não aguentasse escutar aquelas palavras.

– ... quando olho pra você, o amor é mais forte do que eu, mais forte do que a razão, mais forte do que tudo... o trabalho, os negócios... tudo perde o sentido. Mas a sua decisão foi certa. Você, como sempre, está certa em tudo aquilo que faz, tem imensa sabedoria na decisão, e sabe melhor do que eu o que está fazendo. Você está certa, está agindo com a razão, como eu sempre agi e como deve ser. O errado sou eu... O meu voo sai em algumas horas, é melhor eu ir. Já estava indo...

– Não! Não, por favor, não vá! Eu não quero ficar aqui neste quarto de hotel sozinha! É triste demais...

– Mas, querida, nós estamos terminando, daqui pra frente você estará sempre sozinha... ou pelo menos sem mim – disse isso e as lágrimas escorriam pelo rosto dos dois sem esforço e sem vergonha, como se fosse um rio que apenas corre, sem ter a intenção de provar nada a ninguém e sem ter a escolha de se importar com que alguém os julgasse.

Os dois voos saíam praticamente no mesmo horário, com uma diferença de dez minutos entre eles. Os dois, liderados por Kat, pegaram o mesmo carro, e, como de costume, foram abraçados o caminho inteiro até o aeroporto, com o coração em pedaços, mas como se todas aquelas horas de briga junto com o álcool das três garrafas de vinho consumidas na noite passada, ainda sem dormir, tivessem sido apagadas, lavadas pelo rio de lágrimas que havia passado.

Quando chegaram ao aeroporto, já atrasados, cada um correu para encontrar o seu voo e ao mesmo tempo sem querer largar um do outro. Então, ao chegar ao portão de embarque, se deram conta de que os voos saíam quase do mesmo lugar, um portão colado ao outro, e as duas filas já formadas se cruzavam. Os dois, tomados pelo pânico de ficar um sem o outro, repararam em mais aquela coincidência, mas nada disseram. Foi quando um tremendo desespero no peito tomou conta de Kat, uma sensação como aquela que precede um desmaio, não sabia o que estava acontecendo, mas saiu de seu lugar na fila e, chegando com o rosto bem perto do dele, puxou-o um pouco para fora da fila e sussurrou:

– Eu tenho uma ideia! Vamos casar!

– Ahn?! O que você quer dizer com isso?

– É exatamente isso que você ouviu. Em vez de voltarmos pra casa, vamos pegar o próximo voo pra Vegas e casar lá, antes que a razão tome conta da nossa cabeça de novo – disse a menina, desesperada, totalmente desprovida de razão, num impulso, talvez o último de sua vida. Não se importava mais com a consequência, a dor era forte demais e ela tinha que dar aquela última chance, aquela última escolha, e mais uma vez, é claro, passar a escolha para ele, pois, se o rapaz não aceitasse a proposta, ela voltaria para Los Angeles e seguiria a sua vida, sabendo que ele havia tido a chance de mudar o destino e não o fez.

– Agora?

– Sim, agora, vamos os dois pra Vegas e casamos lá!

O menino deu um largo sorriso de felicidade e no fundo da alma disse que sim. Também não queria se importar com nada, a essa altura tudo que ele realmente queria era ter a certeza de que, independente do que acontecesse, aquele amor seria para sempre.

– É sério o que você está dizendo? Digo, não é mais uma das suas brincadeiras, não é? Você entende o que é um casamento, não é mesmo? Um casamento é pra sempre e você não poderá mais terminar comigo!

– Sim, sim! É exatamente por isso! Se eu voltar pra Los Angeles, todas as dúvidas tomarão conta da minha cabeça de novo e eu não saberei o que fazer, porém agora sei o que fazer e sei que a decisão que eu tinha tomado há pouco não estava certa. Sei aqui e agora que o meu lugar é com você, sei porque sinto! Mas tenho medo, estou com muito medo do amor e por isso fujo, mas, se não puder mais fugir, então o caminho certo será feito.

Ele sorriu e disse que sim, que aquilo era tudo que ele mais queria, e cogitou sair da fila para ver qual seria o próximo voo para Las Vegas. No entanto, alguns minutos depois se lembrou dos compromissos.

– Espera, eu não posso ir agora, tenho uma audiência em Nova York em algumas horas, tenho de voltar.

– Meu Deus, é verdade! E eu tenho um compromisso com a agência agora de manhã. Se eu não chegar hoje eles me mandam embora, depois de toda a confusão que eu tenho causado e das minhas faltas...

E os dois, se entreolhando, começaram a pensar no exato motivo que os havia feito chorar tanto na noite passada. Até então, no entendimento deles, havia sido essa obsessão, e a mudança de planos contínua por causa um do outro, que só havia causado prejuízos profissionais a ambos nos últimos meses.

– Mas, então, o que faremos? Eu não posso desistir de você! – disse a menina, já sabendo que se pegasse aquele avião sozinha o seu destino seria não vê-lo mais.

– Não precisamos desistir um do outro. Vamos pegar esse voo agora, eu vou pra NY e você pra LA, cumprimos nossos compromissos. E no próximo fim de semana voamos pra Vegas e nos casamos, só eu e você!

– Mas... – disse Kat, sabendo que se pegasse aquele voo o seu destino longe dele estaria selado e decidido. – Sim, meu amor... você tem razão... como quiser. Tem certeza de que prefere arriscar?

– Do que você está falando? Não estamos arriscando nada. Só mais uma semana, em uma semana casamos!

– Tudo bem, tudo bem... – disse Kat, tentando tranquilizá--lo, mas já sabendo que aquilo não se realizaria. Aquela havia sido mesmo a última chance ao coração, e a razão tomou conta assim que os pés tocaram o piso do avião de volta pra casa.

"A cada pequena decisão que tomamos, uma grande coisa no nosso futuro é mudada..."

11

Experimentando o inferno pela segunda vez

As semanas seguintes foram as mais difíceis da vida de Kat. Tentava se concentrar na mãe, não sofrer pela perda cada vez mais evidente do noivo, e agora já ignorava completamente todas as mensagens e ligações do taurino. Ele, já sem saber o que dizer, apenas ligava incessantemente e, quando era atendido – rudemente –, apenas se calava. Não queria dizer nada, apenas estar presente de alguma forma. Um dia, no entanto, ele disse uma frase que fez Kat pensar bastante, não naquele momento, mas no futuro. Foi mais uma pergunta, um gemido de sofrimento, do que uma frase; ao telefone, depois de perder as forças tentando convencer a menina a reatar, e desistir de tudo, ao ver que ela estava irredutível em sua decisão, ele disse: "Como você pode decidir algo assim tão sério", referindo-se ao fato de ela ir embora da vida dele, "totalmente sem a minha participação?... Não é justo... É a minha vida também que você está mudando drasticamente".

Eram palavras tão ingênuas de menino, e ao mesmo tempo tão sábias, em que Kat nunca havia pensado antes... É verdade, ela já havia partido vários corações como aquele, já havia feito isso tantas vezes que já tinha perdido a noção de que eram corações, vidas, seres humanos que, assim como ela, também buscavam apenas ser felizes, e, assim como ela, sofriam a mesma dor, a mesma angústia. Kat até então não tinha visto dessa forma. Era como se os homens fossem seres à parte; era egoísta demais, arrogante demais, ou talvez medrosa demais para enxergar o mal que fazia a cada um deles, e que não parava por ali – suas ações feriam e influenciavam a vida e o comportamento daqueles homens por muitos anos... Assim como o comportamento de seu pai e do primeiro homem que lhe tinha partido o coração havia influenciado o seu. Porém, seja lá de quem fosse a "culpa", com certeza não era daquele menino, mas ela, sem enxergar isso, continuava a se vingar, como se todos os homens pagassem indefinidamente por esses dois malfeitores.

Por causa da dor e da depressão que tomavam conta da casa, do corpo e da vida da menina, ela resolveu começar a procurar "ajuda espiritual". A diretora da escola em Nova York, ao perceber seu problema de saúde, um dia a aconselhou, quando chegasse a Los Angeles, a procurar uma curandeira espiritual muito famosa, que havia sido uma amiga de infância.

Desde criança, quando costumava frequentar com a avó esses lugares de curas sobrenaturais, Kat havia se afastado desse tipo de método. Achava melhor assim, confiava na sua força e se considerava capaz de se curar de tudo sozinha, e esse era o motivo pelo qual também não procurava psicólogos. A essa altura, no entanto, estava desesperada, já não sabia mais o que fazer. A tristeza e o sono tomavam conta de tudo, e qualquer atividade comum virava um martírio; até tomar banho e comer haviam se tornado uma dificuldade. Então, poucas semanas depois, Kat já tinha cinco profissionais "tomando conta" dela, entre curandeiros espirituais, que tratavam o emocional e amenizavam as dores no peito, e psicólogos, sem falar nos médicos infectologistas, que já faziam parte do seu dia a dia por causa do problema no peito.

Os tratamentos espirituais no seio com o curandeiro mexicano – muito famoso em Hollywood por curar câncer e doenças sem cura – realmente funcionaram muito para a dor. Com a depressão, a doença já ia tomando conta do corpo, e a bactéria se fortalecia. Já a curandeira, de origem americana, mais velha, disse-lhe que devia se reconectar a Jesus. Dizia que era uma força muito grande de que Kat, sem perceber, havia se afastado. Kat já não rezava mais, e a curandeira a fez acender uma vela e pedir proteção a Jesus todos os dias, o que foi uma missão muito mais difícil do que imaginava. Kat nunca havia pedido nada a ninguém, muito menos a Deus ou a Jesus. Tirando as vezes na infância em que havia pedido para morrer, nunca antes ou depois havia pedido nada, pelo menos não consciente e acordada, na Terra. Achava-se forte demais e sortuda demais, apesar do que todos em volta diziam, que ela parecia ser a pessoa mais azarada do mundo.

Ela tinha aprendido a só agradecer. E atribuía todo o seu sucesso até ali à cultura de agradecimento diário que havia adotado já havia anos. Agradecia por tudo que se lembrasse logo que abria os olhos, pela manhã, e depois por meia hora antes de dormir. Por isso, pedir ia contra as suas crenças; tinha medo de pedir e parecer ingrata perante Deus, que já tinha lhe dado muito. Porém, a mulher achava que no caso dela havia uma porção de cura no ato de pedir. Estava aí de novo disfarçado o medo de depender... A mulher, logo na primeira sessão, havia entendido que Kat tinha uma fobia, disfarçada de força, de depender de qualquer pessoa, e por isso provia sem cessar. Preferia ser sempre a provedora, incessantemente, por mais que isso a cansasse e a estressasse, a depender de qualquer coisa ou pessoa. Mesmo que essa "coisa" fosse Deus. Havia frequentado todas as religiões e se rendido a todas inteiramente, por um curto período de tempo, da macumba ao evangelismo. Comunicava-se com a Lua e praticava diariamente alguns dos mandamentos do budismo. Acreditava que só por meio da caridade viria a salvação do ser, porém não se prendia a nada e não dependia de nada, e, apesar de rezar o pai-nosso todas as noites, e sempre que sentisse medo de espíritos, por costume e ainda por um resquício de retidão e disciplina implantadas pela mãe, a fé católica tão presente durante toda a vida foi sendo aos poucos deixada de lado. E, nessa fase de depressão profunda, havia meses nem rezava o pai-nosso, nem meditava, nem agradecia. Além da caridade e de doar o seu dinheiro diariamente, como acreditava que deveria fazer, não fazia mais nada.

– Por que você deve dar todo o seu dinheiro? – perguntou a curandeira.

– Porque devo! Porque assim acredito!

E, depois de quase uma hora fazendo a mesma pergunta e recebendo basicamente a mesma resposta, a mulher resolveu dizer:

– Acho que existe uma parcela de culpa aí nessa doação exagerada.

– Culpa?

– Sim... Por algum motivo você acha que não merece esse dinheiro, então, sem freio, sai doando o seu dinheiro na rua, pra todo mundo... De certa forma isso faz com que se sinta bem, mas pelos motivos errados. Na verdade, sente-se bem, e ao mesmo tempo não, pois é um ato que não a está curando em nada. Você acendeu as velas pra Jesus, como lhe disse?

– Sim! Acendi, todos os dias, como me mandou fazer.

– E você pediu por proteção?

– Pedir... Então, não me leve a mal, não é por falta de confiar no que você diz... Eu tentei, mas não consigo! Eu sinto muito, não consigo pedir.

– Você não pediu!? Eu não acredito! Você precisa pedir! Deve!

E a curandeira se pôs a explicar, sem falar o motivo de tamanha necessidade, mas tentando convencer a menina de que aquilo de certa forma a curaria, se não totalmente, ao menos seria o início da cura.

– Hoje mesmo, hoje à noite você fará isso! Me prometa! Faça por mim! Por favor, se não por você, por mim, e depois que fizer você vai me mandar uma mensagem me contando, não importa a hora, vou ficar acordada esperando a mensagem.

Ao chegar em casa, Kat acendeu a vela, como já havia feito várias vezes. Pôs-se de joelhos na frente da vela, e, como se uma força maior criasse um bloqueio, tentava e não conseguia pedir. Ficou de joelhos por mais de meia hora, tentando, e as palavras simplesmente não saíam. Então resolveu rezar, e mais uma vez agradecer e pedir proteção aos familiares, aos gatos, à mãe, como sempre fazia, mas, quando chegava a hora de pedir para ela mesma, as palavras não saíam. Não entendia por que, sentia-se idiota, estava confusa, por que aquilo era tão importante? E começou a ficar com raiva; por que deveria fazer algo que não consegia? E começou até a pensar que a mulher estava debochando dela.

O fato é que estava fazendo as perguntas erradas. A questão não era por que aquilo era tão importante, e sim por que uma frase em particular, para alguém que era atriz e já havia dito todas as frases do mundo, a incomodava tanto. Havia um bloqueio e nem sabia disso. Mas o que a mulher dizia tinha muito fundamento: pedir ajuda seria admitir que precisava de ajuda, e aquilo seria a morte para a menina, seria assinar um contrato de humana, admitir que não era invencível e que não estava acima de tudo, como havia se achado até então, e acreditava que aquela certeza era a única coisa que a mantinha forte. Porém, apesar de mantê-la de pé, carregando-a nos ombros, ia na direção errada, e por isso adoecia.

Conforme a vela queimava, a posição em que se achava agora já começava a incomodar. Apesar de estar ajoelhada em um travesseiro, o corpo inteiro já começava a doer, então, vencida pelo cansaço, e num ato de coragem misturado com raiva, resolveu pedir:

– Deus... Jesus... Eu ... quero pedir proteção... pra... mim...

Foi como se uma barragem de dor acabasse de ser abruptamente rompida. Os joelhos não aguentaram o peso da dor e a menina caiu sentada no chão, chorando muito. Depois de retomar o fôlego, ela se colocou de novo de joelhos e começou a frase de novo, e fez isso três vezes, até que os joelhos não pudessem mais sustentar o peso do corpo. Ela se pôs a chorar um choro sofrido, de palavras de redenção, e, admitindo que não podia mais com tanta dor, pensou ter tido visões de sombras que passavam voando ao redor de seu corpo. Entretida que estava na reza, não deu importância às primeiras sombras, porém depois de um minuto viu mais duas. Abriu os olhos com força, como se quisesse abrir caminho entre as grossas lágrimas para fazer a visão passar, pensando que as sombras talvez fossem produzidas pela luz da vela somada às lágrimas. Mas sentiu um frio no corpo, e um silêncio sepulcral tomou conta do ambiente. A menina, com medo, decidiu continuar rezando e pediu proteção mais uma vez, de olhos fechados, e pediu fortemente, até que a sensação de frio passasse.

No dia seguinte, contou à mulher que havia feito como ela dissera, mas não lhe contou nenhum detalhe. Nem precisava; assim que ela entrou na sala, a curandeira percebeu. Disse à menina que sabia que ela havia feito o pedido, e que deveria pedir todos os dias, cada vez mais, para que "Jesus a protegesse agora não só dos espíritos vivos, mas dos maus espíritos que a rondavam".

Cada profissional espiritual que a ajudava contribuía para o seu crescimento de forma única e maravilhosa, melhorando todos os aspectos de sua vida que precisavam ser trabalhados. Eles não só faziam rituais de cura com fogo, ervas e velas, como também explicavam a ela o porquê de cada coisa acontecer. Além disso, eles eram usados constantemente pela "Voz" para que repetissem coisas que ela havia dito à menina em sonho, e isso a ajudava a se colocar cada vez mais no caminho certo. No entanto, apesar de a depressão não ter piorado, a vontade de viver, comer, socializar, e até de tomar banho continuava nula. Agora a única coisa que a menina fazia era frequentar a casa de seus curandeiros. Sentia-se muito bem na presença deles, era como se fossem anjos de luz, que lhe davam conselhos e amor ao mesmo tempo. Ao sair de lá, porém, sentia-se muito mal, tonta, e às vezes até vomitava; ficava de cama e não conseguia entender o que acontecia, o que a tornava cada vez mais dependente dos tratamentos.

Os profissionais hipnoterapeutas, que também eram psicólogos, apenas diziam que nada havia de errado com ela, e ficavam surpresos, na verdade, com tamanha força e altruísmo. Achavam-na extremamente inteligente e bondosa, atribuindo também a depressão ao fato de não receber nada em troca por sua extrema caridade – mas haviam atestado que a menina na verdade não esperava nada em troca, então não sabiam bem o que fazer. Só lhe diziam que ela não precisava de tratamento por não haver nenhum problema diagnosticável, que apenas deveria aceitar a dor que estava sentindo pela situação com a mãe e entender que passaria. Faziam tratamentos de hipnose para que se sentisse mais em paz e conseguisse dormir melhor – ao contrário dos curandeiros, não eram tão contra o vinho que a menina tomava, nem contra os remédios para dormir, que a essa altura tinham voltado com toda a força à vida dela. Havia semanas que era só o que ela fazia: dormia o tempo inteiro, dopada pelos remédios, e esperava chegar o dia da semana em que ia se tratar com os "médicos".

Uma certa noite, voltando de madrugada e bêbada pela Hollywood Boulevard, os dois conhecidos que a acompanhavam, atores, colegas de classe da escola de Nova York que estavam na cidade, fizeram-na entrar em uma casa de vidente que ficava aberta 24 horas. Kat não queria, havia sempre sido contra videntes, não por não acreditar no poder deles, mas por acreditar demais e ter medo de dar a sua vida e a sua energia na mão de qualquer humano. Não confiava, e havia dito que não, porém os amigos insistiram e lá foi ela.

A quiromante tinha aparência de uns 19 anos; outras duas mulheres pegaram os amigos e foram cada um para um quarto. Kat foi levada para a varanda da casa, e a mulher começou a ler a sua mão direita, dizendo fatos incrivelmente verdadeiros e até alguns segredos da vida da menina que ninguém sabia, só ela. Aquilo a deixou apavorada, porém curiosa; a mulher disse coisas que ela não podia nem mesmo confirmar, pois sentia vergonha de dizer que eram verdade... A mulher também falava rápido e não esperava por aprovação ou negação. Até que em determinado momento ela ficou em silêncio, com o rosto virado para o lado, então voltou-se para a menina e disse:

– Há um homem, um homem bem mais velho, ele reza ajoelhado no chão próximo à cama, beija a cruz que está em seu pescoço e lhe manda beijar a cruz também... Agora mesmo esse homem está fazendo esse ritual... Ele faz isso todas as noites... Reza por você e lhe manda beijar a cruz, como se você estivesse ali ao lado dele. Esse homem a ama muito... Sinto muito amor, amor puro dele para você... Ele não é seu pai nesta vida, porém o seu amor é grande e puro como de um pai. Ele lhe quer muito bem e a ama muito.

Aquelas palavras entraram como um tiro no coração de Kat, e ao mesmo tempo como um conforto, já que, de tudo que a mulher havia falado, aquela cena, aquele ritual feito pelo ex-noivo todas as noites em que estiveram juntos e também ao telefone, era uma das imagens mais profundas e mais queridas que haviam restado dele. Essa mulher também alertou Kat sobre os males espirituais da bebida alcoólica. Disse que, a despeito de qualquer coisa que lhe acontecesse, ela não deveria beber. Absolutamente nada, nem uma gota de álcool, nem usar nenhum tipo de droga, nem maconha, e que aquilo era muito importante, que ela não deveria desobedecer. Kat prometeu que não beberia, mas sabia que mentia, já havia se tornado um vício e já não conseguia se livrar dele, especialmente naqueles dias, que já se tornavam semanas e, sem perceber, meses, de dor e inércia possuída pelo espírito da tristeza.

Usada pela Voz, a diretora da escola de cinema em Nova York aconselhou-a a comprar um livro. Kat comprou o livro em áudio *Você pode curar sua vida*, de Louise Hay, que afirma que determinados hábitos diários, ao serem postos em prática, indiretamente trazem a cura para qualquer doença, dor e tristeza.

A diretora da escola de cinema, que também era a dona e fundadora da que é considerada até hoje uma das melhores escolas preparadoras de atores do mundo, era uma mulher negra, de cabelos longos, extremamente forte, de estatura baixa e voz predominante. Já passava dos seus 60 anos, e, apesar de nunca ter discutido sobre isso com os alunos, parecia ser médium e grande tradutora da Voz. Ao terminar de ver a *performance* individual dos atores, como fazia duas vezes por semana, falava, da plateia, coisas de que os médiuns e videntes mais experientes sentiriam inveja. Dava grandes conselhos de vida, apenas com uma palavra, ou no máximo uma frase, que tinha sempre a ver com a vida pessoal "oculta" de cada profissional, aquela que nenhum de nós expõe, às vezes nem para nós mesmos. Ninguém na plateia, entre os alunos e professores que assistiam à apresentação na presença da diretora, entendia nada do que ela falava "em código" para os atores que estavam no palco. Só aquele para quem a crítica ou conselho era direcionado a entendia. E só quando era a sua vez no palco a pessoa sentia no peito, e no arrepiar da pele, como as palavras certeiras dela faziam um sentido tão profundo e absurdo que talvez só mesmo Deus pudesse explicar. Ela não repetia as palavras, mas às vezes repetia várias vezes. Ninguém entendia o método dela, ninguém ainda o entende; simplesmente vive, a sua sabedoria era inebriante... Podia se sentir seguro e compreendido na presença dela, tão enormemente compreendido que surgiam lágrimas nos olhos ao ouvi-la falar palavras que na maioria das vezes não eram ditas com ternura, mas eram de uma ternura indescritível.

Ouvindo esse livro em áudio, Kat chegou pela primeira vez a conclusões que mudariam a sua vida para sempre. A diretora, como sempre, estava mais uma vez absurdamente certa. O livro dava ideias e conselhos, contando a história de vida da autora, também uma senhora de uns 60 anos que narrava as suas próprias experiências. Dizia como simples hábitos diários que vieram por entendimento do todo, e das pessoas, iam curando as antigas mágoas e, por consequência, as doenças, as dores e as tristezas.

Foi por causa do livro que Kat, pela primeira vez, conseguiu entender a mãe e se convencer de algo de que nunca havia conseguido se convencer antes: de que a mãe havia realmente feito o seu melhor por ela. Devido aos fatos do livro, foi comparando as afirmações da autora com o comportamento e o passado da mãe, e a verdade foi brotando diante dos seus olhos e dentro da sua cabeça. Todas aquelas coisas que ela via no livro a Voz já havia lhe falado, e agora, através das palavras da autora, ela falava mais uma vez.

Por causa do livro, Kat sentiu pela primeira vez na vida o que podia chamar de amor pela mãe, entendeu que jamais havia sentido verdadeiro amor por ela. Foi se imbuindo de respeito e gratidão, que antes não existiam na relação com a mãe. E o que era apenas uma relação de responsabilidade e obrigação foi finalmente tornando-se uma relação de dependência de mãe para filha. E aquilo levava a menina a sentir imensa dor... Muito maior do que antes, muito acima de tudo, pois antes se identificava mais com os namorados e com as breves amizades do que com a mãe, e, apesar de ter feito tudo que pôde por ela, o que movia essas ações jamais tinha sido amor, e sim um compromisso consigo mesma, de que deveria ser melhor do que os pais. Era como se fizesse tudo de maneira perfeita, quase como uma vingança, e inconscientemente dissesse: "Olhe como você foi péssimo pra mim, e olhe como eu lhe retribuo sendo maravilhosa, só pra lhe mostrar quão ruim você é e quanto eu sou melhor".

Era como se fosse uma competição de boas ações, também inconsciente, com a irmã, que na cabeça de Kat havia sempre sido a filha perfeita, aquela que nunca dava problema; já ela era a mais rebelde, a que todos chamavam de louca e que achavam que acabaria sozinha num manicômio. Cada atitude de boa-fé que tinha para com mãe e a família de modo geral era como que se provasse que eles estavam errados, que ela estava acima deles sendo generosa com quem a havia machucado, traído, criticado e apedrejado. Era como uma vitória diária, a mais doce, a mais importante... Não lhe interessava competir com as pessoas da rua, não tinha nada com elas, por isso era aproveitadora e lhes dava pouquíssima importância; porém com a família havia uma dívida, uma dívida de vitória consigo mesma, com a Kat criança, que havia crescido solitária e infeliz e agora tinha tudo, e podia tudo, e tinha finalmente vencido os monstros da infância, que nesse caso eram os próprios pais.

Apesar de até esse momento ainda não ter conseguido entender bem tudo isso, sentia. A mente ainda não conseguia computar tudo, porém sentia, e por isso no fundo sabia o que acontecia. Por isso estava muito triste com a ideia da morte da mãe, e com todas as forças não queria que ela se fosse, no entanto, o motivo desse querer não era amor, nem falta, mas sim uma raiva de credor que não teria a sua dívida paga. Pensava que na verdade não era por vingança que fazia tudo aquilo, mas sim porque queria ter tudo pago de volta. Pensava: "Eu cuido dela, e então ela poderá cuidar de mim", e ficou esperando aquele "cuidar", ficou esperando que a mãe vivesse para sempre e lhe servisse de amiga, de ombro, de cozinheira, de enfermeira, de assistente, de tudo aquilo de que precisasse na vida um dia no futuro, como era a sua ideia. Já que não tinha amigos e não confiava em ninguém, a mãe seria a sua assistente de vida e a ajudaria a resolver seus assuntos administrativos, que ela odiava resolver, o que já fazia devagar antes da doença. E agora, se a mãe morresse, aquele dia de pagar tudo, de devolver toda a lealdade e os cuidados, jamais chegaria. E isso deixava a menina furiosa.

Porém, depois do livro tudo isso se foi, todo esse sentimento de dívida se foi, e agora pensava simplesmente: "É a minha mãe, é a minha mãe que se vai". A ficha começava a cair, e não podia aceitar, a cabeça não conseguia aceitar a ideia de que nunca havia tido uma mãe, e agora que havia uma ela estava prestes a morrer. Não havia tido nem tempo de aproveitar a própria mãe. Queria agora desesperadamente curtir tudo de mãe e filha que ela nunca havia aproveitado antes por não ter se colocado na posição de filha. Agora se sentia uma tola por ter passado boa parte do tempo em que a mãe estava doente chorando pelo ex--noivo, enquanto poderia estar vivendo, aproveitando com a mãe os seus últimos meses de vida.

Depois de tomar ciência dos ensinamentos do livro, decidiu não gritar mais com a mãe, nem obrigá-la a fazer mais nada, e ligou com a intenção de dizer que a amava, coisa que nunca havia dito e não havia nem tido vontade de dizer; não conseguiu dizer, mas a mãe percebeu, sentiu por que se dava aquela ligação. E foi assim que daquele dia em diante não conseguiu fazer mais nada, só chorar,

chorar a morte da mãe recém-nascida, que já estava morta mas ainda estava viva.

A depressão piorou muito; agora até ir aos "médicos" e atender o telefone se tornavam missões impossíveis. Tentava enxugar as lágrimas por alguns instantes quando a mãe insistia em falar pelo Skype, mas já não conseguia nem mesmo falar com ela, conversava somente por mensagens e tentava se esquivar das ligações por voz e de vídeo, com medo de que a mãe percebesse no rosto e na voz a imensa dor e as feições de morte que tinha a menina. Em todas as vezes que falara no Skype depois daquele dia, se pusera a chorar, e rapidamente culpava algum menino por isso – na maioria das vezes, o nome do taurino era o primeiro que lhe vinha à mente; a essa altura já tinha criado para a mãe uma falsa história de que o menino a fazia sofrer, e que havia ligado para ela pouco antes para brigar, na tentativa de distrair a mãe e fazê-la acreditar que de maneira nenhuma aquele choro era por causa dela. Até o último dia de sua vida abruptamente tomada pelo câncer, devia acreditar que viveria, e na cabeça de Kat ela nunca haveria de perceber nenhuma tristeza da menina por causa de sua situação, pois sabia que aquilo seria a pior coisa que a mãe poderia ver.

– Por que você está chorando, minha filha? Por favor, não chore! – dizia a mãe da cama do hospital, já com voz de tristeza, por sentir que em breve já não estaria mais ali para confortar a filha de nenhuma dor.

– Ai, mãe, sabe o que é... não quero falar... mas é o taurino de novo...

– De novo, minha filha?! – disse a mãe, surpresa. – Mas o que foi que esse menino fez dessa vez?

– Pois é... eu já não sei mais o que fazer... Ai, nem quero falar sobre isso – dizia a menina, aos prantos, tentando o máximo possível controlar o choro, olhando para o rostinho redondo da mãe na cama de hospital, que parecia tão preocupada com a ridícula relação amorosa inventada da menina e esquecia completamente o seu próprio problema.

– Minha filha, por favor, não chore assim por um menino! O que está acontecendo com você? Você sempre foi tão forte! Você nunca foi de deixar menino nenhum lhe fazer chorar, não dá pra entender essa sua reação agora.

– Pois é, mãe... Mas não quero falar sobre isso, vamos nos concentrar em você e na sua recuperação, quero saber de você – dizia, recuperando a voz e controlando a torrente de choro.

– Deixe ele pra lá, minha filha! Se ele lhe faz sofrer assim, deixe-o pra lá! Não importa que você o ame, nem nada. Ninguém tem o direito de lhe fazer sofrer assim. Não permita. Mande-o pra longe e esqueça-o – dizia a mãe, sem imaginar que a história era toda inventada e que todo o choro dos últimos meses tinha sido por causa dela.

As palavras que a mãe dizia sobre o menino quase imaginário praticamente não eram ouvidas. A menina se sentia péssima por ter que mentir tanto para a mãe, a quem antes contava tudo, que sempre soube da menina forte e decidida que ela era, e que agora não entendia o comportamento da filha – Kat não podia dizer que nada havia mudado em relação aos meninos, que na verdade havia bloqueado o taurino no celular havia meses, que não podia estar mais longe de pensar em qualquer menino ou qualquer coisa, a não ser nela, na mãe.

Os dias seguintes foram de muita oração e meditação. Agora Kat já pedia desesperadamente a Deus e a todos os anjos que não levassem a mãe, pois não conseguiria viver sem ela. Tinha se acostumado a ser sua professora, a se enraivecer com ela quando não entendia nada da "matéria". Não poderia mais viver sem o hábito de tentar mudá-la e ensiná-la a viver, sem as brigas ou, agora, sem o amor. Havia apenas descoberto o seu amor pela mãe, e já não conseguia mais viver sem ele. De qualquer forma, havia de verdade vivido e dedicado a vida inteira à mãe; com raiva ou com amor, ela havia sido o norte, o motivo de tudo. Sem ela nada tinha sentido, não valia a pena levantar de manhã. Então, se a mãe se fosse, deixaria de ser humana para se tornar planta, já que um humano sem sentido na vida, sem motivo para existir é apenas uma planta, está vivo, porém só existe, mais nada.

Em um dos dias de muito sofrimento, oração e meditação, Kat recebeu a mensagem mais dura de sua vida.

Sentada na cama chorando, falando com Deus em voz alta, implorando para que a mãe permanecesse viva, foi como se as "Vozes" saíssem do mundo dos sonhos e entrassem no mundo dela, materializando-se na frente da menina.

Na direção da porta do quarto, de frente para a cama, três espectros de luz branca e de uma certa transparência foram descendo, um posicionado bem ao lado do outro, aparentando ter mais ou menos 3 metros de altura. Desciam rápido e não tinham expressão nem fisionomia, podia-se reparar apenas em uma penumbra redonda no que seria a cabeça, o diâmetro dos ombros, e o contorno de luz descia reto no que seriam as pernas. Os espectros foram se aproximando da menina, e um tipo de voz – na verdade eram palavras, porque não havia som –, como se falasse com ela, fez surgirem palavras dentro de sua cabeça que diziam "ela deve ir". Ao ver e ouvir isso, a menina começou a chorar copiosamente, implorando para que não fosse verdade, e gritando com aquilo que agora havia tomado forma de espírito, porém ainda sem expressão ou fisionomia, apenas com uma penumbra em formato de corpo que flutuava a pouco menos de meio metro do chão.

– Ela deve ir. Deve deixá-la ir.

– Não! Não, por favor! Deixem-na aqui comigo! Deixem que ela fique! Por favor! Ou me levem no lugar dela!

De repente um clarão no teto do quarto se abriu com a imagem da mãe que dormia na cama do hospital, com a luz apagada. Uma imagem que Kat não havia visto ao vivo, pois já não via a mãe fazia dois meses, mas nessa ocasião ela ainda andava e parecia bem.

– Mãe! Mãe! É você? Mas como? O que você está fazendo aqui? Como pode estar aqui? Você não está morta! Você está no hospital, eu falei com você nesta manhã!

Nessa hora a cena da mãe, nítida no teto do quarto como se fosse uma tela de cinema, ficou paralisada, e o que parecia ser a imagem dela, porém com um aspecto transparente, saiu de dentro do corpo adormecido na cama de hospital, sorrindo e saudável, dizendo:

– Minha filha, o meu corpo está ali no hospital, porém a minha alma já está mais aqui do que lá. A minha alma precisa de cura agora, e a cura virá, mas para isso o meu corpo na Terra deve morrer.

– Mãe! Não! Por favor! – exclamou a menina, aos prantos, agora encolhida no chão, no canto do quarto, apertando os olhos como se quisesse fugir do que via, e da verdade, e se surpreendia ao abri-los e constatar que aquilo continuava acontecendo.

– Sim. A minha alma já está sendo tratada aqui neste novo lugar. O meu tempo na Terra acabou e eu só continuo aí porque você e a sua irmã não me deixam ir. As suas orações e rezas, e tudo aquilo que fazem para que eu me cure, não serão em vão. Já estou me curando, porém a minha cura não acontecerá na Terra. Para que isso aconteça vocês devem me deixar ir.

Nesse momento, os espíritos, que eram três, agora eram vários; haviam diminuído de tamanho e formavam uma espécie de círculo em volta da menina. No rosto deles não havia expressão, mas o contorno da luz ficava cada vez mais nítido e agora ela conseguia ver que os espíritos a observavam, pois olhavam para baixo, na direção do lugar onde ela estava encolhida, como se a atenção deles estivesse 100% presa a ela.

Ao ouvir as palavras da mãe, a menina, sendo praticamente obrigada a aceitar aquela verdade, como se não tivesse controle de mais nada, começou a sentir uma dor imensa, que parecia que só acabaria quando morresse e parasse de respirar. Suplicou a Deus que tirasse aquela dor dela, para que conseguisse se concentrar no que a mãe dizia. Era como se a dor tivesse som e não a deixasse ouvir ou identificar as palavras que agora eram cada vez menos nítidas, diferentemente das imagens, que se mostravam nitidamente diante de seus olhos, a menos de um metro dela.

Os espíritos chegavam cada vez mais perto, e agora o círculo já estava fechado a menos de meio metro da menina. Então, como se um bálsamo de calma tivesse sido jogado sobre ela, o choro automaticamente cessou e ela ficou inerte.

– Diga a sua irmã que me deixe ir... Ela me prende à Terra e acaba dificultando o que é natural. O meu caminho segue. Naturalmente sigo. Eu, em parte, já segui. Agora só preciso que liberem o resto de mim que continua com vocês aí.

Sem conseguir dizer nada, a menina se encolheu ainda mais no canto do quarto e aos poucos as imagens foram se dissipando, até que o quarto ficasse em total silêncio e escuridão, já que as luzes estavam apagadas e o dia lá fora já tinha se feito noite. A calma e a estranha inércia de paz foram então passando e a menina começou a chorar copiosamente, dessa vez apenas suplicando a Deus que levasse embora a dor que sentia. Então, depois de chorar por horas, imóvel como se um campo de força a segurasse naquele pedaço de chão, caiu no sono ali mesmo, encolhida no chão, no canto do quarto.

No dia seguinte, tentou explicar por alto para a irmã, que era evangélica – e que no momento se encontrava no hospital com a mãe –, que tinha uma mensagem para ela, e disse: "Você tem de deixá-la ir". A irmã, que já tinha uma péssima relação com a menina, sem entender nada, gritou ao telefone, furiosa, como nunca havia feito antes:

– Você está louca? Baseada em que você diz isso? Pare de

agourar a minha mãe! Ela não morrerá! Eu creio! Ela não irá a lugar nenhum!

– Você não acreditaria se eu lhe contasse como sei disso. E também não foi nem um pouco fácil para mim ouvir... Mas eu falei com a alma dela.

– Você falou com a alma dela? – gritou a irmã, com ódio e desacreditando.

– Sim... A alma dela esteve no meu quarto ontem à noite e pediu que nós a deixássemos ir. Só estou lhe dizendo porque ela me pediu que lhe diss...

– Você está possuída pelo capeta, isso, sim! – gritou a irmã, interrompendo-a.

– Meu Deus! Você perdeu o juízo! Não diga uma coisa dessas!

– Foi isso que você viu! O espírito do capeta lhe pregando peças! Você deveria ir à igreja! Agora mesmo! Vá à igreja mais próxima de você! Porque você está sendo visitada pelo capeta e está deixando que ele se apodere de você.

Ao ouvir isso a menina desligou o telefone e jurou nunca mais falar nada à irmã, e também não falar mais com ela. Aquelas palavras lhe causaram um sentimento de solidão ainda maior, aumentando a dor que ela já sentia.

Foi para a casa de um dos hipnoterapeutas e lhe contou o que estava acontecendo, e que havia mudado de ideia. Como antes havia dito que não queria ver a mãe naquele estado e nem estar lá quando ela morresse, agora sentia que deveria, porém não conseguia forças. O profissional, que também era psicólogo, e agora já tinha se tornado quase um melhor amigo, disse que talvez fosse pesado demais, traumático demais passar por tudo aquilo, mas que talvez fosse preciso. Ele perguntou se ela faria isso por ela, ou se o faria por causa de todas as críticas da irmã.

– Não sei... Não sei o que pensar, apenas me sinto muito egoísta e muito culpada por não estar lá. Eu sinto que a minha mãe precisa muito da minha força agora, porém não tenho nenhuma pra dar, por isso não estou lá... Mas talvez ela tenha a necessidade de me dizer algo para se sentir em paz para "ir", e por saber disso é que eu não quero ir. Eu sinto que quando eu for ela morrerá... E eu não estou pronta pra isso.

Depois de muitas horas de conversa, o psicólogo perguntou há quanto tempo ela não fazia nada que lhe desse algum prazer e alegria.

A menina ficou em silêncio, tentando responder àquela pergunta, pois já não pensava naquilo havia muito tempo; não conseguia nem calar os próprios pensamentos para que a última imagem de alegria lhe viesse à mente.

– Não lembro!

– Tente... a última vez em que se sentiu feliz, onde você estava?

A menina, então, foi de novo bem fundo no pensamento, tentando se lembrar da imagem, e nada...

– Meu Deus... Realmente não lembro.

– Deite-se aqui, então, vou hipnotizar você e vamos ver se conseguimos resolver essa questão – disse o psicólogo, ajeitando o travesseiro no confortável divã.

– Tudo bem.

Durante uma hora de hipnose, a menina permaneceu em um estado como se estivesse dormindo todo o tempo, porém sorria muito e falava. Quando abriu os olhos, estava sorrindo e com uma imensa sensação de alegria no peito. Não se lembrava de nada do que a afligia naquele momento na vida real; era como se os seus problemas tivessem dado lugar às lembranças recém-recuperadas de alegria, e estas tivessem ocupado toda a caixa mental, sem deixar espaço para que as tristezas voltassem quando a menina acordou. Ao retomar a consciência, ela estava sorrindo muito e o psicólogo também.

– Meu Deus! Me sinto feliz! Que sentimento maravilhoso.

Os olhos, sem que ela entendesse por que, lacrimejavam de alegria.

– Sim! Você está feliz! – disse o psicólogo, sorrindo. – Você sorriu e gargalhou durante toda a sessão. Onde você esteve? Você consegue se lembrar?

Quando a menina tentou se lembrar, as imagens, que estavam vívidas dentro da cabeça, como se ela ainda estivesse lá, começaram a se embaralhar, e o psicólogo havia demorado muitos minutos para fazer aquela pergunta, como se soubesse que aquilo aconteceria.

– Sim... sim... quer dizer... sim! Eu me lembro! Estava com ele! Estava com ele em Nova York, e estava muito feliz! Mas não era bem uma lembrança, era agora, era como se aquilo estivesse acontecendo agora, e ao mesmo tempo sendo uma projeção de tudo de lindo contido em memórias antigas, mas agora vividas de um modo que eu não havia vivido antes! Que coisa mais estranha!

No sonho, que viera em uma espécie de transe, a menina revivia momentos maravilhosos com o menino de Touro, porém dessa vez ela era uma pessoa muito mais aberta, e, apesar de as memórias e acontecimentos serem os mesmos, ela era outra pessoa. Era como se ela agisse, falasse, reagisse a tudo de modo diferente, muito mais feliz, e aproveitando muito mais cada momento, grata pelo que estava acontecendo ali.

– Eu já sei – disse Kat, entendendo tudo. – As imagens eram eu, só que sem o grande pesar que afligia o meu coração. Meu Deus! Que coisa mais louca! As imagens eram eu, mas sem as tristezas. Era como se eu vivesse tudo aquilo com ele, mas dessa vez sem as tristezas da minha mãe no meu coração o tempo todo e a minha mente tomada pela culpa e pelas memórias do meu ex-noivo... Nessa "nova realidade" ele me tinha... Era eu ali, inteira no presente, e muito mais feliz.

E aquela percepção a fez voltar a um círculo momentâneo de tristeza, porém raso, como se nada pudesse afetar muito profundamente aquela felicidade que sentia.

– E quem é essa pessoa? Quem é ele? – perguntou o psicólogo, intrigado, que em mais de seis meses de tratamento nunca havia ouvido falar daquela pessoa.

– Ah… ele… não é ninguém.

– Ninguém?

– Digo… não é ninguém importante. Ele é um menino com quem eu fiquei um tempo atrás e acabei terminando.

– Kat! Se ele fosse "ninguém" como você diz, não estaria no seu subconsciente de maneira tão profunda. Por que você terminou com ele? Me parece às vezes que você bloqueia tudo que pode lhe trazer alegria, isso já lhe passou pela cabeça?

Aquilo a fez voltar o pensamento para a curandeira mais velha, que havia lhe dito exatamente a mesma coisa poucos meses atrás, e justamente quando se referia ao mesmo assunto, o menino. Nessa passagem, a mulher ainda disse que havia visto mais, que o espírito de Kat tinha uma propensão a se fazer sofrer. "O que isso significa?", perguntara na época.

"Significa que o seu espírito tem passado as últimas vidas sofrendo muito, passou por grandes dores e tragédias, e ao que me parece você meio que se acostumou com isso. A mensagem que eu tenho dos anjos pra você é que "você não precisa mais passar", você já passou por toda a dor e por toda a provação que deveria, e agora é a hora de ser feliz. Algumas tragédias na vida são inevitáveis, porém você deve tomar cuidado, pois algumas estão sendo causadas por você… Certas dores não precisam acontecer, e você causa sofrimento a si mesma, porque isso lhe traz certa segurança, certo sentimento de controle, pois com a tristeza você já está acostumada, mas com a plena felicidade ainda não, e isso pode lhe causar medo e, inconscientemente, fazer você fugir dela."

É claro que na época, por mais sentido que essas palavras tivessem feito na cabeça de Kat, ela não deu a importância devida, ou pensou não ter forças para consertar nada no momento, e estava esperando melhorar para que aquela medida no sentido de ser feliz fosse tomada.

– Sim... já haviam me dito isso uma vez, mas eu estava esperando passar a minha depressão... melhorar pra começar a ser feliz – continuou ela na conversa com o hipnoterapeuta.

– Melhorar pra ser feliz? Isso não faz o menor sentido, não existe caminho para a felicidade, a felicidade é o caminho! Para ser feliz é preciso ser feliz e ponto. Não há outra forma!

– É verdade! É verdade! Faz todo o sentido! Mas como? Como farei isso? Como ficarei feliz se estou triste?

– Por que não começa procurando situações que a fazem feliz? Esse rapaz, por exemplo, onde está esse rapaz?

– Esse menino... ah... ele está em Nova York, mora lá...

– Por que então não vai até lá antes de ir ao Brasil ver a sua mãe? É uma opção.

O psicólogo, agora, que falava mais como amigo do que como profissional, havia chegado a um ponto inesperado de clareza na cabeça da menina, como um imenso sopro de resolução. A ideia dele tinha sido a única que havia lançado alguma luz na questão "estar feliz e ver a mãe ao mesmo tempo". Não era de todo uma má ideia, afinal o taurino já havia servido outras vezes como fórmula de alegria, como esparadrapo para estancar o sangue da dor, e só ele parecia ter esse dom, e o fazia tão bem e de coração tão aberto, então por que não, não é mesmo?

– Mas eu o bloqueei... já não falo com ele há... – parou, tentando se lembrar. – Nossa, nem me lembro, mas já deve fazer quase seis meses...

Depois de muito conversar com o psicólogo, numa sessão que como de costume já ultrapassava seis horas de conversa, começava a se convencer cada minuto mais de que aquilo não era uma má ideia.

– Sabe, talvez eu devesse ligar pra ele... quem sabe. Ver o que ele me diz. Assim eu passaria três dias em Nova York sendo feliz, e depois iria ao Brasil encarar o meu destino!

– Você acha que ele estará lá pra você? Digo, ele a receberá de braços abertos, sendo solidário se você se sentir mal e tiver uma recaída de tristeza ou algo assim?
– O taurino? Ah, sim, com certeza! Ele sempre me amou muito. Sempre foi muito gentil e solícito.
– Me parece uma ótima ideia, então.
Ao sair da casa do psicólogo, já tarde da noite, a menina desbloqueou o taurino. E, sem que nenhum dos dois trouxesse o assunto do bloqueio telefônico à tona, ele atendeu como se nada tivesse acontecido. Era como se todos aqueles meses não tivessem passado.
– Oi! Kat! Nossa, quanto tempo!
– Sim... então... pois é... Eu tenho que ir ao Brasil daqui a três dias... E, como não estou fazendo nada em Los Angeles, pensei em ir pra Nova York passar esses próximos três dias com você e ir ao Brasil daí.
– Sim! Nossa, me parece uma ótima ideia! Vai ser ótimo vê-la! Quando você chega?
– Ahn... – disse a menina, lembrando que ainda não tinha um voo, ou uma mala, nem nada, e não queria dizer que tinha tomado essa decisão dez minutos atrás. – Hum... amanhã. Chego amanhã de manhã!
– Isso é ótimo! Tudo bem, me avise a hora que você chegar e eu irei me encontrar com você o mais cedo possível. Amanhã vou trabalhar, mas tentarei me liberar mais cedo, assim poderemos fazer alguma coisa juntos durante a tarde.
– Perfeito!
Desligou o telefone sentindo-se maravilhosa, como havia muito... nem sabia quanto tempo fazia que não se sentia assim. Pensou se deveria ligar de novo para alertar o menino de que havia tido problemas de depressão profunda no último mês e que ele estaria responsável pela sua saúde mental e física nos próximos três dias... Porém estava ocupada com as malas e sendo feliz, e resolveu mandar apenas uma breve mensagem

de três linhas, a que o menino respondeu dizendo que havia entendido. A mensagem dizia que ela não poderia dormir sozinha, pois ainda não se sentia bem dormindo sozinha em hotéis, e ele disse que não haveria problema, pois estaria livre todo aquele fim de semana para a sua chegada, e, como nos velhos tempos, teria tempo de sobra para dormir e estar com ela até que ela fosse embora.

Chegando a Nova York, já na parte da tarde, foi direto para o hotel esperar pelo rapaz. A mesma felicidade que havia inundado Kat na cadeira de hipnose ainda estava com ela, como se fossem fogos de artifício que não paravam de explodir. Estava feliz, e sentia-se ótima por estar ali, como se esperasse por aquele encontro havia muito tempo. O rapaz só conseguiu se liberar do trabalho depois das 11 da noite. Quando bateu na porta do quarto, do outro lado estava a menina, sem roupa. Ele, com um grosso casaco negro e cinza, coberto de neve que caía sem cessar lá fora, num frio que ultrapassava os 18 graus negativos, foi atingido por uma onda de calor do quarto, que estava com o aquecedor ligado no máximo, e quase chegava aos 40 graus. Era como se o menino tivesse aberto um portal mágico que o tivesse levado ao calor tropical de alguma praia no Brasil – e, como se não bastasse, a menina, com um corpo escultural e um largo sorriso, o beijou e o abraçou antes mesmo que ele pudesse dizer "oi..." Ela havia passado na pele um óleo de rosas com canela que completava o estado de total hipnose do menino e, é claro, por cima o perfume, o tão aclamado perfume de frasco vermelho-escuro, de marca francesa e cheiro inebriante de jasmim, com uma mistura de madeira e especiarias no fundo.

Se houvesse um paraíso em qualquer lugar os dois estariam nele, e, como antes, em meio a abraços e beijos, foram transferidos a uma espécie de cápsula de mundo perfeito, em que tudo era prazer e amor, e a sensação de cumplicidade e paz era infinita. Não havia como pensar em nada, mas, se fosse possível usar a mente naquele momento, com certeza os dois teriam decidido ficar ali, naquela espiral quente de perfeição, para sempre.

Horas depois, já quase às 4 da manhã, quando a mente devagar foi tomando conta da cabeça de novo, o rapaz abriu a boca para dizer a primeira frase inteira.

– O que não deu tempo de lhe dizer é que eu não vou poder dormir aqui.

– Ahn? É claro que vai! Já são quase 4 da manhã, você não vai embora agora! – disse a menina, abraçando o menino como se ele não falasse sério.

– Não... eu falo sério... não posso dormir aqui.

– Mas por que não?

– Eu tenho que acordar muito cedo amanhã e tenho de estar do outro lado da cidade! Eu achei que você fosse ficar naquele mesmo hotel onde você morava, que fica a cinco minutos da minha casa... Por que escolheu este tão longe?

– Eu não escolhi, o outro estava lotado. É Fashion Week na cidade, não tinha nada disponível, então eles me colocaram neste aqui, e, como eu queria também frequentar as aulas de cinema, achei que seria conveniente, fica a 15 minutos a pé da Broadway.

– Sim... Quinze minutos a pé da Broadway, mas vinte minutos de carro para mim... e isso, no trânsito, é muito!

Kat se pôs a pensar que havia algum outro motivo pelo qual o menino não queria ficar, já que nunca o havia escutado falar assim. Afinal, ela tinha vindo de Los Angeles até ali, ele não podia estar reclamando de uma distância de vinte minutos de carro. Então não falou mais nada sobre o assunto; apenas olhou para ele e disse:

– Por favor, fique. Eu realmente preciso de você nesses dias – duas frases que nunca havia dito olhando nos olhos de alguém antes, e aquelas palavras tinham provavelmente mais verdade do que tudo que havia vivido com o menino até ali.

– Sinto muito, querida, não dá, preciso ir – disse ele, levantando-se da cama, sem dar a menor importância às verdades, às palavras, ou à pessoa que as dizia.
– A que horas te vejo amanhã, então?
– Amanhã? Às 7, pode ser? Às 7 eu consigo me liberar e venho.
– Tudo bem... – concordou a menina. – Eu vou passar o dia na escola de cinema, então. Às 7 tem a aula que eu mais gosto, mas saio antes, perco essa aula, e venho encontrar você aqui! – disse ela, sorrindo.

Assim que o rapaz saiu, um frio e um negrume tomaram conta do quarto, como se ele tivesse levado todo o calor e toda a felicidade da menina consigo ao passar pela porta. Ela deitou-se no lençol gelado e demorou muito a adormecer, porém se conformou de que estaria exagerando, e pensou que a sensação de solidão dentro do peito era provavelmente produto da depressão, e que no dia seguinte tudo seria melhor.

No dia seguinte, a menina fez como combinado; saiu da escola mais cedo, mas o rapaz não deu nenhum sinal, apenas respondeu à mensagem de bom-dia pela manhã e mais nada. Às 7 da noite ela lhe mandou uma mensagem e nada. Até que, lá pelas 9, ele respondeu desculpando-se, dizendo que não poderia mais ir, culpando o trabalho. A menina preocupou-se, então, em voltar ao hotel e dormir mais um dia no quarto frio e sozinha. Voltou a pé, como costumava fazer o trajeto de quinze minutos, andando sob a nevasca e entre os montes de neve que chegavam a quase um metro de altura. Não havia ninguém na rua, pois em casos de nevasca há um toque de recolher em Nova York devido ao perigo de vida em decorrência de acidentes com a neve, com o gelo pesado que se desprendia dos arranha-céus, além de problemas físicos, respiratórios e cardíacos devido ao frio extremo, então ninguém podia sair na rua, estando as pessoas até sujeitas a multa caso desobedecessem à ordem. Porém a menina já estava acostumada, fazia o trajeto a pé todos os dias de onde morava antes até a escola, e voltava às vezes até as 4 da manhã – uma hora e dez minutos de caminhada para ir e o mesmo para voltar, em velocidade super-rápida.

Aquele era o momento preferido da menina. Apesar de odiar o frio e a neve, sentia-se em paz ao ver a cidade toda branca e nenhuma alma nas ruas além da dela. Às vezes sentia medo, mas logo passava; o risco era companheiro constante e fazia com que se sentisse autossuficiente. O silêncio das ruas acalmava a mente, era como um tipo de meditação. Ajudava a silenciar os pensamentos. Aquela uma hora e dez minutos pensando em tudo era o que lhe havia permitido viver em Nova York e continuar sendo ela mesma. Mas nada era como antes; agora caminhava só quinze minutos e já se sentia perdida, não tinha certeza de nada. Não sabia o que fazer. Pensou em ligar para alguns conhecidos e sair para beber, depois lembrou que teria uma aula no dia seguinte às 9 da manhã, e que talvez fosse melhor dormir em vez de causar qualquer outra confusão. Ligou para a mãe, com quem já havia tentado falar várias vezes ao dia; ela então atendeu, já muito debilitada, na cama do hospital. Kat conversou com ela como se nada estivesse acontecendo, disse que em NY tudo estava ótimo e assegurou-lhe de que estaria chegando ao Brasil em dois dias. Fizeram planos, a mãe se alegrou muito com a notícia de que a filha estava chegando, já não a via fazia quase dois meses, e mal podia esperar para vê-la.

– Eu também, mãe, te amo muito, daqui a pouco estou aí! Fica direitinho! Fiquei sabendo que você está forte e firme, mas não pode falar muito. Fique feliz! Eu estou feliz! Amanhã te ligo pela manhã.

Desligou o telefone e foi como se um total desespero tivesse tomado conta de tudo. Começou a chorar desesperadamente, sem conseguir se controlar, até perder o ar, então olhou pela janela, lá fora, e alguma coisa, ao ver a neve cair lentamente do céu, a fez se acalmar. As ruas vazias, a neve caindo lenta, o silêncio do quarto de hotel vazio, as bochechas geladas e vermelhas do frio formavam uma paisagem plácida, era como se o mundo estivesse em paz.

– Está em paz – disse sobre o mundo, como se estivesse em transe, repetindo as palavras da própria Voz, que agora lhe falava dentro da cabeça. – Tudo está em paz – repetiu, agora com o olhar fixo na neve, sentindo o batimento cardíaco mais fraco e a última lágrima, ainda deixada para trás no olhar, cair.

Ao dormir:

– Você está triste, achei que estivesse feliz.

– Eu estava feliz... Feliz até chegar aqui e ver que ele me faria isso – respondeu Kat à Voz, em uma realidade em que acordava na cama do hotel em que estava dormindo, como se a cena acontecesse na Terra.

– E o que é que ele está lhe fazendo?

– Está me fazendo triste, por não me querer!

– E quem lhe disse que ele não a quer? Ele lhe disse isso?

– Não... Não disse, mas é nítido pelos seus atos...

– Você diz isso por ele não ter vindo ver você?

– Sim, é claro!

– Você interpreta uma atitude dele e faz disso uma certeza dentro de você, assim como faz com todo o resto, assim como os humanos fazem com tudo. Venha comigo, eu vou lhe mostrar uma coisa.

Ao ouvir isso Kat se levantou da cama, sem roupa, como estava ao dormir, e caminhou em direção à parede do quarto, atravessando-a como se fosse feita de fumaça. Caminhou em linha reta, atravessando os quartos do hotel sem surpresa, como se a habilidade de ultrapassar paredes fosse uma coisa comum. Passava ao lado das pessoas que dormiam, até chegar a um quarto em que o casal estava acordado, discutindo, e, ao se dar conta de que estava nua, dirigiu-se assustada à Voz, que lhe falava:

– Nossa! – exclamou, tentando cobrir-se com a mão e percebendo que o casal parecia não se importar com ela. –

Eles podem me ver?

– Não, eles não podem ver você.

E continuou caminhando. Caminhava com os próprios pés, movida pela própria vontade, mas ao mesmo tempo guiada pela Voz; era como se a Voz caminhasse ao lado dela, levando-a a algum lugar.

Passou por todos os quartos, até que chegou ao limite do prédio, e, sem mais nem menos, continuou caminhando no ar em linha reta, como se depois da parede houvesse um chão de vidro transparente que cortava a cidade inteira. Conforme ia andando, a Voz continuava falando, até chegarem a um quarto que a menina conhecia bem...

– Esse lugar! Esse apartamento! É a casa dele! É a casa do taurino!

– Sim...

E agora, confusa, sem ter ideia do que estava acontecendo, assistia assustada a tudo, caminhando pelos corredores do apartamento que já não via fazia muito tempo.

– Ah! – assustou-se ao ver o menino deitado na cama, vestido, com as luzes acesas. – É ele, bem ali! O que ele está fazendo? – perguntou, escondendo-se atrás da porta do quarto, ainda com medo de que pudesse ser vista.

– Ele pensa em você... isso aconteceu há algumas horas.

Então, uma força invisível puxou a menina para dentro do corpo do rapaz. Ela cai, entrando no corpo dele como se tornasse ele próprio, mas ainda com a própria consciência ativa.

Ela era ele, agora, sentia e experimentava tudo que ele sentia, pensava os seus pensamentos, tinha o peso dos anseios dele, de tudo dele.

– Meu Deus, o que está acontecendo aqui? – disse, muito amedrontada.

Sentia muito medo e extrema dor, e não tinha a escolha de sair dali de dentro, ou estava presa à inércia de fazer parte daquilo e, apesar do medo, na verdade não queria sair.

Demorou a perceber que estava de fato dentro do corpo do menino, e que o que sentia eram as sensações dele, e o que surgia na sua mente eram os pensamentos dele, misturados aos seus, que tinham cores completamente diferentes.

O menino estava com o celular na mão havia muito tempo, e na tela o contato da menina. Sentia-se preso. A sensação era de uma espécie de prisão espiritual, os dedos hesitavam e a cabeça ponderava; ele decidia naquela noite, mais cedo, se a veria ou não. De repente uma dor imensa tomava conta do sangue, ela sentia o coração do rapaz pulsar mais forte e o sangue ficar quente. Era uma sensação de puro amor morto raivosamente pela total falta de confiança. O sentimento de amor ia e vinha e rapidamente era tomado por um sentimento de falta de admiração, de total perda. Ele olhava para o telefone como se olhasse para Kat, o telefone nas mãos representava ela, o contato com ela. E a sensação era de que a Kat um dia tão amada agora representava uma grande ameaça, algo terrível, a ser temido e expulso da vida a qualquer custo.

– Aaah! – gritou o menino, levantando-se e sentando na cama. – Você sabe! Já sabe a que te leva e o que deve fazer! Seja homem! Ela é só uma mulher, não tem poder nenhum sobre você! – disse o menino, gritando consigo mesmo, com raiva, e os pensamentos, agora percebidos ao mesmo tempo por Kat, eram um turbilhão de imagens de cores intensas que passavam pela mente como uma roda veloz, sem parar. De repente a roda pareceu parar em uma lembrança, imediatamente Kat foi sugada para fora do corpo do menino e apareceu de novo à porta do apartamento. Olhando da porta em direção à cozinha, viu os dois rindo e brincando.

– O que é isso? – perguntou, confusa, à Voz. – Somos nós?

– Isso aconteceu alguns meses atrás – respondeu a Voz.

– Sim, agora eu me lembro desse dia! Estávamos cozinhando, e ele estava muito feliz...

De repente o corpo dela foi sugado de novo, caindo dentro

do dele. E, como se estivesse acontecendo aquilo no momento presente, Kat sentia, agora, tudo que acontecia dentro dele.

De dentro dele Kat olhava para ela mesma do lado de fora, vivendo a realidade feliz e rindo, e pelos olhos do menino olhava aquele ser, que no mundo era só mais uma menina loirinha e brincalhona, porém ele não a via assim. Era um amor muito puro, muito mais verdadeiro do que podia imaginar. Era plena confiança que sentia ali. Era a paz de ter encontrado o ser mais especial do mundo.

– Meu Deus – pensava de dentro do corpo do menino, como se assistisse a um filme dela mesma. – Eu nunca me senti assim por ninguém! Ele tem mais amor por mim do que eu tenho por mim mesma. – E assistia, apavorada, sentindo todos os sentimentos de puro amor, luz e união dentro do menino, como se fosse invencível, como se ali tivesse encontrado algo eterno, que jamais seria abalado por nada. Enquanto ele observava a menina falar e cozinhar, havia uma luz de encantamento em seu pensamento.

Então, abruptamente, foi levada ao quarto de hotel em Chicago, no dia da briga e do término, ainda dentro do corpo do menino.

– Meu Deus, que dor! Faça parar! – gritava, em pensamento. Sentia uma dor absurda de perda e de desespero, como se o sentido de tudo estivesse indo embora. Sentada à sua frente estava ela mesma, que também chorava. De repente perdeu todos os sentidos e sentia e era só o menino.

– Eu sei que você tem razão, meu amor... Mas agora, olhando para você... Só de pensar em uma vida sem você... Não consigo...

Caiu na parte em que o menino dizia essa frase, olhando para ela e chorando muito. Sentindo a dor de quem vê a única certeza que já tem na vida deixando-o. E, mesmo assim, pelos olhos dele, olhava para Kat e via um anjo, algo cheio de luz, que agora lhe rasgava o coração sem piedade. A dor que sentia era comparável à da morte de um familiar próximo, e o menino jamais havia vivenciado nenhuma perda antes.

Então a menina foi sugada para um túnel de luz branca onde sentiu muito frio e confusão mental. Vários clarões com *flashes* de cenas passavam rápido pelas paredes do túnel. Então caiu em uma das realidades em que ela e o menino corriam numa praia com três crianças. A aparência e a maturidade dos dois se sentia como se fossem bem mais velhos. Kat entrou no corpo do menino de novo, olhando-a correr na frente, e a cada toque de mãos, a cada troca de olhares, o sentimento era de amor e de cuidado.

– Ele já foi seu marido em outra vida – disse a Voz, narrando a cena e clareando a mente da menina dentro do menino, que era a única que podia ouvi-la.

– Sim! Eu sinto! Meu Deus, essas crianças...! Meu Deus, essas crianças são nossas! – disse, maravilhada, ao olhar para uma das crianças através dos olhos do menino e entender que ele olhava para um filho.

E, como das outras vezes, foi sugada abruptamente de novo, caindo no apartamento do menino outra vez, agora em algum dia entre o término e aquele reencontro.

O menino chorava muito e tentava dormir, noites seguidas, e o sentimento era desesperador.

– Meu Deus, não aguento mais! Quanta dor! – pensava a menina de dentro do corpo dele.

E assim foram passando as cenas, todos os longos dias e noites de sofrimento, de choro e de dor confusa, sem saber o que fazer para sair daquilo. Presenciou de dentro dele alguns meses depois do término, e sentiu na própria pele agora o que a sua teimosia e o seu desamor tinham causado àquela pessoa, e, quando ele implorou para que ela não fizesse aquilo, para que não o deixasse, ela, agora vivendo a situação de dentro dele, implorava também:

– Por favor, Kat, por favor, não... não faça isso! – e como aquelas palavras doíam.

Enquanto agonizava dentro do menino deitado na cama, chorando, a Voz disse:

– Ele não foi só seu marido em uma vida... Ele a encontra em várias existências... está sempre aqui. Os dois espíritos sempre se entrelaçam, como tem de ser, e como foi nesta vida; ora ficam juntos por um período curto de tempo, ora por um período maior. Ficam juntos experimentando uma vivência terrestre, um ajudando o outro, até que a missão na vida do outro seja cumprida, e aí cada um toma o seu rumo. Apesar de serem a união mais forte de cada existência, nunca permanecem convivendo em corpo por muitas décadas na vida, como fazem os demais amados na Terra, porém são unidos por uma eternidade inteira. Um precisa do outro para passar de uma fase difícil à outra, e um é usado pelo outro voluntariamente para que isso seja possível...

– Agora, respondendo ao seu dilema de antes – continuou a Voz –, a questão aqui não é falta de querer por parte dele. É uma recordação impressa no DNA de seu espírito de que todas as vezes que se juntam vocês passam por momentos de grande dor e mudança. Da exata maneira que tem de ser, e é preciso, porém o espírito tende a correr da vibração de dor extrema e repele o outro quando o vê. Por isso que você, quando o viu pela primeira vez nesta vida, sentiu-se tentada a correr dele... Isso acontece em muitas vidas, porém depois a força dos caminhos se faz maior e se concretiza. Não sempre, mas na maioria das vezes. Quando o encontro dessas duas almas não acontece, por um desvio no caminho de uma das duas ou pela repulsa logo no momento do reconhecimento em vida, por medo do aprendizado que virá pela dor, o humano fica prejudicado, já que o aprendizado que tem com as experiências vividas com essa alma específica funciona como uma espécie de amadurecimento acelerado. O que em pouco tempo você aprende e evolui ao conviver nas dificuldades com essa alma, sem ela você demoraria décadas no plano terrestre para aprender, e talvez até uma vida toda.

Nesse momento Kat saiu de dentro do corpo do menino, tendo o seu próprio espírito sugado por uma espécie de aspirador de força espiritual e transparente, caindo bruscamente em sua cama de hotel de novo.

– Quero que por meio das coisas que viu hoje você entenda que, não só na situação com o menino, você e todos os humanos baseiam todas as certezas no próprio julgamento, que é muitas vezes equivocado e errôneo, sobre tudo que veem e vivenciam.

– Então você quer dizer que tudo que eu vejo, leio e ouço não é na verdade aquilo que é? Que coisa mais confusa! A minha cabeça dói.

– Isso mesmo. Até uma simples árvore vai ser vista e interpretada por você de uma forma e a mesma árvore será vista e interpretada por outra pessoa, mesmo que passando por situações iguais, de uma forma completamente diferente. Vai ter valores para você de uma forma e de outra forma para outro, e será uma certeza diferente dentro de cada pessoa. Porque, na verdade, a imagem vem de dentro de quem vê e não da imagem em si.

– Meu Deus... agora tudo faz sentido! – disse a menina, embasbacada, sentindo com clareza tudo que a Voz dizia.

– O mundo em si não é um só, existem dentro deste vários mundos e conceitos de mundo. Ao mesmo tempo, enquanto estamos conversando aqui, em um outro mundo (um conceito parecido com o que os humanos conhecem como "outras dimensões") uma outra realidade tendo você mesma como protagonista, assim como nesta realidade aqui, está acontecendo.

– Como assim? Então eu estou aqui e estou em outro lugar ao mesmo tempo?

– Sim, você pode estar em vários lugares e em vários mundos (dimensões) ao mesmo tempo. E neste de onde lhe falo você está no seu quarto, escrevendo um livro. Livro esse que as pessoas já estão até lendo, agora mesmo, e cada um está vendo e sentindo cada palavra de acordo com as suas experiências existenciais. Nenhuma palavra vai ser lida pelo mesmo humano da mesma maneira. Pode-se dizer que é como se esse livro estivesse em branco, como se fosse somente um amontoado de páginas em branco e as palavras aparecessem no papel diante de cada um, sendo criadas instantaneamente, produto da mente de cada um.

– Escrevendo um livro, eu? – disse Kat, ignorando as demais informações. – Livro de quê?

– Um livro seu mesmo. Contando a sua vida.

– Eu? Impossível! Eu jamais escreveria um livro! Não gosto mais nem de escrever, há anos que escrever já não me apetece! E ainda mais falar sobre a minha vida! Eu não falo da minha vida pra ninguém. Essa é a melhor parte de não ter amigos! É nunca ter que contar nada... Essa realidade só seria possível se eu estivesse amarrada! Eu estou sendo obrigada a fazer isso?

– Não, você o faz por espontânea vontade.

Quando a Voz disse isso, a menina caiu em um quarto em Los Angeles onde, sentada numa cama, digitava no computador.

– Meus Deus, sou eu!

– Sim, é você.

– Então isso é o meu futuro? Então podemos andar para a frente no tempo também?

– O tempo não existe. Podemos caminhar livres por qualquer parte de sua existência, seja ela aqui, em um tempo que você ainda não presenciou na sua realidade de agora, mas em outra dimensão já vive, seja quando você era criança, seja em qualquer outra vida em que esteve. Podemos ver tudo, ir, voltar e presenciar tudo de novo e tudo pela "primeira vez", quantas vezes for preciso.

No computador lia-se o que parecia ser o título do livro: "Você escreveu este livro".

– "Você escreveu este livro"? – perguntou a menina, lendo o título do livro no computador. – Por que dei ao meu livro esse nome?

– Você tenta passar às pessoas o conceito de *criação em cima da criação*, esse que eu acabei de lhe explicar. Mas esse não será o título final, ele ainda mudará muitas vezes.

– "Você escreveu este livro"! Que nome interessante para um livro! Mas espere... Se você está me dizendo que tudo que escutamos também passa por esse processo de transformação automático e se torna outra coisa dentro dos nossos ouvidos, então eu posso estar interpretando-a mal também! Eu posso estar ouvindo você, mas ao mesmo tempo estar criando outras palavras nas suas respostas.

– Exatamente. O que eu falo é muitas vezes interpretado de maneira completamente diferente... E depois o ensinamento, a mensagem errada pode ser passada ao mundo, simplesmente porque uma mente me ouviu, porém na verdade ouviu outras palavras. Todo humano tem o poder de *criação automática sobre a criação real,* e é por isso que muitos morrem por uma verdade, passam a vida vivendo uma certeza, pregando uma religião, uma mensagem, uma palavra em que verdadeiramente acreditam, porque realmente aconteceu, a conversa com a Voz foi real, porém, na hora de traduzirem as minhas palavras na própria mente, elas vieram com a carga de outras existências, e até de planos inferiores em que já estiveram, e o resultado disso é a confusão da Unidade e, por consequência, o desastre do *Todo.* É por isso que na Terra os humanos se dividem em muitas religiões, em muitos conceitos do que é Deus e do que é a mensagem Dele, porém a mensagem é uma só. **Eles recebem diariamente a mesma mensagem por diferentes pontos de vista.** Apesar de haver muita confusão na tradução da VERDADEIRA VERDADE na cabeça de cada humano, ela é uma só, e é dita a todos.

    Ao acordar, morrendo de dor de cabeça e com dores horríveis no corpo todo, sem se lembrar de nada, Kat levanta-se cambaleando e vai direto até a mala pegar um analgésico.

    – Essa dor só pode ser de tristeza; fiquei tão decepcionada com ele que até fiquei doente! Deus me livre!

    No dia seguinte, o rapaz fez o mesmo, combinou com ela e depois disse que não poderia ir. A menina, que já pela segunda vez perdia a aula de que mais gostava e de novo se preparava para enfrentar mais uma longa noite de choro e frio interno no hotel sozinha, reclamou. Disse a ele que aquela seria a sua última noite lá, e que seu voo partiria às 5 da manhã para o Brasil. O menino pediu-lhe que entendesse, explicou que não era culpa dele e mentiu, culpando o trabalho mais uma vez. Insistiu para que ela mudasse o voo, prometendo que no dia seguinte eles fariam algo incrível, como nos velhos tempos, e assegurou que tudo ficaria bem. Ao contrário do que aconteceria se isso tivesse ocorrido alguns meses antes, a menina não gritou muito nem brigou; ela já havia brigado demais sempre por tudo, agora estava fraca, só queria mesmo estar com alguém que a amasse, ou que ao menos a fizesse esquecer por um momento tudo que estava acontecendo, afinal havia ido até ali para buscar forças em alguma coisa – a essa altura qualquer pessoa já teria se dado por vencida, mas ela não. Não era disso, ela era forte, era de acreditar no melhor, nem cogitava a ideia de que algo daria errado ou de que aquela viagem acabaria em choros e perdas.

    Acabou concordando com o menino em mudar o voo, e admitiu para si mesma que precisava de mais tempo ali, mais tempo para se preparar para a realidade triste que a esperava no Brasil; "mais dois dias não farão diferença lá, e aqui farão muita", pensou, e mudou o voo para dois dias mais tarde. Acontece que as situações não estavam de acordo com a conduta otimista da menina; mais um dia se foi, mais uma vez o menino ligou, marcando encontro, depois dando uma desculpa e cancelando... Era estranho, como se não fosse ele, não era a mesma pessoa, não era aquele mesmo taurino tão gentil, preocupado e amável, mas a menina não entendia; preferia achar que era tudo coisa da própria cabeça, e, do jeito que estava girando, não se atinha muito a fato nenhum, apenas ouvia o que o menino dizia, acreditava e pensava: "Tudo bem... ainda me falta um dia, e em um dia tudo pode mudar".

Estava decidida a ir para o hotel e se fortalecer, como fazia, com meditações e orações, pedindo para esquecer qualquer coisa que estivesse conturbando as energias ali, e chegou até a sentir-se muito bem e muito leve; pensou ter atingido o nirvana e a paz de que precisava. No dia seguinte, e último, ele ligou muitas vezes, se desculpou e marcou um jantar à noite. Antes iriam assistir a um filme no cinema. A noite tinha tudo para ser perfeita, finalmente, como havia sido planejada. A menina, então, de novo, feliz e confiante, saiu da escola mais cedo, porém, como o rapaz combinara de ligar até as 7 da noite se conseguisse se liberar, ela não saiu da aula às 7, resolveu ficar e pedir permissão para sair às 11.

O menino disse que se até as 11 não ligasse, ele a encontraria às 11h30 em seu hotel. Kat então saiu correndo da aula, depois de levar uma baita bronca e ouvir um longo sermão em classe sobre atores que não se comprometem com o trabalho... A professora mencionou que a mãe de Kat estaria "morrendo" e que aquele era o único motivo pelo qual alguém poderia sair mais cedo da aula, já que acabava entre 2 e 4 da manhã. Os corajosos 20 alunos ali presentes, já enfrentando a nevasca para estar ali, escutavam com zelo tudo que era dito pela brava professora, enquanto Kat morria de vergonha. Era a primeira vez que passava por uma situação assim; falta de disciplina era algo que não existia em seu vocabulário, pelo menos não ali, mas pensava estar fazendo o certo, afinal, devia a si mesma um pouco de felicidade, e a felicidade a esperava no hotel.

Ao sair da classe, já correndo em meio à neve, pensava se seria possível uma noite ser tão incrivelmente fria e o seu coração estar tão quente ao mesmo tempo. Resolveu então ligar para o menino e dizer que estava a 15 minutos dali, como fazia nos velhos tempos... Lembrou-se do passado e sentiu-se ótima.

– Oi! Acabei de sair da aula! – ao falar isso, ouviu ruídos de copos e pratos, como se ele estivesse em um restaurante bem barulhento ou em um bar.

O menino respondeu com uma rispidez quase ensaiada, como num filme, se os personagens mudassem de personalidade sem que a plateia fosse avisada:

– Ah, sim, ah... então – disse ele, afastando-se da mesa. – Eu estou no Soho, tive que vir para cá depois da gravação, não pude ir para aí.

– O quê? Tá... tudo bem... Então venha! Eu te espero.

– Ah, pois é... Eu pensei bem, já são 11 horas da noite, não vai dar pra ver mais nenhum filme no cinema.

– Sim, eu sei – disse ela, rindo –, não tem problema, vamos comer alguma coisa.

– Não, mas... às 11 não haverá mais nenhum restaurante aberto... não estarão mais servindo comida...

– Sim, então venha para cá e ficamos aqui mesmo, não tem problema...

– Ah, querida, você não entendeu o que eu disse?

Somente ao ouvir isso Kat parou a sua rápida caminhada pela rua congelada. Agora nenhum músculo do corpo se mexia, o único movimento era do branco ar denso que saía da boca, formado por sua respiração ofegante.

– Eu estou no Soho – continuou o menino –, do lado de casa, e você está na Broadway.

– Sim, e daí? – disse ela com o coração já na boca, quase se misturando à neblina.

– E daí que estou longe demais!

– Longe? Você está a 15 minutos de carro daqui!

– Sim, mas está uma nevasca lá fora! Está caindo o mundo e está perigoso, não haverá nem táxis, com certeza.

– Eu sei como está o clima! Eu estou andando na rua agora mesmo, enquanto falo com você!

– Olha, querida, eu tenho que voltar para a minha mesa, não há motivos para que fiquemos aqui discutindo... Vejo que você já está se alterando e hoje eu não estou com paciência para esse tipo de comportamento. O quadro é bem simples, sem motivo para gritos: eu tenho que acordar cedo amanhã, e não quero me deslocar até aí e depois me deslocar de volta. Se você quiser, então pegue um carro e venha até mim, são os mesmos 15 minutos...

– Tá... onde você está? – naquele momento, em que tudo já estava perdido, pensava que era melhor calar o orgulho que borbulhava junto com o ódio no peito, e ir ao encontro do rapaz, não por ele, mas por ela, que havia esperado tantos dias e mudado o voo por aquele encontro.

– Ah... na verdade eu não sei, tenho que perguntar o nome do lugar, e precisarei ficar aqui mais uma hora... e depois tenho que acordar cedo, e você não vai poder dormir lá em casa porque de manhã cedo as pessoas chegarão para trabalhar lá, então não sei se vai valer a pena pra você...

– O quê? – Kat não podia acreditar em nada daquilo que ouvia, em nenhuma palavra, nenhuma vírgula, nenhum ponto... Nada daquilo fazia sentido. Subitamente sentiu uma tontura, uma sensação de que havia sido traída. O coração pulava no peito como se fosse parar, antes de a agonia física explodir em um choro tão doído e gélido que faria inveja até aos enormes montes de neve ao redor da menina, empilhados na extensão de todo o meio-fio. Pensou em desligar o telefone para que a pessoa do outro lado não fosse testemunha da dor.

– O que... – disse num soluço, já com um nó formado na garganta. – Esquece... – e desligou rapidamente o telefone.

As pernas não obedeciam, as juntas e o peito doíam tanto que resolveu se abaixar no chão, sem ter escolha. As lágrimas caíam com tanta força que o ar não conseguia passar. O frio já doía na alma e tinha medo de morrer ali. "Tenho que me levantar", pensou, "e caminhar mais 15 minutos nesse frio, ou então morrerei aqui". Já havia ficado tempo demais sem se movimentar, num frio tão extremo que era agora difícil até de sentir. As lágrimas congelavam no rosto, porém ela não conseguia parar de chorar e não tinha voz para pedir ajuda. O peito já congelava de frio, as mãos estavam roxas. Depois de muitos minutos nessa situação, não sabe bem como, chegou ao hotel e entrou debaixo do chuveiro com roupa e tudo, sem conseguir se mexer, com as mãos pregadas de frio, e assim que conseguiu mexê-las ligou para a mãe. Ninguém atendeu, o que aumentou ainda mais o desespero da menina, e a fez em prantos pedir perdão em voz alta, como se conseguisse se comunicar com a mãe, de dentro do quarto de hotel, entendendo que havia perdido mais cinco dias ali naquela situação, em que tinha pensado somente nela mesma, mesmo que isso fosse para lhe dar forças para voltar, mesmo que soubesse que não teria conseguido sem isso. Porém agora uma imensa coragem e certeza tomaram conta do seu peito. A família era mesmo tudo, em mais ninguém se podia confiar. Tinha uma sensação horrível de que o menino havia feito tudo aquilo com ela por uma espécie de vingança, mas não queria acreditar. Mesmo depois de tudo... depois de saber a situação da mãe... será que ele teria tanta maldade assim? Será que um menino tão bom seria capaz de tamanho plano maligno de vingança por ela tê-lo deixado?

Nas horas seguintes, o menino, como se tivesse se arrependido de algo, passou a ligar insistentemente, e Kat, com os olhos encharcados de lágrimas, agora de novo só pensando na mãe, mal conseguia enxergar o visor do celular. O nome do menino aparecia e sumia da tela sem parar, como se não significasse nada. O ódio que ela sentia por ele agora era tão grande, tão incrível, que não permitia que ela sentisse mais nenhuma dor em relação a ele, sentia-se apenas péssima. Um ser humano horrível, por estar ali ainda, enquanto a mãe estava em seus últimos dias no hospital...

– Como pude, meu Deus? Como pude? Pare de ligar! – disse, já surtando em relação às ligações. – Pare! Por favor, pare! Eu nunca mais falarei com você! – disse ela, em tom de ameaça. – Nunca mais! Nunca mais!

Às 4 da manhã pegou o táxi que a levaria para o aeroporto, e, feito fênix, apesar de ter o coração ainda dolorido da culpa em relação à mãe, e o peito dolorido devido a uma possível pneumonia, sentia-se feliz e animada. Para o próprio bem, decidiu que os últimos cinco dias nunca haviam acontecido, obrigou-se a esquecer tudo e se pôs a fingir que pegava aquele voo de Los Angeles.

– Esses cinco dias nunca aconteceram, vão sair do mapa da minha vida – disse sorrindo ao motorista do táxi, que não sorriu de volta. – Exatamente – disse ela, concordando e fazendo graça do mau humor do motorista.

E, como de costume na vida, criara o seu próprio filme e seguia em frente. Já tinha encomendado balões e flores para levar à mãe no dia seguinte, nem acreditava que finalmente estaria com ela, e agora pela primeira vez mudada, pela primeira vez como filha, poderia finalmente lhe dizer as coisas que nunca havia lhe dito antes. E, apesar da situação, por causa disso sentia energia de vida, de coisa que começa, pois afinal começava mesmo, era o início do seu relacionamento com a mãe.

Depois de muitas horas de voo, teve um sonho bem peculiar. Como se o corpo entrasse voando num céu de abóbada escura e estrelada de noite, em sua direção vinha voando a mãe. As duas, ao se encontrarem, "sentaram" no céu, como se houvesse sofás invisíveis flutuantes e como se estivessem do lado de fora do avião onde a menina dormia. Conversaram por um tempo que lhe pareceram horas, porém não se sentia o tempo. Às vezes o corpo das duas se transferia para dentro do avião, onde viam a menina sentada na poltrona dormindo. O corpo era leve como o ar, apesar de sentirem que caminhavam nesse plano como seres humanos e não no mundo dos "sonhos", mas as duas não pareciam se importar com o fato de que flutuavam e andavam pelo espaço conversando e que ninguém dentro do avião pudesse vê-las.

Quando a menina acordou, sentada na poltrona gelada do avião, sentiu plena alegria; tinha certeza de que havia passado aquelas últimas horas na presença da mãe. Porém, quando se deu conta de que aquilo havia sido apenas um sonho, e a cabeça foi voltando à realidade, murmurou:

– Por que acabei de sonhar com a sua alma como se estivesse morta, se você está viva?

E um grande temor tomou conta de seu espírito.

Ao descer do avião, o aeroporto estava absurdamente vazio e silencioso, já passava das duas da manhã. Ao fundo, então, avistou o motorista, o fiel amigo que trabalhava com ela havia muitos anos, e tomava agora conta da mãe em tempo integral. Atrás dele estavam a irmã e o marido. Ao vê-los, sorriu, pensando: "Nossa, é a primeira vez que a minha irmã vem ao aeroporto me buscar".

E sentiu-se bem pela primeira vez em ver a irmã, pensou não estar sozinha no mundo, afinal fazia anos que não via tantos membros da família juntos – contando que o motorista já era da família, só ali eram três. Pensava em perguntar para a irmã, ansiosa, se já podia ir visitar a mãe, tinha muita pressa.

– Oi! – disse sorrindo, com a alegria de quem chega.

– Mamãe morreu – disse a irmã, tirando o cabelo do rosto e revelando uma face pálida e apática.

O coração de Kat parou. Nenhuma palavra pôde ser expressada, e antes mesmo que pudesse organizar os milhões de sentimentos que pulsavam na mente e controlar o sangue que corria quente a mil por hora dentro das veias, a irmã caiu num choro que tinha a sensação de ter começo, mas não fim. E a única reação de Kat foi abraçá-la e dizer:

– Calma, vai ficar tudo bem.

– Ela morreu algumas horas atrás, não conseguiu esperá-la – disse a irmã, deixando ali o que tinha sido o último sentimento da mãe, uma espera, incessante e angustiante, que jamais havia chegado ao fim, esperando por cinco dias a tão amada filha chegar de Nova York. O abraço que nunca deu e o último pensamento de saudade que nunca iria se saciar com certeza tinham sido para ela.

A menina engoliu em seco uma dor que não tinha como mensurar. Não queria esboçar nenhum sentimento, e não conseguia pensar em nada, o pensamento havia tomado uma função de planta, só subsistia. Não funcionava. Os movimentos eram automáticos, e a menina foi para o quarto da irmã em choque. Até que algumas horas depois, quando ficou absolutamente sozinha, deixou rolar as lágrimas de culpa, de dor, de saudade. O mesmo choro da irmã, que parecia ter início, mas que não teria fim. Aquela sensação era aterrorizante, e, naquele momento, apesar de nenhum pensamento poder ser formulado, a certeza de que aquela dor jamais passaria era o que fazia o corpo estremecer e a garganta fechar, como se a mente não quisesse acreditar. Não existia dor maior, ferida maior. Não existia nada no mundo que pudesse se igualar àquilo.

Sentiu-se extremamente sozinha. Como se ninguém no mundo depois daquilo fosse entendê-la. Como caminharia agora no mundo, com tamanha dor, com tamanho fardo, que mudaria a vida drasticamente? Todos os humores, todos os sorrisos, todas as manhãs, TUDO mudaria drasticamente, tudo. Nem mesmo os desejos seriam os mesmos... Não. Durante aquele pranto sentia na alma que uma cirurgia espiritual e mental estava sendo feita sem anestesia. O espírito estaria marcado para sempre com aquela tatuagem horrível que todos iriam poder ver assim que ela saísse do quarto, porém ninguém entenderia. Somente os que perderam a mãe entenderiam, pensou, mas não... nem mesmo esses. Pois quem entenderia uma menina que cresceu raivosa, sem ter mãe, e ao mesmo tempo cuidando tanto de sua mãe? Vivendo e morrendo em sonhos por ela todos os dias de sua vida, e que sofreu de depressão profunda nos últimos meses, tomando coragem para ir vê-la, e quando finalmente se achou pronta, acabou perdendo-a por tão pouco... por poucas horas... por poucos caprichos... por tão pouco amor...

Pensou então que, se não fosse o menino, não teria perdido pelo menos a despedida da mãe, perdido a chance que havia esperado uma vida inteira, sem saber, de cessar o sofrimento dela e dizer "eu a entendo". Mas em nenhum momento culpou o menino; culpou a si mesma, culpou-se por ter feito escolhas tão ridículas, por ter sido tão pequena, tão burra, em um momento tão crucial. Não imaginava que aconteceria justamente naquele dia... Não imaginaria que a sua decisão de adiar um voo, tomada sem hesitação, em pouco menos de um minuto, iria lhe custar o resto da vida de arrependimento. E ainda estava tão jovem para viver com aquela memória para sempre, com aqueles últimos cinco dias fatídicos que agora estariam mais presentes do que nunca em sua mente. Aqueles últimos dias completamente desperdiçados, à espera de nada, enquanto poderia ter estado com a mãe nos últimos dias de sua tão breve existência na Terra. Havia sido breve demais, e tão pouco de tudo aquilo havia aproveitado. Até ali não tinha se dado conta, mas, por ter passado a maior parte da vida viajando, podia contar nos dedos quantos anos tinha realmente passado ao lado da mãe.

Queria dividir com alguém aquela dor, e, num ato impensado, pegou o telefone para ligar para a mãe, como sempre havia feito nos últimos anos quando algo doía. Então, sem entender nada, já com o número sendo discado, lembrou-se de que a dor era justamente aquela. Ela não estaria mais ali... Não estaria mais do outro lado da linha para lhe dar força, ou ensiná-la a rir dos problemas, como sempre fez, e dizer que não era nada de mais, e, até sem saber, fazer a filha dormir tranquila depois de ouvir suas palavras de conforto, como se fosse um bálsamo de paz para a alma flamejante, ardendo em dúvidas. Não... Não estaria mais do outro lado da linha, agora para resolver aquele problema, para acalmar seu coração, não estaria mais ali para amenizar a dor daquele problema e de mais nenhum outro, não estaria mais do outro lado da linha, agora que precisava tanto dela – mas a dor mais doída era que ela não estaria do outro lado da linha quando tão desesperadamente precisava ouvir a sua voz, nem agora, nem nunca mais.

"A vida não espera. Nem que fiquemos prontos para amar. Nem que fiquemos prontos para dizer adeus. O trem da vida apenas vai. Passa, acontece, e se nós não pegamos carona nele no momento em que está passando, nós o perdemos."

No dia seguinte, logo pela manhã, o pai chegou à casa da irmã, obrigado por ela a participar do enterro. Kat estava em estado de choque, sem conseguir pensar em nada nem formular as palavras, mas agia normalmente, como se nada tivesse acontecido. Quando o pai entrou pela sala, disse:

– Oi, pai, tudo bem?

Perguntou como se nada estivesse acontecendo, sem se dar conta de que já não falava com o pai havia uns dez anos, e que nem se lembrava da última vez em que o havia visto. Sentou-se na varanda, do lado de fora, como se fosse um dia normal, porém completamente vazia por dentro; sentia-se tão oca que não entendia como conseguia ficar de pé.

– Como... – respondeu o pai simpaticamente, referindo-se talvez à idiota parte do "tudo bem", devido a estar ali justamente para o enterro da mãe.

– O que você fez na boca? A sua boca me parece maior – disse ele de pronto, como sempre mudando de assunto; o pai de Kat nunca falava de nenhum assunto sério.

– Nada... não fiz nada – respondeu a menina, como se conversasse com um antigo amigo em um encontro casual no parque. – Acho que foi porque cresci... – continuou, imaginando que o pai estranhara as mudanças no rosto que aconteceram naturalmente, da menina que ele conhecia à mulher que ele via agora.

Olhando para os olhos do pai, admirou-se ao ver que eram azuis, e, prestando pouca atenção aos assuntos triviais que surgiam, só conseguia pensar: "Nossa! Seus olhos são azuis?". A vida inteira havia pensado que os olhos do pai eram verdes, verde-menta, bem "cheguei", mas então se deu conta de um fato que lhe causou arrepio: que até então nunca tinha se colocado à frente dele e o olhado nos olhos. "Nunca olhei nos olhos do meu pai", pensou, com imensa nostalgia, e como se a vida inteira passasse diante de seus olhos naquele instante, desde os primeiros momentos de menina até ali, naquela varanda.

Olhou para o lado e viu o sol claro que ardia, naquela avermelhada-alaranjada hora de antes das 6 da manhã, "tão diferente de ontem", pensou, lembrando-se da neve de Nova York, de onde parecia nunca ter saído. No relógio, era como se de alguma forma o tempo houvesse parado ali, naquele quarto gelado de hotel, em que na sua máquina do tempo mental, na tentativa de esquecer os cinco dias, houvesse se esquecido lá, num momento envolto no tempo, de onde não conseguia sair, e era aquela a última realidade de que a sua cabeça se lembrava. Tudo o mais que acontecia agora parecia um sonho macabro em que o espírito vagava em sofrimento, porém ansiava em voltar ao quarto de hotel em Nova York, próximo da escola, onde estaria dormindo e provavelmente acordaria para ligar para a mãe, como de costume, ou marcar mais um programa que jamais existiria com um taurino vingativo. E agora aquela realidade que antes parecia tão ruim, tão repugnante, era o sonho mais doce a ser almejado. Apenas queria voltar no tempo, a qualquer lugar em que a mãe ainda existisse. O dia anterior agora parecia o mais incrível, havia mudado, sem querer e sem mudar, drasticamente, para o melhor dia dos últimos tempos, para o último dia em que caminhava na Terra sem o fardo insuportável de dor, que causava constantes crises de asma, o último dia de sua felicidade plena, que, olhando para a vida de fora agora, não era assim tão ruim, não era nada ruim.

Se ela soubesse, naqueles dias de tanto choro e dor no hotel, que agora, apenas um dia depois, olharia para aquele momento desejando tanto voltar lá, desejando tanto a alegria despercebida que era caminhar num mundo em que a desgraça, o frio e o desespero moravam fora, e não dentro da alma; estavam na TV, e não impressos nos olhos. Se ela imaginasse que aqueles dias, tão ignorados antes, seriam agora os últimos vividos com dignidade humana, sem essa palpável pena de si mesma, que não a abandonaria jamais, que seriam os últimos em que a sua verdadeira alegria de viver ainda existia. E um fato tão pouco valorizado, que naqueles últimos dias, como nos últimos anos e décadas pouco fez diferença, agora ecoava sem parar dentro da cabeça: "Foi o último dia da certeza de que a minha mãe estava viva", pensava. Uma certeza tão boba, que mal passava pelo pensamento, agora era tudo que ela vivia e sentia.

No visor do celular, o nome do taurino pulava sem parar, e a menina, com o cérebro completamente fritado por tudo, nem pensava em responder. Só horas depois se deu conta de que ele havia ficado sabendo da morte da mãe por meio do Facebook e mandou uma mensagem dizendo: "Querida, por favor, atenda o telefone... Eu sinto muito, eu não sabia".

Kat, então, em um ato impulsivo, sem conexão com a

realidade, atendeu o telefone e apenas implorou ao rapaz que parasse de ligar. A decisão de não falar com ele havia sido tomada a fim de proteger o próprio menino, já que Kat não queria descontar toda a raiva, ódio e culpa nele, pois sabia que depois se arrependeria muito. Já não sentia mais nada por ele; era como se todo o amor tivesse sido congelado dentro do peito naquele dia na neve, depois derretido debaixo do chuveiro e sido levado pelo ralo naquela mesma noite. E agora o amor pelo mundo e por tudo que havia nele parecia ir pelo mesmo caminho: ralo abaixo. Não havia um resquício de amor nem de nada de bom por ninguém em seu coração.

– Oi – disse ao telefone. – Por favor, eu lhe imploro, não quero falar com você.

– Mas querida, por favor, me escute, eu sinto muito, muito mesmo por tudo... Eu fui uma péssima pessoa e não fazia ideia...

– Por favor, não importa mais, não quero ouvir... A dor agora é muito maior, já não me importa mais o que você tenha feito. Nada me importa... Por favor, apenas pare, me deixe em paz... Respeite a minha dor. Eu tenho de ir agora. Nós não nos veremos mais, nem nos falaremos... E faço isso pelo seu próprio bem, não quero lhe dizer coisas impróprias.

No entanto, mesmo com o pedido tão sincero, o rapaz continuou ligando insistentemente, durante dias. A cabeça de Kat estava tão distante que já não se lembrava mais dele, nem de quase nada no mundo real. As semanas seguintes foram marcadas por comportamentos muito estranhos. De certa forma o cérebro da menina se recusou a viver a perda. Ela não foi ao enterro, nem se comunicou com ninguém da família. Era Carnaval no Brasil e a menina foi a festas, que já estavam programadas havia meses. Encontrou-se com amigos e não disse a ninguém que a mãe tinha morrido. Quando as pessoas perguntavam como estava a mãe, ela apenas dizia que estava bem e mudava de assunto. A agência também ligou para perguntar sobre a mãe, depois de algumas semanas de sumiço da menina, e recebeu dela a mesma resposta – e depois mais alguns meses de sumiço.

Alguns dias após a morte da mãe, a menina resolveu voltar para Nova York. Queria ir de novo para o único lugar onde se sentia bem, o "quadrado negro" – as salas todas pintadas de preto, com luz ofuscante e professores que gritavam até expulsar toda a alma de dentro dos alunos, para que assim pudessem despi-la sem pudor no palco. Era lá o único lugar em que queria estar. Não conseguiu vaga no mesmo hotel, porém ficou em outro muito parecido, ainda mais próximo da escola. Criou, sem perceber, o hábito, a estranha mania de conversar com a mãe por horas, todos os dias, assim que entrava no quarto, animada e serelepe, como se a mãe estivesse do outro lado da linha no telefone. Deitava na cama e contava tudo, como antes, como sempre, como se nada tivesse mudado... Contou do taurino, das peripécias na aula e de tudo o mais. Porém acontecimentos estranhos passaram a rondar a menina após a morte da mãe.

Na mesma semana da morte, seu cartão de crédito foi recusado. Ao investigar o que havia acontecido, descobriu que um antigo ex-namorado havia comprado passagens aéreas para ele e para a atual namorada, entre outras coisas muito caras, com seu cartão. Já vinha fazendo isso havia meses, e, como o cartão era sem limite, havia roubado todo o dinheiro da conta, e fazia três meses que as faturas não eram pagas – o que a deixou sem dinheiro até para pagar as despesas com o velório da mãe. Foi informada de que o dinheiro jamais seria ressarcido, pois ela mesma admitiu que conhecia a pessoa que havia roubado. E o tal ex, que até então tinha se comportado como um amigo próximo, nunca mais respondeu às ligações ou e-mails.

Dias depois, saiu com amigos e dividiu com eles um prato de salmão. Não se sabe o que aconteceu depois, e por que o salmão causou reação só nela; os médicos atribuíram o fato esquisito à infecção do seio. Ela passou dias de cama, vomitando, com febre de 40 graus e sem conseguir se mexer. As juntas e a cabeça doíam tanto por causa da desidratação que não conseguia nem mesmo se mexer para buscar água na pia do banheiro, como vinha fazendo. Por causa da dívida na recepção do hotel, um segurança arrombou a porta do quarto, pois fazia cinco dias que não tinham notícias da menina. Foi encontrada em cima da cama, nua e imóvel, e recebeu os primeiros socorros. Foi alimentada e cuidada pelos funcionários do hotel, que, tanto quanto ela, não entenderam nada do que estava lhe acontecendo.

Os meses seguintes foram de muita dor e ódio. Sentia ódio de tudo e de todos e não falava com ninguém. Teve ódio principalmente do taurino, que mandava mensagens incessantemente, como se ela fosse responder. Como ela já o havia bloqueado várias vezes e havia prometido a ele que não o bloquearia de novo, estava se segurando para não quebrar a promessa. Desde que a mãe morrera havia se tornado imoral, sem valor, sem luz... mas não sem palavra. Ainda não tinha quebrado uma promessa.

Desde o dia da morte, vinha também acumulando vários problemas psicológicos, fobias e pânicos. A paranoia que já tinha desde criança havia agora tomado proporções absurdas – não conseguia dormir de jeito nenhum em lugares que fossem maiores que um quarto de 40 metros quadrados. E havia desenvolvido a maior fobia de todas, que era a de ficar sozinha. Mas, se não gostava de humanos, como faria para não dormir sozinha? Precisava deles agora, pela primeira vez, então voou para Miami, onde morava um rapaz com quem gostaria de dormir, só para chegar lá e perceber que talvez não fosse uma boa ideia, ver o menino e dispensá-lo. Então caminhou durante cinco horas na praia de Miami, e fez apenas isso, duas vezes ao dia, sem pensar, por 15 dias, fosse sob sol escaldante, fosse em um temporal de tornado.

Era época de tornados em Miami e nos dias de temporal ela caminhava sozinha na praia, debaixo de uma chuva de pingos tão fortes e raios tão brilhantes que pareciam querer se vingar da raça humana. Caminhava com os fones de ouvido e levava os três telefones, mais o iPod, para quando um ficasse sem bateria pudesse plugar o outro. Saía sabendo que andaria todas essas horas, porém alguns dias andava mais, e cada vez mais. Saía às 4 da manhã e andava até a tarde, depois sentava-se encharcada pela chuva e congelando de frio para comer algo na rua, então voltava para o hotel, dormia e, assim que acordava, colocava as roupas de corrida, ainda molhadas, e ia caminhar no mesmo trajeto infinito de novo, o calçadão da praia de Miami.

Parava e sentava-se na areia escura e deserta da praia, em que a pessoa mais próxima parecia estar a milhares de quilômetros dali, e observava a lua beijar o mar ao entardecer e depois se distanciar dele, como se nem se tivessem conhecido. Depois voltava de madrugada e sentava na areia fria da praia de ventos congelantes namorando a lua cheia gigante e amarela daquela semana. Recebia mensagens de pretendentes deixados ao redor do mundo enquanto estava ali na areia sozinha e pensava: "Será que eles sabem? Será que eles sabem quão sozinhos todos nós realmente somos neste mundo?". Sentia-se sozinha no mundo porque, assim como tinha aprendido, nascemos sozinhos, vivemos sozinhos e morremos sozinhos; essa era a sua percepção de vida. Com os fones de ouvido, quase sempre escutando a rádio; mas houve os dias de cinco horas ininterruptas de Frank Sinatra, o seu cantor favorito; e Sade, que agora também havia se tornado sua cantora favorita, pelo menos de tudo que conhecia até agora.

Tudo que conhecia até agora... essa era uma coisa em que pensava muito também. Era como se tudo que tivesse vivido até ali fosse um filme em que estivera representando todo o tempo a vida de outra pessoa; não conseguia sentir mais nada por todas aquelas pessoas que haviam feito parte daquele mundo *passado* até ali. A cabeça estava confusa, mal conseguia se lembrar delas. Até mesmo a mãe agora já ficava esquecida por alguns momentos. Em outros momentos se esquecia de que a mãe estava morta, como acontecia toda manhã, quando a primeira coisa que fazia era pegar o telefone para ligar para ela.

    De todas as músicas que ouvia, apenas um grupo conseguia fazê-la chorar, e era quando por descuido a seleção caía nas músicas de Charlie Brown Jr., banda preferida da menina durante sua adolescência. Aquelas letras significavam tudo que ela realmente era, antes de tudo aquilo começar. Antes de toda aquela vida de outros começar. Eram da época de quando ainda pensava unicamente com a sua cabeça, e tinha os seus próprios problemas, antes de começar a fingir que entendia e que se encaixava. Aquelas músicas, tais como algumas da banda O Rappa, eram vida para a menina, e agora ela chorava porque a vida era morte, então as músicas eram morte. Era como se cada vez que escutasse uma delas encarasse a vida mais uma vez, e por isso morresse mais um pouco, e de maneira cada vez mais dolorida. Mas era uma dor viciante, na qual dava *replay* por horas, às vezes, até que não aguentasse mais chorar por ela mesma. E o mais incrível era que perante os humanos tinha uma postura fria e distante, tão vazia de qualquer sentimento que tinha fama de ser insensível, o que era motivo de rixa com a irmã, pois não admitia. A irmã, por ser do signo de Peixes, talvez, sentia tudo demais, como Kat, porém, bem diferente desta, demonstrava tudo que sentia – e por puro erro de julgamento, sem conseguir ter empatia nessa questão, não admitia que a irmã sentia...

    Havia saído o seguro de vida da mãe, e uma grande quantia em dinheiro havia caído na conta, o que não trazia nenhum sentimento para a menina, mas facilitava o seu novo estilo de vida, que era o de não pensar em nada. Não pensar em nada e só ser. O seguro de vida havia sido uma tremenda sorte. Por um acaso, por insistência do marido da irmã, que era vendedor de seguros de vida, havia sido feito poucos meses antes de a doença da mãe ter sido descoberta. Assim, as irmãs fizeram o seguro para a mãe, porém o seu plano no seguro era bem maior, com uma recompensa que era o dobro, pois o seu maior medo era morrer e deixar a mãe desamparada. O seguro em nome da mãe, sendo a menina beneficiária, foi feito a contragosto, por insistência da mãe. A irmã também fez um separado para ela, e disse que as últimas palavras da mãe, depois de ela juntar forças para conseguir falar, foram: "Aproveitem a vida de vocês. Viajem. Vivam. Não se preocupem com nada. Usem o dinheiro para viajar e se divertir. Esqueçam os problemas e preocupações. Aproveitem a vida de vocês... É curta demais..."

A menina não sabia ao certo o que era aproveitar a vida, agora apenas se rendia aos caprichos das fobias e carências. Ficava com homens do passado, aos quais antes não dava a mínima atenção, apenas para preencher vazios, e sem nenhum motivo desaparecia de novo. Resolveu não voltar para casa em Los Angeles, pois lá não havia ninguém em quem confiasse, e foi para a França ficar na casa de conhecidos – pessoas com quem havia passado poucas horas antes e agora já fazia parte da família. Durante meses passou de casa em casa, dormiu em camas de casais junto com as donas, no chão da sala, em sofás... E a única coisa que fazia eram longas caminhadas para lugar nenhum em todos os lugares em que se hospedava. Andava por Paris de bairro em bairro, parava em parques e via o pôr do sol, depois voltava a andar, até que não pudesse mais, até que os pés ou os joelhos travassem. De manhã cedo, ou de madrugada, a qualquer hora do dia ou da noite, não se atinha a regras de sono ou alimentares, apenas andava.

Já não fazia mais parte de mundo nenhum. Nem mesmo do

seu próprio. A essa altura, parecia que a cada quilômetro que andava um grande pedaço do seu passado era deixado para trás, despencando dos ombros; a cada quilômetro se sentia mais leve. Já não sabia responder a perguntas sobre quem era, ou onde estava, e muito menos para onde ia; não ia para lugar nenhum, apenas estava. Estava onde estava, e no segundo seguinte não tinha ideia de onde estaria. Não arcava com absolutamente nenhuma responsabilidade. A irmã resolvia tudo que chegava em seu nome e tudo que podia sem nem comunicá-la, já que demorava dias, muitas vezes semanas, para responder a qualquer mensagem, e ligações por voz haviam se tornado totalmente impraticáveis. As contas do apartamento em Los Angeles que não estavam em débito automático simplesmente se amontoavam na caixa de correio, sem que a menina nem por uma vez tivesse pensado nelas.

Convidou uma conhecida e outra para morar em seu apartamento em Los Angeles, assim, quando voltasse para lá teria companhia e conseguiria viver, pensava. Porém não tinha vontade nenhuma de voltar. Até chegou a ficar por alguns dias, mas depois de constatar que nenhum tratamento físico ou psicológico parecia funcionar, resolveu voltar para a Europa. Tinha vontade de ir à Índia e se internar num mosteiro, porém, como não poderia ir sozinha, passava horas tentando convencer pessoas conhecidas e até desconhecidas a ir com ela, sem sucesso. Em meio a tudo isso ainda havia os trabalhos de modelo, aqueles já agendados, aos quais não podia deixar de comparecer, e viajava pelo mundo, fotografava e os clientes estranhavam o "olhar de tristeza". Ela não sabia mais o que fazer; por mais que fingisse que não tinha preocupação alguma e passasse as 24 horas do dia apenas focada em tentar parecer feliz, os olhos eram de uma profunda tristeza. Logo começou a perder trabalhos por isso, o que a fez cair ainda mais facilmente em um caminho de espiritualidade do qual ainda não fazia ideia, um mundo completamente novo.

Nesse período, fazia um filme na capital francesa, um *teaser* que, antes de a mãe morrer, tinha planos de apresentar em Cannes. E a tão esperada exposição do artista Lorenzo Quinn, com as peças de escultura feitas em pedra, gigantescas e perfeitas, que passavam até dois anos sendo esculpidas, um dos dias mais esperados por ela e pela mãe, agora acontecia sem sentido. Até mesmo isso, até mesmo esse dia tão lindo e tão esperado a vida havia tomado dela, pensava. Cannes também foi um fiasco. A equipe do filme, liderada pela diretora, deu um golpe em Kat e na escritora, prendendo a filmagem e pedindo cinco vezes mais o valor em dinheiro que estava previsto para que fosse entregue. O trabalho de cinco meses e todo o investimento de milhares de dólares haviam ido por água abaixo, e com ele o festival de Cannes também. A menina agora estava ali, em pleno festival, poucos meses depois da morte da mãe, em meio a toda a sua insanidade, e sem nenhum material na mão para apresentar, e por isso sem nenhum motivo para estar ali. Foi a primeira crise de psicose depressiva que teve. Não queria ser mais ela, não queria mais viver no mundo. Tinha medo do mundo e de tudo que havia nele. Seus amigos e conhecidos a traíam e roubavam deliberadamente. Todos que passavam em seu caminho agora se aproveitavam o máximo que podiam dela. E cada vez que isso acontecia a menina era deixada para trás, cada vez mais apática e cada vez mais sem esperança. Havia virado uma terra seca. O que antes era floresta rica em bênçãos e sorte, agora era terra árida e infértil. Nada crescia lá. Era como se o interior da menina e a sua vida fossem um grande deserto.

Em sonho:

– Por que chora? – disse a Voz.

– Quem é você? E onde está? Não a vejo!

– Eu sou quem você quiser e estou onde você quiser estar. Onde você quer estar e quem você quer que eu seja?

– Onde? Eu quero estar exatamente onde estou... Não é o lugar onde estou que me aflige, e sim as pessoas nele, como sempre.

Então tudo se abriu no branco do ambiente, e ela estava de volta ao quarto de hotel em Cannes, porém o seu corpo não aparecia dormindo na cama, era como se estivesse falando e aquilo acontecendo em tempo real; no sonho, não sabia que estava dormindo.

– E quem eu quero que você seja? – continuou a menina. – Ninguém! Não sinto falta de ninguém e não quero conversar com ninguém!

– A sua vida é reflexo do seu interior.

– O quê?

– É por isso que você chora. Porque os seus esforços estão sendo sufocados por grandes acontecimentos desfavoráveis e até as suas vitórias estão sendo sufocadas por atos de *injustiça*, e isso a deixa ainda mais amarga.

– Sim!

– Porém, você ficou assim porque começou com a amargura primeiro. E quanto a confiar, que sempre lhe falei? E todos os ensinamentos que lhe enviei? Esqueceu-se de todos eles?

– Que ensinamen... – antes que pudesse terminar a pergunta, milhares de lembranças de livros, músicas, vozes, pessoas, tudo – toda a sabedoria divina e de vida que lhe havia sido ensinada até ali passou pelo seu cérebro de novo.

– Todos os ensinamentos que lhe dei, para que acha que servem? Apenas para enfeitar o subconsciente? Não... Eles servem justamente para ajudá-la a superar horas de maior dificuldade, como esta. Tudo que lhe foi ensinado até aqui foi para ampará-la e ajudá-la em seu propósito, e o caminho em que está faz parte do seu propósito. Deve passar por ele, porém não precisa fazê-lo se sentindo assim! O caminho é o mesmo, a situação é a mesma, mas a dor, o desconforto e toda a confusão que cria é por sua conta. É escolha sua, não tem nada a ver comigo. Mas eu lhe dei sabedoria até aqui, filha... Eu a preparei até aqui – disse a Voz, em tom de decepção. E continuou:

– Por que se volta contra mim agora? E contra o mundo que eu criei? E, ao mesmo tempo, por que permite que o mundo a trate assim? O mundo lhe dá o que você aceita. Você está tendo o que no fundo acha que merece. E se deixou levar... Deixou-se perder e não deseja para si mais nada de bom. Tornou-se um objeto, um saco vazio voando sem propósito, e o seu propósito é tão lindo, tão cheio, tão certo. Não há erro no seu propósito, nem mesquinhez. Não houve mesquinhez nenhuma até aqui. Por mais que julgue, lhe foi dado tudo, um mundo de mãos abertas para que você pegasse de mim e do Universo que criei quanto precisasse e quanto achasse que merecia, sempre que quisesses; por que, então, não pega? Por que desiste, decidindo que merece tão pouco? Não foi isso que eu programei pra você... Não foi isso que combinamos... Não foi isso que combinei com nenhum de vocês. A sua força não está nos acontecimentos ao seu redor, nem nas pessoas que a cercam e que, ao lhe fazer mal, tiram-lhe a esperança; a sua força está em mim! E por isso está em você! Eu vivo dentro de você, somos uma coisa só.

Nesse momento, uma luz brilhante e muito forte se fez dentro do peito da menina, iluminando o quarto inteiro, o que a fez olhar para baixo, a fim de verificar o que seria aquilo.

Eu – continuou a Voz – vivo aqui – disse referindo-se ao peito da menina, agora iluminado. – Se você se machuca, me machuca, e, ao mesmo tempo, se se engrandece, me engrandece. A sua força está em você, assim como tudo o mais de que necessitar a qualquer hora e em qualquer situação. Está aqui.

E, quando mencionava a luz, ela brilhava ainda mais forte. A Voz, que agora falava com um timbre masculino e meio grave, tinha um tom triste e desapontado, porém inspirava sentimento de grande força.

– Essas pessoas que lhe fizeram mal não são você, não têm a ver com o seu propósito, então por que permite que a mudem? Por que deixa que elas ditem o que vai ser do seu dia, da sua vida? Você não tem nada com elas, tem comigo, que sou você, tem consigo mesma. Como pode fazer bem a você se se permite fazer tão mal? A sua vida é reflexo do estado energético da sua alma. Está ao seu redor e acontecendo lá fora tudo que você tem aí dentro. Por que então permite que tanta raiva, tanto desgosto entrem em você? Não vê que isso envenena seu dia? Por que permite isso? Haverá muitas situações de provas no mundo, muitas situações das quais não se agradará, porém tem de me prometer que jamais desistirá de si mesma de novo! Quanto às suas aflições de agora, limpe a sua alma e as névoas de confusão que povoam a sua vida se dissiparão. Mude o seu comportamento de rebelde a confiante que as suas alegrias serão abundantes. A felicidade não depende das dificuldades que passa, e sim de como lida com elas. É possível ser feliz em todos os momentos de sua vida, sem cessar, e foi pra isso que eu a fiz assim. O segredo da vida está em sempre prestar atenção nas coisas boas. Haverá sempre muitos ganhos nas dificuldades, às vezes até mais ganhos que dor, e você deve procurar ver isso. Deve procurar apreciar os dias de sol, o canto dos pássaros, as cores da natureza, e ver que o mundo vai muito além das suas dificuldades. Foque apenas o bem e aquilo que traz bem, até que elas passem, e, assim como tudo o mais, essas dificuldades também passarão. Resolva os problemas com os olhos voltados para a beleza da vida. Você tem que entender de uma vez por todas que, na vida, passa por necessidades e dificuldades, mas a sua vida NÃO É A PRÓPRIA DIFICULDADE. Tem que saber separar o problema em si da vida no geral, e verá que em toda e qualquer situação é possível escolher as coisas boas, como também tudo que acontece por fora da sua situação de desespero. A experiência de vida é algo lindo e grandioso em sabedoria, e os seus problemas são apenas problemas. Não existe etapa da vida SOMENTE problemática. Não existe fase SOMENTE difícil. Até na dificuldade há facilidade, até no problema há solução... Existe apenas você mesma escolhendo ver a situação como um ser de célula única, enquanto tudo é organismo multicelular.

– Quando o sentimento de desesperança chegar – continuou a Voz –, em vez de se deixar afogar nele, vá ao mundo, vá lá fora e deixe a natureza que eu criei inspirá-la, deixe que ela lhe mostre a grandiosidade que há em você, e entenderá mais uma vez que a imensidão dos céus, a força dos mares e o poder dos ventos são derivados da mesma natureza que você, e que você tem poder igual ao deles e de tudo o mais que vê na natureza. Vá para dentro de você e verá a beleza além dos seus olhos de se julgar ignorante sobre a própria situação. Vá para dentro de você clamando por mim, e nessa hora lhe emprestarei os meus olhos para que possa se enxergar como eu a vejo, e verá quão perfeita e amada é, e terá a certeza de que não há nada a temer, pois saberá que nenhum mal é maior do que o bem que eu criei para você, nenhuma sombra é maior do que a LUZ que criei dentro de você, e nenhuma dificuldade é maior do que a beleza do seu caminho desenhado e escrito à mão por mim.

Ao escutar aquilo a menina acordou, olhou o espaçoso quarto de um prédio de apartamentos antigo em que estava hospedada em Cannes e reparou que as duas grandes janelas de vidro ainda estavam fechadas. Mesmo depois de quase quinze dias de estadia, nunca tinham sido abertas, e eram cobertas por uma grossa cortina dupla. Ao levantar, antes mesmo que qualquer pensamento surgisse na cabeça, foi até as janelas, abriu as grossas e pesadas cortinas e viu o sol entrar brilhante, iluminando o quarto inteiro. Cada canto do quarto agora tinha sol, até a pequena cozinha planejada e o banheiro. Olhou para o quarto inteiro, que agora tinha partículas de poeira brilhante flutuando pelo ar por ter balançado as cortinas, e exclamou:

– É lindo!

E, vendo beleza até mesmo em um grão de poeira, que esteve ali todo aquele tempo e nem sabia que existia até então, fechou os olhos, sentindo a quentura do sol que banhava a pele, energizando-a, e sentiu pela primeira vez em muito tempo plena paz e quietude. Não do silêncio do ambiente, mas uma quietude na alma, uma tranquilidade que vinha de uma confiança plena em tudo e ao mesmo tempo em nada. Não sabia a que se dava aquele sentimento forte de confiança, só sentia. Resolveu checar os e-mails e, percebendo todas as mensagens de discórdia vindas da equipe de direção do filme, respondeu simplesmente que ficassem com ele. Que não fazia mais diferença, que detivessem as imagens, como estavam ameaçando fazer, e que por meio daquele e-mail declarava que nenhum centavo mais seria investido, que aquele seria o último e-mail e que a partir daquele momento toda e qualquer comunicação entre as partes seria cortada. Não bloqueou o endereço, e viu muitos e-mails chegando rapidamente depois desse, porém não se afligiu e nem teve a curiosidade de abrir nenhum – confiava.

Acessou as mensagens telefônicas e depois de semanas respondeu com parcimônia a todas as mensagens da irmã. Ouviu as mensagens dos conhecidos e organizadores de festas e eventos que encheram seu telefone com convites e depois com reclamações por ela não estar comparecendo a nada, nem sequer às reuniões que ela mesma havia marcado. Decidiu que era melhor não comparecer por não ter o material – os filmes – em mãos. Mas, de repente, Kat resolveu responder e ir a todas. Decidiu que colocaria um sorriso no rosto e se revestiria de uma ótima energia, e contaria com humildade o que lhe havia ocorrido em relação ao filme. "Afinal, são todos humanos", pensou, "talvez entendam a minha situação". E, depois de comparecer às festas, às reuniões e aos encontros, descobriu que muitos deles já tinham passado pela mesma situação, e, em vez de julgá-la burra e desorganizada, como achou que fariam, encorajaram-na a erguer a cabeça e seguir adiante. Atentaram ao fato de ela ser muito jovem, "mas não que isso signifique algo", disseram, "nunca se é velho demais para ser passado para trás". Disseram que aquilo seria somente um dos muitos aprendizados que teria naquela profissão que havia escolhido, e que não era diferente de nenhuma outra profissão, a qual pensavam apresentar dificuldades, mas que na verdade todas eram desafiadoras, e mesmo que escolhesse outra estaria suscetível a passar pelas mesmas coisas. Deveria apenas enfrentar e seguir adiante, sem perder muito tempo naquilo.

Sentiu-se um pouco mais alegre e se ateve à decisão de cortar o assunto por ali, afinal, onde o mal não se comunica, não se alastra. Assim como a luz que se alastra quando comunicada, o mal também. Decidiu então não falar não só do caso do filme, mas de nenhum mal que a afligia; passou a focar só o que era bom e que trazia o bem.

E foi assim que por acaso, sem explicação, de festa em festa, em ambientes que nada tinham a ver com o campo espiritual, por assim dizer, foi conhecendo pessoas, e de pessoa em pessoa acabou chegando ao seu *caminho* mais lindo e inusitado. Um fato que sempre a fazia pensar era que as "piores" pessoas, aquelas mais vis e que mais lhe queriam mal, ou egoístas, acabavam lhe apresentando as "melhores" pessoas. Sem explicação lógica, essas pessoas boas e ruins, de intenções boas e ruins, foram levando a menina exatamente aonde ela tinha de estar para encontrar a Paz e TODAS as respostas de que precisava...

12

Escreve certo por linhas certas, nós é que vemos errado

Foi em uma dessas festas em Cannes que Kat conheceu um produtor de conduta suspeita, que mais parecia querer se aproveitar da ingenuidade da menina. Sem desconfiar, ou desconfiando dele, porém CONFIANDO agora em que tudo tinha um plano maior para acontecer, e julgando menos os acontecimentos como ruins, pensava só que não importava o que lhe acontecesse, tinha uma certeza dentro de si, que vinha de "lugar nenhum", de que tudo aconteceria para o bem.

O endereço da festa era em Mônaco, e não se sentia bem lá, por isso resolveu ligar para os conhecidos, que, por ser época de prêmio de Fórmula 1, estariam todos na cidade. Como o celular insistia em não funcionar, sugeriu ao produtor suspeito que fossem andar, na esperança de ver alguém conhecido no centro da cidade. Então, distraidamente, esbarrou em um rapaz que conhecia muito pouco, à porta de uma boate. Kat não gostava de boates e não era muito de festas, porém o menino disse que naquele dia algo especial acontecia naquele estabelecimento, algum tipo de celebração específica, e por isso não conseguiria colocar o produtor suspeito para dentro, só ela. A menina, sem querer deixar o homem a ver navios, insistiu, mas seu pedido não foi atendido; assim, acabou entrando sozinha, antes despedindo-se do homem, depois de mais de duas horas de conversa à porta. Porém, como já passava das duas da manhã, não se sentia tão culpada, até porque esse era seu último dia na cidade, e bem cedo já voltaria para o hotel e seria hora de ir para "casa".

Na verdade, o festival havia acabado e ela não tinha para onde voltar. Não tinha nenhum lugar que pudesse chamar de casa e ainda não tinha decidido o que iria fazer em seguida. O que queria mesmo era encontrar retiros espirituais, lugares onde pudesse se internar e só sair quando a cabeça estivesse no lugar. Pensava que só acharia lugares assim na Índia, e estava decidida a ir para lá, mas no momento tinha passagem só de volta para Paris e nenhum plano, nem lugar certo para ficar.

Dentro da boate o conhecido a colocou na pequena cabine junto do DJ, e pediu a ela que ficasse ali, onde não havia ninguém além do DJ e de um homem jovem, de seus 30 anos. "Fique aqui, eu preciso pegar as pulseiras que lhe darão direito a entrar comigo na área VIP, mas não saia daqui, eu já volto", disse, com medo de que se perdessem dentro do estabelecimento estupidamente lotado. Ela então ficou lá sozinha, sem saber o que fazer ou para onde olhar, até que o homem jovem, que também estava na cabine, atrás do DJ, voltou-se para ela:

– Oi! Eu me chamo ... – e o som ficou alto, impedindo-a de entender o nome dele.

– Oi! Eu me chamo Kat! – gritou ela, tentando vencer o volume do som. – Kat! K– A– T, Kat!

– Ah! Kat? – disse o homem, entendendo o que ela havia dito, apesar da música. – Você sabe quem é esse DJ? Ele é muito famoso! E estamos muito felizes por tê-lo aqui!

– Não... sinto muito... não conheço bem DJs, mas tenho certeza de que deve ser ótimo, parece que as pessoas estão adorando – respondeu ela, olhando a multidão em volta, todos com roupas brancas e com champanhe caro nas mesas.

– Você parece ser a única pessoa que não está de branco na festa! Por que está de roupa preta numa festa do branco?

– Ah! É uma festa do branco! – exclamou a menina. – Agora faz sentido que todos estejam de branco – e riu sozinha.

– Sim! – disse o homem, rindo também. – O que você faz aqui?

– Bem... eu sou atriz... e tudo começou por aí! Mas, para ser honesta, não sei se deveria estar aqui – disse, gritando no ouvido do homem.

– Ei! Nunca estamos no lugar errado! Sempre estamos onde temos que estar – respondeu o homem, com uma voz doce e séria, que lhe parecia muito sóbria, o que impressionou a menina.

– Você não está bebendo?

– Não! Eu não bebo... Sou indiano, e sou muito religioso. Na minha religião é raro ver seguidores que bebem álcool.

Aquilo a deixou curiosa. Adorava os indianos, tinha grande afinidade com a cultura, sem falar que a Índia estava nos seus pensamentos quase 24 horas por dia, e tudo que mais queria era estar lá.

– Índia! Índia, você disse!?

– Sim, Índia! Sou da Índia! – gritou o homem, achando que ela não tinha escutado por causa da música.

– É o meu sonho ir pra lá! Precisamos conversar! Quero saber tudo sobre a Índia e a espiritualidade do país. Estou num momento agora em que só o que viso é me espiritualizar e aprender uma maneira de ver a vida com outros olhos. Não me serviu muito bem ver com os meus...

– O que você espera aqui? Vamos para a mesa, lá poderemos conversar melhor, aqui o som está muito alto.

– Estou esperando o meu amigo vir com as pulseiras, não posso entrar lá!

– Aqui – disse o homem, tirando um monte de pulseirinhas

brancas do bolso e entregando uma a ela. – Eu sou o dono desta boate. Um dos donos e os sócios resolveram fazer esta festa para promover uma de nossas marcas. Estamos todos indo para Ibiza amanhã, em uma viagem bem espiritual. Você deveria vir com a gente, você iria gostar!

– Ibiza?! Não... nem pensar! Eu não gosto de Ibiza! – respondeu a menina de pronto, lembrando-se das situações de festa e de drogas que já tinha visto por lá e de que não tinha gostado nem um pouco.

– Mas como não gosta de Ibiza? Ibiza é um lugar muito espiritual, sabia? É que as pessoas estragaram, mas os caras mais espirituais que eu conheço ainda moram e se encontram lá.

– Em Ibiza? Não mesmo! Lá só há festa e drogas, e eu sou contra drogas. Todos os tipos delas, e sou contra pessoas que as consomem também, não gosto de me misturar.

– Olhe, primeiro, sem querer contrariar você, aliás, eu a conheço há dez minutos, mas posso lhe dar um conselho que eu aprendi na vida, e por ser mais velho que você me sinto na obrigação de lhe dizer: se você está em uma busca espiritual, como diz, se está realmente querendo respostas e querendo ver além dos olhos, deve parar de julgar! O não julgamento é o começo de qualquer despertar espiritual.

– Não, não... é claro – disse a menina, meio desconcertada, mas mantendo a sua posição sobre as drogas e seus dependentes. – Não foi bem isso que eu quis dizer... eu sou na verdade uma pessoa que julga pouco...

– Pouco já é o suficiente para a cegueira se instalar, não deve julgar nada se realmente quiser ver e entender além do que entende agora, pois muitos dos seus paradigmas serão quebrados, muitas das suas certezas serão drasticamente contestadas e será provado que estão erradas, diante dos seus próprios olhos, e o pior, por você mesma. Então, deve estar pronta para isso.

Assim que ele disse isso, com uma expressão muito séria,

perdido em seus pensamentos, como se falasse de si mesmo, de experiências do próprio despertar espiritual, a menina soltou uma imensa risada.

– Hahaha, você fala engraçado! – disse a menina, como se o que o homem tinha acabado de dizer não fizesse sentido algum. Realmente não fazia, não na cabeça dela, pelo menos...

– Mas de que você está rindo? Falo a verdade... E se seguir esse caminho verá que eu tenho razão. Onde está seu amigo? – perguntou o homem, procurando o rapaz no meio da multidão.

– Não sei! Ele não é meu amigo, eu o vi poucas vezes nas boates em Milão, quando morava lá, isso já faz anos... Para lhe dizer a verdade, não lembro o nome dele, e estou com vergonha de lhe perguntar de novo o seu, não me lembro mais...

– Então venha comigo, vou te levar à mesa dos meus amigos. Na verdade, hoje aqui em todas as mesas estão amigos meus, porque esta festa é fechada. Não foi aberta ao público hoje.

– Nossa! Todas essas pessoas são seus amigos? – exclamou a menina, abismada, talvez por considerar que não tinha nenhum.

– Sim! Todos eles... – e o homem foi passando pelas mesas e dizendo por alto e bem rapidamente de onde era cada um (de que país), onde se conheceram e como haviam chegado ali, por que estavam ali etc.

– Nossa! Você sabe explicar melhor sobre os seus amigos e sobre a intenção de cada um do que eu consigo falar de mim mesma! Incrível! – disse a menina, genuinamente impressionada.

Depois de passar por várias mesas de rapazes e moças, homens e mulheres, e conversar com todos, a menina teve a confirmação quase absurda de que todas aquelas pessoas, de muitos lugares diferentes do mundo, eram realmente de bem. Cada pessoa que conhecia ali a deixava impressionada.

Todos, apesar das aparências, falavam de espiritualidade e crescimento espiritual. A menina não podia acreditar na coincidência e na sorte. De novo, "na sorte"; sem perceber, estaria vivendo o seu primeiro dia do que ela entendia como "sorte", depois de muito tempo. Isso aconteceu dois dias depois da primeira vez que tinha aberto as janelas no hotel, e era tudo de que poderia se lembrar, isto é, se estivesse atenta aos fatos, mas nem a isso estava...

Estava ali sentada àquela mesa, como de costume observando as pessoas, e conversando interessada com muitas delas. O interesse era algo que também já havia morrido dentro dela, pensava, pois havia muito não se interessava por praticamente nada, e agora se via ali, interessada de novo, curiosa. Queria saber sobre a religião do indiano em especial, que agora insistia em levá-la a todos os amigos para que a convencessem a ir a Ibiza.

"É uma casa muito legal", diziam, "todo o grupo dele é muito espiritual, você vai adorar estar com eles, são realmente pessoas mágicas".

– De que signo você é? – perguntou Kat ao indiano, como de costume fazia logo que conhecia uma pessoa.

– Sou de Virgem.

Ao ouvir aquilo, pôs-se a pensar. Por entender muito de astrologia, conhecia as características do signo, então julgou que o homem não deveria ter o costume de mentir, ou de ser promíscuo, não eram comportamentos comuns do signo de Virgem.

– Aonde você tem que ir amanhã? – continuou o homem, ainda na missão de convencer a menina. – O que tem de fazer amanhã de tão importante que não pode vir conosco para Ibiza? É questão de trabalho?

E agora o homem tinha feito "a pergunta". Para onde iria, e para que iria, o que faria depois dali? Ainda não tinha pensado e não queria pensar.

– Não sei – respondeu ela, sinceramente. – Na verdade não

tenho aonde ir, mas com certeza amanhã me decidirei por algum lugar, e esse será o lugar certo – continuou a menina, que vivia o momento, e somente o momento. – Ainda tenho pelo menos duas semanas livres, até o meu próximo compromisso de trabalho. E este também ainda nem está 100% confirmado.

– Venha conosco, então! Venha! Você não irá se arrepender. Nós vamos em um avião particular que estamos alugando, e ainda há lugares vagos no voo! Não vai nos custar nada! Nem para nós nem para você. E se não gostar prometo que lhe compro a sua passagem de volta, e vai ser como se nada tivesse acontecido.

A menina pensou, pensou e pensou. Não tinha a menor vontade de ir para uma casa cheia de pessoas desconhecidas, não gostava de festas e badalações e, principalmente, não gostava de pessoas! Em todas as vezes em que havia viajado assim, para uma casa em que teve de ficar confinada com outras pessoas, havia brigado e se irritado muito. Era esquisita, pensava; não conseguiria se dar bem com os outros. Não tinha conseguido até ali, por que agora seria diferente?

– Não posso! – disse ela, resolvendo dizer a verdade. – Eu pareço ser uma pessoa legal, mas sou extremamente chata e antissocial! Não sou capaz de estar em uma casa com muitas pessoas por um final de semana inteiro e sair de lá feliz... Sei que é uma coisa horrível, mas é a verdade.

– Olha, para ser sincero, eu também não! Na verdade, pensei em ir, mas vou alugar um apartamento na cidade caso as coisas fiquem barulhentas demais, ou pessoas diferentes demais se juntem ao grupo. A casa e a companhia são as melhores, mas sei que o lugar será alugado para festas também e pessoas de todo tipo estarão lá. Por isso, não se preocupe, se não quiser ficar na casa você pode ficar no apartamento comigo, ele tem três quartos.

Ela pensou e chegou à conclusão de que aquele homem tão gentil não lhe faria mal. Na verdade, estava gostando muito de conversar com ele, pois tinha uma energia ímpar e limpa, como uma aura branca de intenções boas, não somente ali, com relação a ela, mas era como se nas cores de sua aura estivesse impresso que não tinha o costume de fazer mal a ninguém.

– Ai, meu Deus! – disse a menina, sorrindo. – Será?

– O voo parte às 9 da manhã. Onde você está hospedada?

– Às 9? – olhou o relógio, já passava das 4 da manhã. – Mas isso é em quatro horas! E eu estou em Cannes, fica a uma hora de carro daqui! E ainda tenho que arrumar todas as minhas malas... tenho três malas de 30 quilos cada uma.

– Trinta quilos cada uma? – o homem exclamou, sorrindo.

– Sim! Já estou viajando há muitos meses... – disse ela com pesar, lembrando-se da mãe, mas não disse o motivo, nem se estendeu no assunto.

A menina foi para o hotel, fez as malas o mais rápido que pôde e, com o celular sem funcionar, combinou apenas que iria e que estaria no aeroporto no horário, e isso era tudo que selava o acordo entre os dois em relação à viagem. Nem a menina sabia se o homem estava mentindo, nem ele sabia se ela iria estar no aeroporto ou não...

Mas algumas horas depois lá estava ela, com as três malas gigantescas.

COMUNICADO
O QUE OCORREU DEPOIS DESSAS PALAVRAS FOI UM FATO SOBRENATURAL. "É claro", você deve estar pensando, "isso é uma pegadinha, só pode ser". MAS NÃO É. Às 13 horas do dia 17 de julho de 2016, um domingo, eu, a autora do livro, estava com o computador no colo, digitando a segunda metade do livro, que teria em torno de 350 páginas. Foi quando todas as palavras na tela se transformaram em asteriscos. Diante dos meus olhos, TODAS as palavras do livro se transformaram em estrelas, e depois, pouco a pouco, as

mais de 240 páginas já escritas, por volta de 120 mil palavras, foram sendo apagadas uma a uma. O número de palavras fica marcado na parte inferior da tela, e esse número foi caindo assustadoramente rápido, diante dos meus olhos, como se uma força não identificada tivesse entrado no computador.

Isso não foi produto nem de imaginação, nem de remédios, nem de álcool ou qualquer tipo de alucinógeno. Eu estava bem sóbria, como sempre estou, e bem acordada. Eu não apertei tecla nenhuma que pudesse resultar nessa situação, e o computador, um Mac de última geração, havia sido comprado dois meses antes, e jamais tinha sido conectado a Wi-FI em nenhum outro lugar a não ser na minha casa, na Califórnia, e essa parte do livro estava sendo escrita no Brasil...

Depois de passar por vários técnicos de computador, no Brasil e nos Estados Unidos, constatou-se que o ocorrido era impossível e totalmente inexplicável. Até hoje ninguém sabe o que aconteceu, só se sabe que cerca de 40 páginas deste livro desapareceram, com o computador no meu colo, na cama...

Tendo em mente que a autora deste livro acredita que coincidências não existem, e que tudo acontece por um motivo maior, esse fato jamais poderia passar em branco, tampouco ser reescrito.

Nessas 40 páginas estavam relatados acontecimentos do que se pode chamar de origens sobrenaturais...

Ao me dar conta do trecho exato que havia sido apagado, fiquei realmente de cabelo em pé. E também muito triste, pois era exatamente o trecho que explicava de forma clara todo o desenrolar da vida e como a menina passou a escutar a Voz finalmente estando acordada, até que todos os traumas e cegueiras foram curados, levando-a aos dias de paz e aceitação de hoje – inspirando, assim, outras pessoas a crerem que Deus realmente fala com todos e que é possível conversar com Ele durante o dia em plena consciência e sem o uso de drogas.

Mas talvez tudo isso já se faça entender no decorrer do

livro, talvez eu já tenha aborrecido você com tantas informações e experiências da minha vida pessoal, talvez aquelas 40 páginas não fossem mais necessárias, talvez porque agora seja hora de VOCÊ reescrevê-las com as suas histórias de vitória.

Por falta de melhor opção, a autora decidiu que o livro continuaria apenas com um desfecho bem resumido das situações mais pertinentes contadas no livro.

13

Da escuridão à luz plena do entendimento

> *É preciso amar as pessoas*
> *Como se não houvesse amanhã*
> *Porque se você parar pra pensar*
> *Na verdade não há*
> **Pais e filhos | Legião Urbana**

Por meio de diferentes métodos de busca espiritual (convencionais e não convencionais), em vários países, após dois anos de uma vida totalmente voltada ao autoconhecimento e aproximadamente um ano vivendo em retiros espirituais, a menina foi capaz de se encontrar com a Voz estando acordada. Foi como se um portal tivesse sido aberto por ela mesma, por meio de busca e entendimento espiritual. Foi como se a própria mente tivesse sido aberta, e ela conseguisse ver e ouvir além do que a mente humana pensa ser capaz. Por isso a Voz a levou a lugares do passado, momentos em que estava acordada e em sonho, e assim pôde ver várias cenas de sua vida e presenciar o exato momento em que recebeu lições divinas, como quando relata neste livro os seus sonhos, e também quando a Voz usou pessoas e situações para mostrar a ela o que não entendia ou insistia em ignorar. Somente depois de ter conversas e visões com a Voz estando acordada, iguais àquelas que tinha enquanto estava sonhando, realmente entendeu tudo isso, e agora se comunica com a Voz diariamente, recebendo lições e passando-as.

Levada pela Voz a outras dimensões e vidas, a menina foi capaz de entender todo acontecimento, toda desgraça, toda dor, toda falta de perdão e toda desavença em sua vida. Cada pessoa havia tratado a menina de determinada maneira. CADA UM tinha um motivo, e cada um havia sido visto e experimentado de maneira totalmente natural, mostrado ao vivo pela Voz, que falava com a menina agora acordada, durante o dia, e que havia sido finalmente reconhecida e aceita como algo normal e corriqueiro.

Entre os milhares de MENSAGENS que a menina recebeu da Voz em um período de reclamações sobre as dificuldades da vida, esta foi uma delas:

"... Assim como achava, quando era criança, que a sua mãe a odiava, e ela apenas lhe penteava os cabelos, assim como achava que aqueles nós não teriam fim, e aquilo lhe parecia uma dificuldade muito grande na época, assim é a vida. Assim é com todos os problemas da vida. Nada realmente é o que parece, e, principalmente, nenhum problema é tão complicado ou insuperável como parece. Ainda é uma criança, será sempre uma criança perante os acontecimentos da vida, veja dessa forma, e lembre-se da situação com a sua mãe e com os nós no cabelo; achava que não haveria saída, sua mentalidade era de que aquele problema era o maior que poderia existir, porque para você realmente era muito grande naquele momento, na sua realidade, porém não era. Passou, você cresceu e enfrentou todos os problemas, só se esqueceu de que são como nós nos cabelos de uma criança. Os de agora também vão passar, assim que você entender seu significado. Assim como foi com a situação dos nós – quando entendeu o significado, e por que acontecia, parou de sentir raiva e compreendeu que era só uma fase. Os de agora também serão, assim que entender o seu significado, assim que entender por que estão acontecendo e doendo em você; em vez de culpar os outros ou o mundo, eles também deixarão de doer, e também farão sentido e passarão, deixando para trás somente o aprendizado e a experiência. Os obstáculos da vida, assim que entendidos, já estarão 50% resolvidos, e os outros 50% consistem só em confiar e continuar vivendo com alegria depois deles.

Sobre a morte da mãe

A menina esteve com a mãe alguns meses depois de sua morte, junto com a Voz, e, acordada, foi capaz de voltar no tempo e estar no corpo da mãe em seu último dia de vida. Viu exatamente o que aconteceu com ela, e constatou que não sentiu dor e que estivera sempre amparada pela LUZ, em todos os momentos de morte e além-morte, que não havia sofrido e que a mensagem da Voz era "no mundo, do mundo, nada se vai, tudo se transforma..." Isso foi o início do fim do seu problema de raiva contra o mundo. O sentimento de injustiça que havia endurecido seu coração, que expulsara o amor de dentro de si desde que a mãe morrera e transformado sua vida num eterno velório, começou a ser quebrado naquele dia. Toda a tristeza de uma perda agora havia sido transformada em conhecimento. Ainda sentia falta da mãe, mas agora muito menos, pois viu que a mãe na verdade vive, e que seria de extremo egoísmo achar que ela teria obrigação de ficar ali por causa da filha ou de qualquer outra coisa remanescente na Terra. Viu que ela apenas seguiu o seu caminho e que agora passava por uma fase de aprendizado, assim como havia passado na Terra, mas agora em outro plano. Entendeu a morte tão profundamente que a raiva e o rancor contra Deus e contra a vida foram sendo substituídos por um riso constante de si mesma, como se sob a influência da Voz conseguisse ver a si mesma de fora, e identificar a sua ignorância a respeito de mais um assunto. Ignorância essa que aos poucos ia sendo dissipada.

Sobre o pai

Quanto a ele, numa noite lhe foi revelado... A menina, sem entender, entrou no corpo de uma criança, um menino raquítico e com grandes olhos claros, profundos e tristes. Passou por dores e coisas horríveis, que jamais poderia ter entendido se o pai apenas lhe tivesse relatado, o que possivelmente jamais faria. Depois de passar por alguns anos dentro daquela pessoa, vendo-a crescer em câmera acelerada, pôde constatar que a criança era o pai. Chorou, pois o único anseio que tinha era o de abraçar e cuidar daquela criança desprovida de amor e de cuidados. A história do pai era uma das mais tristes que já havia vivido. Sua mãe já havia lhe contado parcialmente a triste história de sua infância e adolescência, porém nada que lhe fizesse realmente entender como quando viveu aquilo na pele.

A falta de experiência de alma do pai potencializava muito o seu sofrimento, e só passando tudo na pele dele pôde entendê-lo e perdoá-lo por tudo. Aprendera que uma pobre criança, tendo a vida que teve e tendo passado desde o nascimento por toda a dificuldade que passou, sendo uma alma ainda tão *imatura,* não poderia ter conseguido se comportar de outra forma. Ele realmente havia feito o melhor que podia, mesmo que o seu máximo fosse tão pouco. O ódio de Kat pelo pai cessou, e hoje em dia fala com ele com amor e pesar por todos os anos de ódio e de brigas, porém ele ainda não se "recuperou" dos traumas do passado e continua lutando contra o alcoolismo. Mas, como todos nós, está crescendo e tem o direito de levar o tempo que precisar para que se encontre. Foi entendido que a doença que a menina tinha no seio era um reflexo causado pelo problema que teve com o pai durante a vida. Com a doença, a vida estava lhe dizendo que aquela situação precisava ser resolvida, pois o julgamento e o rancor lhe causavam dores, desviando-a do seu caminho, e a doença, apesar de brutal, foi realmente a forma mais rápida e menos dolorosa de fazê-la enxergar tudo. Foi graças à doença que ela começou a buscar seu sucesso espiritual, e a paz que sente hoje jamais teria sido encontrada se não tivesse sido por causa da doença. Foi o agravamento da doença que a fez procurar a cura, e a cura não convencional foi o que a fez achar a cura da alma. No mesmo dia em que o "encontro" com seu *pai menino* ocorreu, a bactéria foi erradicada, o que deixou os médicos mais uma vez com um milagre nas mãos, sem explicação.

Sobre a doença

A bactéria no seio, por meio do aprendizado com a Voz, foi erradicada. Assim, a menina tornou-se a única pessoa a caminhar sobre a Terra durante meses com a bactéria e sobreviver, e também a única pessoa no mundo que conseguiu se curar sem intervenção cirúrgica. O seu caso, com a sua permissão, foi levado ao conselho mais alto de medicina em Londres, para que médicos infectologistas pudessem estudá-lo. Depois que a bactéria foi eliminada, uma cirurgia foi feita a fim de reparar o mal causado por ela. Foram três anos vivendo doente, com a bactéria viva no corpo, cuja presença era comprovada por exames feitos quase mensalmente e algumas vezes até diariamente. A cirurgia tinha um intuito apenas reparador, porém constatou-se o pior: o estrago feito pela bactéria carnívora era bem maior do que o mostrado nos exames de ressonância. Parte do seio esquerdo, junto com a prótese de silicone, teve de ser removida, e a menina teve de conviver com "um peito só" pelo período de seis meses. Isso a fez ver o mundo de uma perspectiva completamente nova, e ainda muito mais incrível do que ela imaginava que fosse possível. A Voz, como sempre, ensinando-lhe que os aprendizados e bênçãos da vida vêm em todos os modelos e tamanhos, até mesmo naqueles "subtraídos". Grandes lições de vida foram aprendidas nesses seis meses, e elas também nunca teriam sido possíveis se não fosse por esse acontecimento.

A lateral do tórax havia gangrenado por causa das complicações da bactéria e da infecção no seio. Essa foi a única sequela, além de algumas cicatrizes, deixada pela doença, que mantém a menina sob supervisão médica, pois existe a possibilidade de recidiva (segundo laudos médicos), pelo fato de a bactéria ser altamente resistente e de haver casos em que foi eliminada e voltou a aparecer no paciente até muitos anos depois, por não ter "morrido" totalmente. Porém até mesmo a área afetada por gangrena está milagrosamente "voltando à vida"... Mais um "milagre" que os médicos não explicam.

Essa e outras curas físicas são explicadas nos livros de uma escritora brasileira chamada Cristina Cairo. No livro e nos seus blogs na internet, Cristina explica toda e qualquer doença, e como chegar à sua cura por meio de seus motivos. A menina só tomou conhecimento dessa escritora e dos seus ensinamentos poucos meses antes de escrever seu livro. Em uma das obras dessa autora, ela soube, assim como lhe disseram duas médiuns americanas no ano anterior, que "problemas no seio eram derivados de problemas com o pai", e milagrosamente, coincidência ou não, quando o problema com seu pai foi resolvido, a doença, ainda que diagnosticada como incurável, foi imediatamente curada. Então vale muito a pena a leitura de tudo que essa escritora escreve, entre outros escritores e sites americanos que também ensinam sobre isso.

Sobre o comportamento dos pais

Kat atribuiu quase tudo que havia de ruim na infância,

bem como problemas e doenças de toda a vida, ao comportamento dos pais. Embora a maioria das decisões erradas, das vontades sem sentido e muitas vezes até o comportamento autodestrutivo e a depressão tivessem sido causados pela convivência com os pais, até mesmo essa certeza foi contestada e quebrada. Kat entendeu que o comportamento dos pais não era assim tão ruim. Chegou à conclusão de que eram injustas as suas maiores críticas, voltadas à questão financeira, em relação ao pai se recusar a viver um estilo de vida dito normal pela sociedade – e isso era o que causava mais dor e vergonha na menina. Entendeu que o pai na verdade não era um alcoólatra perdedor, como julgava, e sim o contrário; ele teve várias oportunidades na vida de ser uma pessoa bem-sucedida financeiramente, mas, ao contrário do que pensava, não era o fracasso que o havia feito escolher o vício, e sim o fato de não ser aceito na sociedade da maneira que acreditava ser certo viver – o pai de Kat era *hippie* quando jovem, e acreditava que aquele estilo de vida de amor livre e desprovido de bens materiais era a maneira certa de se viver. Porém, a cobrança da sociedade, somada à da mãe, ficou pesada demais e ele sucumbiu ao vício para poder suportar.

Depois, voltando a várias cenas da vida, a menina entendeu que ela mesma é que desde criança tinha problema com a pobreza, adotando um comportamento ganancioso, que visava o dinheiro e o sucesso financeiro acima de tudo, e os pais, na verdade, apesar de tudo tentavam lhe ensinar que uma vida simples não era uma vida ruim, que as pessoas humildes talvez fossem até mais felizes do que as mais ricas – verdade que Kat negava, sempre com muita briga e com muito desdém, só para mais tarde na vida, por experiência própria, comprovar que a errada mais uma vez era ela, e que os pais tinham razão quanto a isso, o que a levou a se perguntar: "No que será que eles estavam certos?".

Tinha, sim, um temperamento explosivo, mas viajando o mundo inteiro e conhecendo outras famílias entendeu que seus pais lhe passaram valores muito importantes. Quanto mais ela aprende a cada dia sobre a vida, mais vê que na verdade a convicção de que eles estavam errados vinha da imaturidade. Aquelas frases que as mães sempre dizem, "quando você crescer você vai entender!", "quando você for mais velha, você vai ver que tenho razão", fazem cada vez mais sentido. Realmente a idade e as experiências de vida nos fazem entender cada vez mais o comportamento de nossos pais. Por isso, pegue leve nas críticas agora! Você também vai ter filhos um dia, você vai ter a idade de seus pais um dia, e só aí poderá falar do assunto com conhecimento e verdade.

> *Você me diz que seus pais não te entendem*
> *Mas você não entende seus pais*
> *Você culpa seus pais por tudo, isso é absurdo*
> *São crianças como você*
> *O que você vai ser*
> *Quando você crescer*
> **Pais e filhos | Legião Urbana**

Tudo isso a fez pensar: "E se ela não tivesse sido tão difícil? E se tivesse escutado um pouco mais e sido um pouco menos arredia a qualquer opinião, estilo de vida, ou ao jeito dos pais quando criança, será que teria sido tudo assim tão difícil? O pai não era infeliz por não ter bens, ele não queria ter nada; achava que não se importar com essas coisas, assim como não se importar com o futuro, era a coisa mais certa a se fazer, e se sentia bem assim. Eram ela, a irmã e a mãe que não se sentiam bem, não compartilhavam da mesma opinião, e a convivência se tornava impossível.

O pai de Kat continua até hoje se comportando como um *hippie*. Agora sem a esposa e sem as filhas, tem uma vida muito mais pacata, apesar de ainda lutar contra o vício do álcool. Kat, influenciada pelas queixas da mãe, criticou as pessoas com tendência *hippie* a vida toda. Tirava sarro da cara delas, fazia pouco de suas escolhas de vida, achando-as até sujas e preguiçosas. Hoje em dia, por ironia do destino, como aconteceu com todo o resto que ela criticava, ela mora em Los Angeles e faz parte de uma comunidade de pessoas com estilo de vida *hippie!* Conviveu com elas quase um ano, participando de reuniões semanais em que cantam e oram/meditam pedindo pela paz e pelo despertar do mundo. Com elas aprendeu a arte de viver bem e feliz, aprendeu o que é realmente viver a vida. Entendeu os malefícios da vida capitalista que levava, e como isso afetava o seu comportamento e a sua saúde. Diz que o que salvou mesmo a sua vida foi esse grupo. Hoje em dia tem amigos, tem uma família com eles, e sente que encontrou o seu lugar no mundo lá.

Adotar esse estilo de vida tão diferente do que ela levava antes a fez entender ainda mais o pai e todo o seu comportamento e revolta. Conheceu outras pessoas como ele, que haviam escolhido uma vida fora dos padrões capitalistas da sociedade, e que depois foram colocadas em uma vida de restrição de novo por conta da cobrança da família e do trabalho. Ela mesma passou por isso e entendeu, mais uma vez, que realmente não se pode ter raiva de ninguém nem julgar ninguém se baseando em nada, muito menos em algo que não se conhece. Hoje em dia ela fala rindo com os amigos: "ontem eu ria da cara dos *hippies*, achava todos lelés da cuca, hoje em dia eu sou um deles". Ninguém sabe mesmo o que nos reserva o dia de amanhã, na vida tudo pode acontecer!

Sobre a irmã

Em uma das "andanças astrais", pôde ver dois homens que se amavam e se respeitavam muito. Eram amigos antigos e sorriam muito. Depois de algum tempo entendeu que aqueles dois homens eram ela e a irmã. As duas já haviam se encontrado em muitas vidas, e eram seres completamente simpáticos um ao outro, o contrário do que parecia aqui na Terra. Desde esse dia Kat tomou para si a missão de compreender a irmã em tudo aquilo que ela vê e sente. A irmã tem maneiras, crenças e comportamentos muito diferentes dos de Kat, por isso as conversas e o convívio se tornavam muito difíceis. Mas o que parecia impossível era, na verdade, apenas falta de ver a irmandade que existia, e que era muito forte entre os dois espíritos. Kat visitou uma "vida" em que as duas eram homens, e apenas amigos. E, para sua surpresa, foi-lhe mostrado pela Voz que elas nasceram irmãs nesta vida a pedido do próprio espírito das duas. Por serem espíritos muito amigos e muito complementares, foi-lhes dada a permissão de nascerem juntas na mesma casa, tendo a mesma mãe e o mesmo pai, já sabendo que aquela existência seria de início muito difícil para as duas por causa do desequilíbrio familiar.

Houve várias situações de vida em que Kat voltou ao passado e viu coisas que a irmã passou, e coisas que ela fazia em prol da família, mostradas do alto. Era como se Kat tivesse voltado no tempo e sobrevoado as situações, vendo dessa vez a versão da irmã e não a dela. Viu que, de todos os membros da família, a irmã na verdade era a mais evoluída nos quesitos amor, paz e paciência. Ela era a mais equilibrada, a que tinha um comportamento apaziguador, e estava ali exatamente para isso. A ela havia sido dada a missão de manter a calma e o equilíbrio na família. Porém, olhando de fora, Kat pôde ver, sentir e entender pela primeira vez quanto a irmã sofreu também dentro da mesma casa, e quão sozinha era. Sentiu-se extremamente mal ao ver que esteve na verdade sempre do lado oposto da irmã, sempre inimiga, e nunca o contrário. Viu que para a irmã a vida tinha sido ainda mais cruel e muito mais difícil, pois com raiva no coração, como Kat lidava com os familiares, sofria muito menos, mascaravam-se os problemas e o sofrimento era adiado, porém com amor, não.

Com amor não se podia usar a raiva como aliada, tudo era brutalmente sentido à flor da pele, e a irmã viveu assim, sofrendo sozinha e agindo da melhor maneira possível, sem nunca odiar ninguém. Sem nunca passar por cima de ninguém. Era um ser delicado e sensível, que agora mais do que tudo precisava de ajuda e da porção de amor fraternal de que fora privada a vida toda. Nunca teve o apoio de que precisou, mas agora, ao ver e entender tudo, Kat havia prometido à Voz que daria suporte a ela. E com o simples ato de apenas ouvir com ouvidos de amigo, de senti-la com o coração de amigo e não de rival, como antes, a relação das duas mudou, e vinte anos de brigas e competições cessaram ali, como se nunca tivessem existido. Agora, o que já havia sido dito impossível pela própria Kat várias vezes aconteceu, e hoje em dia as duas são melhores amigas e têm uma relação de cumplicidade inabalável.

Sobre a humanidade
Aquela mais temida, aquela mais criticada pela menina durante a vida inteira, pois não gostava de ninguém e não parecia se identificar com ninguém na Terra. Em uma das visitas astrais, ela pôde ver todas as pessoas, inimigos e amigos aqui na Terra, andando de mãos dadas e se abraçando como bons amigos. Encontrou-se com seus próprios inimigos aqui na Terra, que eram pessoas de que não gostava ou de quem tinha algum ressentimento, encontrou-se com eles em outros planos em que os dois espíritos se abraçaram e conversaram, dizendo quão bobas eram as desavenças aqui embaixo... Sorriam por saber quão desnecessárias eram as brigas, mostraram a Kat o fato de que todas, TODAS, sem exceção, TODAS as criaturas eram amigas e se amavam, porque foram criadas assim, e todo o mau humor e desentendimento não

eram mais do que o normal mal-entendido causado pela ignorância originária da Terra.

Quando o espírito passa a viver em um plano mais elevado, toda a ideia de desavença fica aqui, não o acompanha a nenhum plano superior, portanto, em outras palavras, não há espírito inimigo no *céu*. Todos os seres são ligados por um cordão de amor, e não importa o que um tenha feito ao outro, o destino de dois inimigos era que se encontrassem e se abraçassem novamente, alinhando-se ao ciclo de amor, a única coisa comum a todos os espíritos e a todas as dimensões. Foi-lhe mostrado com clareza como cada espírito, independente de seu comportamento aqui na Terra em relação a outro, teria amor por seu inimigo. Foi-lhe explicado por que acontecem as brigas, e que cada um apenas perpetua os próprios erros e a própria ignorância, refletindo sem querer no outro os seus próprios medos e inseguranças, num difícil ciclo, até que os acertos sejam possíveis e a sabedoria e inteligência universais possam imperar para que atinjam de novo o nível de princípio, que é sempre cumplicidade e amor aos seus irmãos, amigos ou inimigos.

Nossos inimigos têm uma missão maior na nossa vida do que aqueles que amamos e vemos como amigos. Nos seus inimigos estão escondidos grandes segredos e respostas sobre você mesmo, já que aquilo de que não gosta no outro é, na verdade, apenas um reflexo daquilo de que não gosta em você mesmo... Os seus amigos lhe dão apoio para que você não se esqueça de que existe amor e ajuda no mundo e para que possa reconhecer os seus *espíritos já companheiros* de outras vidas. Seus inimigos, porém, são irmãos que lhe ensinam grandes lições de vida, tornando-o mais forte e mais hábil a vencer grandes batalhas. Os inimigos têm uma grande missão em nossas vidas. A eles devemos atribuir grandes vitórias; se não fosse por eles, grande parte delas não teria se concretizado. Eles são responsáveis por grandes momentos de força e sucesso, e por isso também devem receber gratidão – "mantenha-se grata até mesmo aos seus inimigos", disse a Voz à menina certa vez. A Voz lhe mostrou grandes momentos durante a vida em que seus inimigos – nesta vida e em outras – lhe trouxeram grandes lições e foram realizadores de grandes tarefas.

"Pense que os seus inimigos também têm pai, mãe, amigos, amor, assim como você, e que se têm um problema com você e você com eles, não é por acaso; o problema deve ser entendido e resolvido o mais rápido possível, jamais prolongado, por nenhum motivo que seja."

Sobre o menino, o taurino
Kat teve uma das maiores e mais dolorosas surpresas de sua vida. A Voz lhe revelou que o menino era dela o que chamamos na Terra de "alma gêmea". A maneira que encontrou de fazer isso foi fazendo-a viver dentro do corpo do menino em várias vidas passadas, nas quais estavam juntos e compartilhavam sempre do mesmo sentimento, das mesmas ideias, e tinham personalidades parecidas. Ver tudo isso foi uma verdadeira longa história. E o que mais a arrepiou foi algo que ela esperava ainda menos: que sempre, em todas as histórias, a errada era ela. E, estando incorporada no próprio rapaz, pôde participar de todas as brigas e vezes em que ela o ofendeu e partiu seu coração, sentindo na pele tudo aquilo que ele sentia enquanto ela dizia coisas achando que tinha razão… E talvez realmente tivesse naquele momento, porém os motivos datavam de muito antes e eram muito mais profundos do que ela poderia saber.

***

E assim viu e vê todos os dias desde então, desde setembro de 2015, quando a Voz se revelou pela primeira vez estando a menina acordada.

Viu e vê todos os acontecimentos do presente e do passado como eles realmente são, ou pelo menos entende, no momento, que eles são muito maiores do que se pode ver, e logo depois é revelado o motivo pelo qual ocorreram. Por exemplo, em um dos dias em que a menina caminhava pelas ruas de Los Angeles, a Voz lhe disse que ela precisava conversar com um amigo que estava passando por alguns problemas de imaturidade de alma e buscava entender a vida. Então, apenas transcrevendo as palavras da Voz:

"A VIDA É COMO UM MAPA. IMAGINE UM MAPA ABERTO NA SUA FRENTE, 2 METROS POR 2 METROS. AGORA COLOQUE O SEU PUNHO FECHADO EM CIMA DO MAPA.... VOCÊ VÊ A CIRCUNFERÊNCIA DO SEU PUNHO EM RELAÇÃO AO TAMANHO DO MAPA? POIS ISSO É O QUE VOCÊ VÊ DA SUA VIDA, E O TAMANHO DO MAPA INTEIRO É O QUE ELA REALMENTE É."

Tudo que você vê não é nem 5% do que a sua vida realmente é. O seu dever como humano é achar em vida uma maneira de expandir a sua mente o suficiente para que assim possa expandir a sua visão o máximo possível.

Então, cuidado com as coisas em que acredita, cuidado com aquilo em que baseia os seus problemas e também com as suas crenças, já que tudo que você vê e em que acredita foi baseado nessa porção de vida que os seus olhos alcançam, enquanto o cenário é muito, muito maior! Por isso, não importa o que você vê agora, essa sua visão, por mais cabível que seja no momento, na verdade, se observada do ponto de vista do mapa inteiro, pode também não fazer o menor sentido.

***

Eu continuo na força, na Luz e na graça, aprendendo, vivendo e vendo a cada dia. Todos os dias, e a cada dia que vejo, quanto mais descubro e quanto mais vejo, não é como se somente o meu conhecimento crescesse, e sim como se o meu mapa crescesse junto com ele! A cada centímetro do meu conhecimento que cresce, o "diâmetro do meu punho" se expande dois centímetros no mapa...

Ultimamente me atenho a fazer poucas perguntas à Voz, deixando apenas que o seu som me ensine.

Se você leu este livro até aqui, e acha que ele melhorou a sua vida ou seu dia de alguma forma, que abriu portas para um pensar mais claro, se tirou dúvidas que o incomodavam, trazendo-lhe paz e felicidade, por favor, indique-o para todas as pessoas possíveis, dê como presente de aniversário, Natal, ano-novo; dê como presente de vida. Indique o livro, mas não revele o seu conteúdo, apenas diga o que as mensagens nele contidas fizeram por você, em sua tão particular e tão incrível existência sobre a Terra. A mensagem contida neste livro é muito importante para o desenvolvimento da consciência e, consequentemente, para a tranquilidade de espírito, levando, por meio desta, finalmente, à paz de forma universal. Seja você também um mensageiro da Luz e faça com que, por meio deste livro, ela se espalhe e chegue a quem você julga que mais precisa, a quem você julga que não precisa e a todos os outros.

Encontre mais textos esclarecedores e de Luz também na minha página do Instagram @kattorres, em que eu posto "mensagens da Voz" com certa frequência (sempre que Ela permite).

EU SOU VOCÊ, E VOCÊ SOU EU, SOMOS UM, TODOS TÃO ÚNICOS E AO MESMO TEMPO PARTE DE UM TODO INFINITO. NÃO PODE EXISTIR PAZ NO MUNDO SE VOCÊ NÃO ESTÁ EM PAZ E VICE-VERSA.

FIQUE ATENTO À VOZ, POIS ELA FALA COM VOCÊ A TODO MOMENTO. ATRAVÉS DOS SENTIMENTOS, ATRAVÉS DOS ACONTECIMENTOS E DAS PESSOAS AO SEU REDOR, ASSIM COMO FALOU ATRAVÉS DESTE LIVRO.

FIQUE ATENTO AOS SINAIS.

Não julgueis. A verdade lhe será revelada quando você estiver pronto para vê-la.

Livro escrito por Kat Torres e pela Voz.
Louvada seja.